甦《よみがえ》りと記憶

アウシュヴィッツからイスラエルへ

イジク・メンデル・ボルンシュタイン 著
アグニエシュカ・ピスキエヴィッチ 編
滝川義人 訳
佐藤 優 解説

ミルトス

たとい死の陰の谷を歩むとも、
わたしは災いを恐れません。
あなたがわたしと共におられるからです。
あなたの鞭と、あなたの杖は　わたしを慰めます。

詩編　二三・四

ホロコーストで殺害された家族の面影をしのび、本書を捧ぐ。

両親　父ハノフ・ヨセフ、母レア・ボルンシュタイン（レンチナー）

兄弟姉妹　サラ・アクレシュ
ハイム・シュロモ
ハナ・ファーゲル
リフカ・ジスラ
ヤコブ・ヘルシュ
イタ・ゴルダ

本書執筆にあたり私を支えてくれた最愛の妻へドヴァ・ボルンシュタインと
子供達に感謝の言葉を捧ぐ。
レア・ゴールドマン
ショシャナ・オーランスキ
ヨセフ・ボルンシュタイン
ツビ・ボルンシュタイン
そして私の孫、曾孫達に

甦りと記憶　アウシュヴィッツからイスラエルへ／目次

装幀　久保和正デザイン室

解説　生き残るための知恵の記録

佐藤 優（作家・元外務省主任分析官）

本書は、ホロコーストに関する貴重な証言である。同時にホロコースト文学の枠組みを超える、民族と個人が生き残るための知恵に関する貴重な記録でもある。

私は著者イジク・メンデル・ボルンシュタイン氏の生涯について息子のヨッシ・ボルンシュタイン氏から知った。ヨッシを私に紹介してくれたのが、イスラエル情報機関元高官のイスラエル・グリーン氏だ。グリーン氏の父もアウシュヴィッツの生き残りである。グリーン氏は私に滅多に人を紹介しない（これはインテリジェンスの世界で長く生きていた人の習性である）。

あるときグリーン氏は「私のビジネスパートナーのヨッシは、きっと佐藤さんと波長が合う」と言われた。「あなたがそういうならば、喜んで会う」と私は答えた。まだ、この本が出る前で、シュチエコニチの破壊されたユダヤ人墓地の上に建てられたトイレが、二〇〇六年七月二十二日に撤去されてから、それほど時間が経っていない頃、東京のレストランで私とヨッシとイスラエルは、膝をつき合わせて、それぞれの家族の歴史について語った。

そのときのヨッシの話で、印象に残っているのが、本書にも記されている二つのエピソードだ。

一つ目は、アウシュヴィッツ収容所で、「死の天使」と恐れられたメンゲレ博士（医師）との面会シーンだ。

〈(ヘルニアの）手術の翌日、思い悩む私は、監督官の訪問で現実に引き戻された。死の天使、メンゲレ医師である。室内に入ると、メンゲレは冷たい威圧的な声で、「全員ベッドから出て、前向きに整列せよ」と言った。患者はおとなしく部屋の中央に並び、そこを彼が指を左や右に動かしながら歩いて行く。選別である。全員が治療継続の特権を得るわけではない。

メンゲレは私を見た。命令に従わず、ベッドに横になっている囚人である。「この犬はどうして私の前に立たんのか」メンゲレはシュペルバー医師に向かって言った。医師は恐れ入って目を伏せた。そして丁寧な言葉でこちらへどうぞと言い、毛布を払いのけると、私の傷口を見せた。「患者は非常に弱っています。手術からまだ二十四時間もたっていません」医師はおずおずと説明した。

メンゲレはじっくりと観察し、「犬よ、いつ仕事に戻る」とたずねた。私はすっかりおびえて、目も開けられない。私は毛布の端を見ながら、恐れ入った声で「ここに先生がいらっしゃいます。先生のおっしゃるとおりに何でもいたします」と答えた。

ちょっと間をおいて、私はメンゲレの声を聞いた。「この小汚い犬が回復した後は、お前の許で働かせよ。患者に対する注射、投薬及び食物配布を仕事とする。教えてやれ。こいつは、収容所の解体までお前のところにいることとする」とメンゲレは命じ、あたりを見まわして部屋を出ていった。

その日メンゲレが何故そのような決定をしたのか、私には今日に至るも分からない。私の答えが気に入ったのであろうか。その日は気分が良かったのか。彼に慈悲の心があったとは思えない。この男は、私のところへ来るまでに、患者数名に対し冷酷にも死刑を宣告した。指一本右左と動かすだけで、焼却炉、作業、焼却炉、作業と決めていったのである。彼の決定で私の命が救われた。これは事実である。〉（本書132～134頁）

ナチス軍人のちょっとした気まぐれで、人間の命が生かされもし、消されもするという現実に戦慄《せんりつ》した。さらに、印象に残ったのは、ドイツ敗北直前のギュンスキルヘン収容所での出来事だ。

〈ある日、いつもと何か違う感じがした。食事所からえも言われぬ匂いが漂ってきて、私の鼻をくすぐるのである。信じられなかった。夢かうつつか分からない。幻想かと思った。彼らが温かい食事を与えてから、もう数カ月もたつ。彼らがキャベツスープとか蕪《かぶ》スープと称する液体は、このようにおいしそうな匂いはしなかった。そう、誰かが調理しているのである。骨と皮だけの骸骨のような私達に、血と肉となるような滋味を約束しているかのようであった。

何故今になってこんなことが起きるのだろうか。赤十字の訪問で変化があったのだろうか。戦争が終わったのだろうか。人々は待てなかった。考える余裕がなかった。飢えのため、匂いにつられ、彼らはやみくもに走って行った。悲しいかな、私には体力がなかった。立つことすらできないのである。食べたいと心の底から思った。全員に行き渡るだけの量があるのか、心配であった。まだ体力の残っている人達が真っ先に駆けつけ、量も多くとる。私が予想したとおりだった。そしてその人達はハンガリーのユダヤ人達であった。私は、この御馳走にありつけないので、がっかりして横たわっていた。

それから数分後、私のまわりの様子が、急におかしくなった。骨と皮ばかりの人々が、そこいら中に転がって、もがきだしたのである。体を痙攣《けいれん》させている人、嘔吐する人、しゃがみ込んで便を垂れ流している人。多数の人が、嘔吐と下痢便にまみれて、のたうつ凄惨《せいさん》な状況下になった。食べ過ぎたのだろうか。胃腸が受けつけないのか。どう考えてよいのか判断がつきかねた。

しかし、すぐにはっきりした。第一、本物の食事を支給することなどあり得ない。私達は極めてナイーブであったにちがいない。これは、彼らが土壇場で仕掛けた罠であった。スープには毒物が混入されていたのである。各地の収容所で虐待され、飢えに苦しんできた若者達が、さまざまな苦難に耐えて生き残った末に、この無意味な戦争が終わろうとする段階になって、むごい死を迎える羽目になった。〉（167～168頁）

ナチズムというイデオロギーに取り憑《つ》かれたドイツ人たちは、敗北の最後の瞬間においてもユダヤ人絶滅という計画を放棄しようとしなかったのである。イジクはスープの鍋に近づきたかったが、あまりに体力を消耗していたためにそれができなかったのである。そのおかげで、命拾いをした。

この話を聞いたとき、私は沖縄戦を体験した母のことを思った。母は十四歳で、陸軍第六二師団（「石部隊」）の軍属になり、前田高地の激戦を経て、軍とともに徹底抗戦をするために最後は本島南部の摩文仁にたどり着いた。一九四五年六月二十二日（一般には二十三日となっているが、元沖縄県知事の大田昌秀琉球大学名誉教授の実証研究に基づく二十二日説を私は正しいと考える）、沖縄最南端の摩文仁の司令部壕で第三二軍（沖縄守備軍）の牛島満司令官（陸軍中将）、長勇参謀長（陸軍中将）が自決し、沖縄における日本軍による組織的戦闘は終結した。その後も、母は摩文仁の海岸にある自然の洞穴に数週間潜んでいた。小さな洞穴で、一七人が潜んでいたという。七月に入ってからのことだ。母たちは米兵に発見された。訛りの強い日本語で米兵が「デテキナサイ。テヲアゲテ、デテキナサイ」と投降を呼びかける。母は自決用に渡されていた二つの手榴弾のうちの一つをポケットから取りだし、安全ピンを抜いた。信管（起爆装置）を洞窟の壁に叩きつければ、四〜五秒で手榴弾が爆発する。母は一瞬ためらった。そのとき、母の隣にいた「アヤメ」という名の北海道出身の伍長が「死ぬのは捕虜になってからでもできる。ここはまず生き残ろう」と言って手を上げた。母は命拾いした。私は子供の頃から何度も「ひげ面のアヤメ伍長があのとき手を上げなければ、お母さんは手榴弾を爆発させていた。そうしたらみんな死んだので、優君が生まれてくることもなかった。お母さんは北海道の兵隊さんに救われた」という話を何度も聞かされた。

この体験を経て、戦後、母は日本基督教団（プロテスタント）の教会で洗礼を受けた。同時に、英霊が祀《まつ》られている靖国神社にも参拝していた。沖縄戦については、私は子どもの頃から断片的な話を母から聞かされていた。それはいつも六月だった。梅雨になると、母の中に十四歳のときに遭遇したあの戦争の記憶が甦ってくるのだった。

外務省関連の事件に私が連座し、東京地方検察庁特別捜査部に逮捕され、五一二日間の独房生活を経て二〇〇三年十月八日に保釈になったあと、私はしばらく母のもとに身を寄せていた。二〇〇五年三月に私が『国家の罠　外務省のラスプーチンと呼ばれて』（新潮社）を上梓し、職業作家の道を歩み始めてしばらく経ってから、母が「沖縄戦について、お母さんの体験を語りたい」と言い始めた。

イジクは、〈私達が共有する体験を話しあるいはペンで書き綴るのは、一種の追体験であり、この地獄を再び通過せざるを得なくなる、つらい作業である。しかしこれが、私達を救うカタルシス過程となった。なかには、比較的早い段階で過去と向き合うことのできる人もいた。しかし、私のような者にとっては、その過程に価値を見いだして過去と向き合ってよいと考えるようになるには、長い年月を要した。〉（185頁）と述べるが、私の母も同じような心理状態だったと思う。母は死期が近づいていることを察知していたのだと思う。

私は母からロングインタビューを取り、『母が息子に語る沖縄戦記』という仮題で、文藝春秋から本にすることが決まっているのだが、二〇一〇年七月に死んだ母についての記憶が強すぎるので、まだ原稿を書き進めることができない。本書を読んで、私も母の沖縄戦記について、早くまとめなくてはならないという思いを強くした。

イジクは、自らの体験を、ユダヤ民族とイスラエルの歴史と重ね合わせて解釈する。

〈振り返って考えると、私達の文明は過去数千年間不断に苦しみを受け、私達が心安らかな時を過ごしたことはない。特定の地で栄えても追い出され、その地における歴史からもほとんどが抹消されてしまう。まわりにはいつも敵がいて、虎視眈々《たんたん》として構えている。私達のユダヤ的性格を狙い撃ちにするのである。私達は、迫害され、憎悪され、せっかく築いた住み家から追放されてしまう。ユダヤ史はその繰り返しであり、私達の文化に刻みつけられているようにみえる。狙い撃ちにされるのは、私達の女子供であり、シナゴーグであり宗教であった。古い伝統が破壊され、あるいは朽ち果てた。事例なら無数にある。社会は生まれ、破壊される。その繰り返しである。

しかし、敵はさぞかし失望したであろうが、私達は生き残った。絶対に手をあげることはなく、如何に絶滅の危機にさらされようとも、灰から甦《よみがえ》り、再建に着手するのである。私の命運は、ほかの生き残りの場合と同じように、我が民族の命運に沿っているのかも知れない。敵は、入念な抹殺計画で容赦なく私達を攻撃した。ほとんど計画完遂のところまでいったが、再び私達は救われた。私達は再び立ち上がり、文明の真髄を守り、再建し、枝葉をのばしていった。私達は父祖の地へ、そのルーツへ戻った。〉(296～297頁)

神が歴史の支配者であるという現実が本書を通じてリアルに迫ってくる。民族や国家を守るというのは、抽象的観念ではない。生き残るための具体的な行為なのである。ナチスドイツ支配下の、あの状況で、イジクは、文字通り、生き残ることにすべてを賭けた。そして、イスラエルに帰還した後は、この国家とユダヤ民族の名誉と尊厳を保った生き残りのために銃を手にとって戦った。イジクの生き方から、日本人と日本国家の生き残りについて、多くを学ぶことができる。

イジクは、〈ユダヤ民族の歴史から判断すると、不幸なことに私達は、迫害をうける宿命を負わされているように思われた。今日でも、イスラエルに住むこの若者達も、近隣諸国との関係から生じる状況のため、本当に安全な暮らしは享受できないでいる。イランの現大統領マハムード・アフマディネジャドは、ホロコーストはなかったというホロコースト否定説を展開する。まさに唖然とするような暴論である。〉（135〜136頁）と強調する。日本の一部に、感情的な反米論から、イランを美化する動きがある。現下イラン政府の危険を知るためにも、本書は最良の資料だ。

滝川義人氏の名訳による本書を一人でも多くの人が手にとって欲しいと私は心の底から願っている。また、本書の翻訳刊行を決断してくださったミルトス社社長の河合一充氏に深甚なる敬意を表する。

二〇一三年五月十四日

第２次大戦前の東ヨーロッパ（1939 年）

ポーランド拡大地図

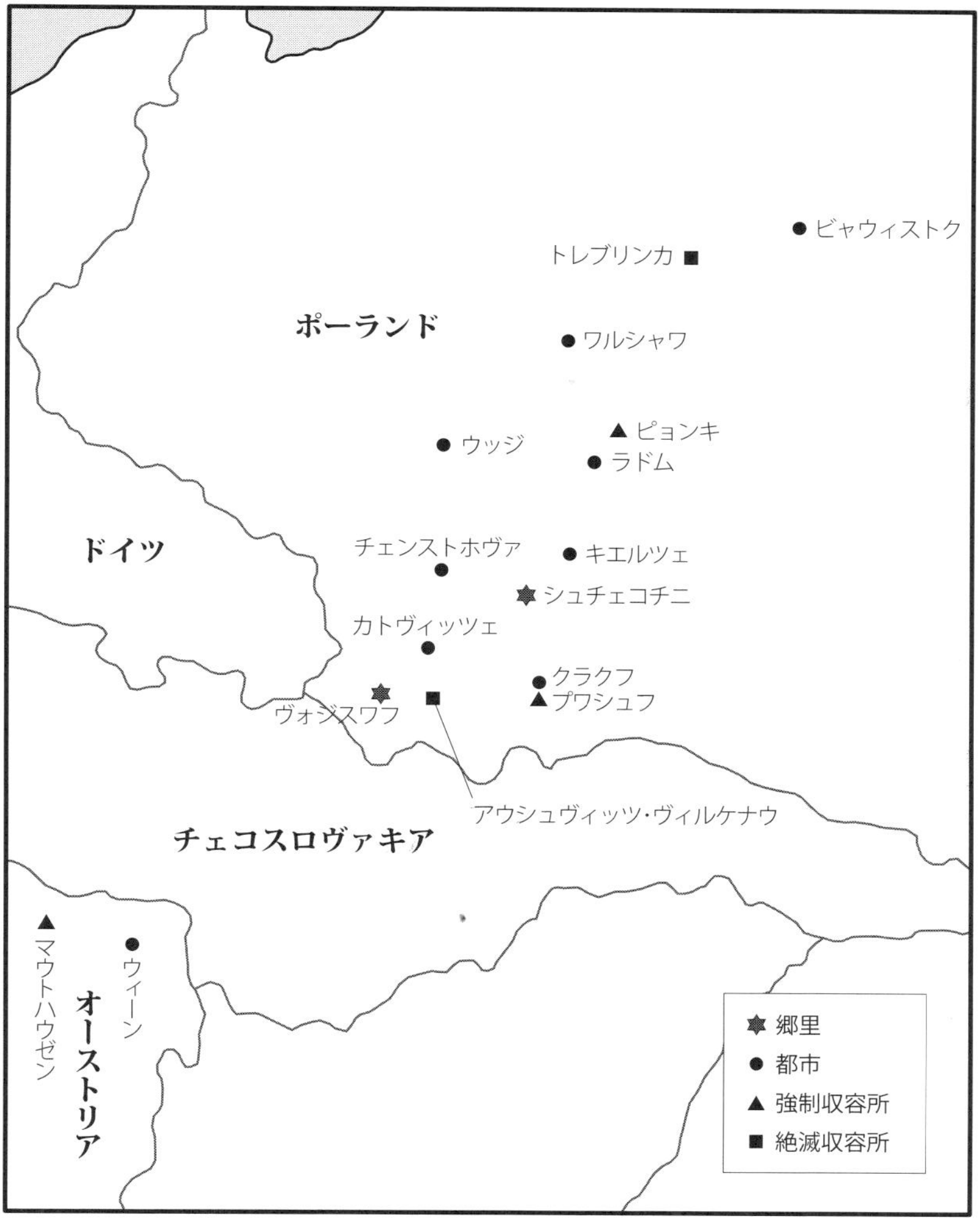
ビャウィストク
トレブリンカ
ポーランド
ワルシャワ
ウッジ
ピョンキ
ラドム
ドイツ
チェンストホヴァ
キエルツェ
シュチェコチニ
カトヴィッツェ
クラクフ
プワシュフ
ヴォジスワフ
アウシュヴィッツ・ヴィルケナウ
チェコスロヴァキア
マウトハウゼン
ウィーン
オーストリア
郷里
都市
強制収容所
絶滅収容所

誰がために鐘は鳴る

人は離島にあらず
一人ひとりが陸につながる、大陸の一部
その土が波で洗われるならば
ヨーロッパ大陸は狭くなる
あたかも岬が波に削られていくように
汝の友や汝の土地が波に流されていくように
人の死もこれに似て
我が身が削られるも同様
何故ならば我も人類の一部
故に問うなかれ
誰がために弔いの鐘は鳴るのかと

―― ジョン・ダン　瞑想　XⅦ

序

長い間、私の子供達と妻へドヴァ、そして私の数奇な運命を知った人々から、私の体験を記録に残すようにすすめられていた。みんな懸命に説得しようとしたが、私はその気には全くなれなかった。あの悪夢にどうして戻る必要がある。何のためになる。そもそも、そんな話に一体誰が興味を持つ、と私は考えた。私にとって、自分の意志であの当時を回想することは絶対あり得ない。私が生まれ育った地への回帰についても然りである。第二次世界大戦の勃発まで住んでいた地。大戦がすべてを破壊してしまい、もう元には戻せない。私が夜毎に見る恐怖の夢で充分である。私の左腕につけられた番号B－94のおかげで、いずれにせよ私は忘れることができない。記憶は独自の存在となって、私の中に生き続けているのである。

ハンナ・クラルの著書『憂き心の捌《は》け口』に、生き残りとその妻との会話が描かれている。

「何故あなたはそんなに黙っているの？」

夫は黙っていたいのだと答える。

「またあのことを考えているのね」

「違う。私は自分のことを考えているのだ」

「それであなたの何を考えているの？」

「私はじっくりと考えているところだ」

「何についてじっくり考えているの？」

夫は沈黙したままである。妻は聞かなくても分かる。夫は自分が生き残って然るべきだったかと考えているのだ。何故自分が、家族のなかで何故自分だけが、何故、何の理由で自分がと。


生き残りは一人ひとりが、複雑な気持ちに襲われる。自分は助かったという感謝の気持ちとともに、家族全員を失い自分だけが生き残ったという罪の意識にさいなまれる。この心のとがめが、助かったという自分の安堵感の邪魔をするのである。

しかしながら、私には既に分かっていることがある。それは、私が生き残ったのは偶然ではないということである。長い間、それを理解するまで苦しんだが、元に戻る旅を決意したとき、私が生き残ったことに深い意味のあることを知った。自分の体験したあの悲劇から六十年がたっていた。神が私を救ったのである。それには何か深い意味があるにちがいない。私は自分の家族と一緒に故郷を訪れて、もっとよく理解した。そこでの出会いを通して、生還者としての特別の使命を知った。私の長女レアが体験執筆を強く勧め、家族全員に支えられて、私は自分の過去を語る力を得た。

　ポーランドのシュチェコチニで過ごした少年時代の話である。それは、その地で生をうけ、第二次世界大戦が勃発した一九三九年八月三十一日をもって終わる。その後は、ゲットー生活と強制収容所の体験が続き、オーストリアのヴェルス（北部の都市）近郊のギュンスキルヘン強制収容所に詰めこまれ、アメリカ軍による解放をもって終わる。一九四五年五月五日である。


　解放当時私は二十一歳で、体重が六二ポンド（二八キロ）であった。その時私を診察した医師達は、「君の命は尽きている。もちろん、ここに置き去りにしない。言っておきたいのだが、もし君が命をとりとめて回復したとしても、それは、天からの、神からの奇跡だ」と言った。

　私は、自分の行くところ行くところ、多くの奇跡を経験した。死は確実と思われたことが何度もある。私は何度も死と直面した。もう駄目という状況が何度もあった。しかし、その度に私は生き残り、まだ生きるチャンスを与えられた。

　ホロコーストからの生還を書くには、目的がある。私は、世界最大の悲劇のひとつを経験し、苦しみ抜いた。私の子供、孫そしてその後に続く世代に、この苦しみを知ってほしいのである。世界にこの苦しみを知ってほしいのである。世界がこの悲劇を知り、二度と繰り返さぬため、悲劇の前にいた人々その後に生まれた人々に対し、私には話す責任がある。

　私は自分の使命を完遂したい。そしてあの時代に私を守られた神に感謝したい。私の町シュチェコチニついても記録しておきたい。そこはユダヤ人のシュテーテル（東欧ユダヤ人の住む町村のこと）であり、シナゴーグ、ユダヤ人墓地、沐浴用のミクベ、市場そして図書館と、ユダヤ人の生活に必要な施設が揃っていた。現在その施設は残っていない。ユダヤ人も住んでいない。この町から消滅したのである。私は、自分の言葉で今は無き社会を記録し、記念碑を建てたいと願っている。かつて私の愛する家族を含め数千人のユダヤ人が住み、町を建設した。私はその人々を追憶したい。

私には、確信がある。ユダヤ民族は必ず生き残る。如何なる苦難の道を歩もうとも、私達は希望を失わない。神はいつでも私達を助ける。ユダヤ民族には光がある。ホロコーストが二度と起きないよう、私達がこの一九三九年～一九四五年という悲劇の時代を絶対に忘れないよう、私は心から願っている。

甦りと記憶　アウシュヴィッツからイスラエルへ

第一章　ポーランドを訪れる決意

　私は、二〇〇四年八月初めにポーランドを訪れた。いろいろ逡巡《ためらい》があって、訪問に同意するまで随分時間を要した。それはさまざまな意味で意義ある旅となったが、妻と四人の子供が同行した。その子供達は、私の過去の話を聞いて育ち、私の生まれ育った地、家族のルーツの地へぜひ行ってみたい、と考えるようになった。私にとっては元へ戻る行為は極めて難しい問題であり、長い間子供達の提案を断固として拒否していた。「絶対にそんなことはしないぞ」、「その話は聞きたくない」と私は言っていた。「そこで家族全員が虐殺されたのだ。そんなところへどうして行ける。自分には未来永劫、恐怖の地だ。顔をそむけたくなるのは当然ではないか」

　ポーランドは私の母国である。しかしそれだけではない。そこは、抹殺された私の血族の墓場であり、私の幸福な環境が破壊され、私の希望、願望、前途が葬り去られた地である。そこは、理不尽にも人生最大の屈辱と苦しみを味わった地である。その傷は癒やしがたい。時間の経過とともに表面的には平静を装うことができるようになったが、内面ではその傷から血が絶えず流れている。ポーランドのユダヤ人同胞と共に経験した、想像を絶する悲劇の世界へ舞い戻るのは、絶対に御免であった。ユダヤ民族の文化と伝統の巨大な墓場と化した地で過去の亡霊探しができるほど、自分は強くない。私は一九四二年に家族と生き別れになった。家族のことを思うと、私の心は苦痛でねじまがる。

私は、長い間自分の過去に封印していた。触れず語らずである。言語に絶する過去の体験は、話す必要を感じていなかったし、それを口にするだけの力もなかった。しかし、昼間にそれを意識的に押さえつけることができても、夜はコントロールできなかった。昼間抑圧した分が加わり、過去が二重の力となって生々しくよみがえって来るのである。夜中に悲鳴をあげたことが何度あったか分からない。妻がびっくりして飛び起きる。私を現実の世界に戻してくれるのは、いつも妻であった。夜毎にみる悪夢の中で、私は単なるＢ－９４の存在になりさがって、バラックに詰めこまれ、息を凝らして身を隠し、獰猛《どうもう》な番犬が牙をむいて襲いかかり、逃げても逃げても、吠えながら追いかけてくる。突き刺すような鋭い声をあげ、銃を構えるナチス。私は進退きわまる。ほとんど毎晩私は逃げる夢を見る。しかし私は逃げきれない。

ほかの生き残りと同じように、私は精神的に心理的にナチ強制収容所の捕囚のままである。

私達は、適切な心理療法をうけたことはなく、この恐怖から解放されていない。適切な療法があるかどうかも疑問である。ナチの恐怖にさらされた六年間は、栄養失調、飢餓、重労働、苛烈な気象と環境だけの問題ではなかった。ナチスは、無限の憎悪と残忍性を有し、私達に目に見えぬ傷を負わせた。私達の内面はぼろぼろになった。私達から希望を奪い、人間賛歌の思考を破壊した。抹殺が彼らの主目的であり、人間性を奪い去ることが、必要不可欠な過程であった。体だけでなく心も精神も捕らわれの身で六年を過ごした後、立ち直りは困難を極める。組織的に不安、恐怖、怯《おび》えを叩きこまれ、自尊心は傷つき罪の意識にさいなまれている。立ち直るには、このさまざまな破滅感から解放されねばならないのである。

私達生き残りは、日々さまざまな面で、自分は人間ではない何の価値もないという強迫観念に襲われる。彼らナチスは、世界の恥であるユダヤ人を駆逐したことで、恩を着せたというわけである。私達は体毛を剃られ、裸にされ、縞入りのボロを着せられた。私達は全員が同じ姿、形をしており、誰ひとりとして人間には見えなかった。人間として話しかけられたこともない。彼らはいつも罵《ののし》り怒鳴って何かを命じた。微塵《みじん》の命令違反も許さず、ちょっとした不服従でも機関銃で処置した。射殺。これが冷酷な法であった。私達は、物理的暴力には全く抵抗できず、無力であった。彼らは冷酷な金切り声をあげ、これが私達の内面的落ち着きに突き刺り、平常心を破壊した。時間がたつうちに私達はそれに慣れてしまい、本当の人間の声を忘れてしまった。補囚の身にある私達は互いに話をすることが許されず、たといその機会があっても、私達自身の声も正常とは程遠かった。喉からでてくるのは、怯えきった不安なしゃがれ声だけであった。

やがて、私は子供達の要請を考えるようになった。元のところへは絶対に戻らぬという私の固い意志は、少しずつゆるみ始めた。子供達が、話に聞いた場所を自分達の目で確かめ、私の経験を知る機会を得てもいいのではないか。私はそう思い始めたのである。私は、自分に一番近い家族に励まされて、もっと幅広い層と自分の経験をわかちあってもいいのではないか、と心の中で考えるようになった。

私の妻と四人の子供達は、ポーランド帰還旅行に恐れを抱き尻込みする私を理解した。しかし同時に、彼らは、ポーランドとシュチェコチニを見る必要を強く感じていた。子供達は、私の叔父や叔母の名前をもらっているが、会ったことはないし写真すら見たことがない。子供達は、私がその叔父叔母に囲まれ、祖父母（子供達から見て）に育てられた町、を見たいのである。私に深いかかわりがあり、同時に私の幸せを葬り去った墓場、を自分の目で確認したいのである。

私自身は、自分がどうして生き残ったのか、説明できなかった。それは、私にとって測り知れぬミステリーである。自分の半生を語るとき、私には、神からの奇跡が連続して起きたとしか説明できない。私は、始終天使が私を見守っていると考える。神には感謝することばかりである。神が私を救った。それを考えれば考えるほど、私は自分の使命をますます確信するようになった。世界に私の話を聞いてもらいたい。ドイツのような文化国家が私達に対してこのような破滅をつくりだすことができる。人間が他の人間にこのようなことができる。これを世界に学んでもらいたいのである。

しかし、何故私なのであろうか。九人家族のなかで生き残ったのは私だけである。悪の世界を遮断する秘密の隔離室に隠れたり、あるいはそれに守られていたわけではない。私はナチスの強制収容所を六カ所転々として生き残った。戦後、何名かの歴史学者が指摘しているように、プワシュフ強制労働収容所で数週間生きのびるのは、幸運中の幸運であった。私はそこに一年以上いた。猛威をふるった腸チフスに生き残っただけでなく、集団銃殺刑にも生きのびた。アウシュヴィッツ強制収容所で生き残り、その後の死の行進でも助かった。ナチスがつくった残虐極まる諸施設では、生きて出られた人は僅かであるが、私は文字どおり一番困難な時に、そこにいた。私が助かったのは一回だけなら偶然として片づけることもできよう。しかし、私は一番難しい状況で何度も生き残った。神が確実な死の罠《わな》に意図的に放りこみ、寸前になって介入して救う。私に神の介在を認識させるためである。私にはそうとしか考えられない。測り知れない状況の移り変わりを経験して、私は神に対し、生命そのものに対して謙虚な気持ちを抱くようになった。人生行路の時期によっては、受け入れ難い、訳が分からぬと思う場合もありはしたが、私は深い意味と深い御業があるにちがいない、と今では理解している。

私は、家族をつくるために生き残ったのであろうか、ルーツの繁茂のためであろうか。私は自分に起きたことの意味を汲みとりたかった。父祖の地を離れざるを得なかったが、血は伝わり、脈々と流れている。私は家族ただひとりの生き残りであるが、大半の生き残りと同じように、ユダヤ民族の存続に寄与している。生き残ったことで血は絶えなかった。

　もちろん、戦後多くの者が絶望した。彼らは、この世界が自分達を裏切ったと感じ、そのような世界に子孫を残したくないと思った。なかには自ら命を断った者もいる。しかし大半の人は、そしてその子供達は、継承の責任をいよいよ感じている。家族の枝葉をひろげ、私達が受け継いできた文化に磨きをかけなければ、と思っている。

　余りにも沢山の人が死んだ。しかし、ユダヤ民族は存続している。多分これは神の御業かも知れない。私が妻へドヴァと築いた家庭は既に四世代になった。全員が、神の御意志に従い、ユダヤ民族の伝統をしっかり守っている。私は、このように多くの血族に囲まれる日が来るとは夢にも思わなかった。私の四人の子供達、二十名を超える孫を私に授けてくれた。孫達も既に家庭を持ち、子供をもうけている。ナチスは私に対して別の計画を持っていたのだが。

　私は、救われた後予期しなかった新しい生活環境に放りこまれて戸惑い、随分長い間その環境と妥協できなかった。戦中戦後、多くの人が生きることをあきらめた。多くの人が神を怨《うら》んだ。自分達の体験に対して、納得のいく説明を求めた。私についていえば、自らの体験が信仰生活にしばらく影響していたのは明らかである。私達全員が答えようのない疑問に苦しんだ。執拗《しつよう》にとりついて頭から離れないのである。しかし、返ってくるのは沈黙だけであった。

　何故なのか。神が六〇〇万の人間をこのように殺戮するのを認めるのなら、このような神は不要である。信じたくもない。

私もまた、起きた事実を受け入れたくない気持ちに襲われた。苦しい経験を重ねる毎に、疑問は大きくなるばかりであった。

解放後、私は誰の目にも明らかになった事実を受け入れざるを得なかった。それだけではない。心の中で秘かに守り続けたさまざまな希望は実現しないことも、認めざるを得なかった。私の祈りは聞き届けてもらえなかった。私は家族でただひとりの生き残りとなり、着の身着のまま独りぼっちで放り出された。それも、ぼろぼろの汚い囚人服である。家は無く、親兄弟も無く、大体行き先が無い。

もちろん、私は反発した。答えの返ってこない疑問を投げつけ、そして泣いた。私は天涯孤独の身となり、精神的にも孤立無援の状態にあった。見棄てられたという気持ちである。私はあの体験後に激しい苦悶に襲われたが、これを癒やせるものは何もないように思われた。家族と平和な暮らしを奪われた後の、あの索莫《さくばく》とした寂寥《せきりょう》感は何とも言えない。慰めるものがない。のみこめなかったものはまだある。シュチエコチニに残したものを取り戻せないという事実である。それは、私とユダヤ人世界に起きた（ホロコーストの）事実よりも、時として受け入れ難かった。

私は自分で、体験の理由付けをやろうとしたこともある。六〇〇万の人間が動物以下の扱いをうけた。奪われ、隔離地に集められ、医学実験の材料にされ、飢えにさらされ、人間性を奪われ、絞りとるものがなくなった果てに焼却炉で焼かれた。誰がこれを理解できるだろうか。女子供を含め何の罪もない人間が焼き棄てられ、その焼却臭を吸いこんだ後、どうして生きておれようか。何故だ。私達は、このような憎悪と世界の無関心を買うようなことを何かしたのか。私の家族に何が起きたのだろうか。殺される前苦しんだのだろうか。どこで、どのようにして最後を迎えたのだろうか。答がないことが分かっていながら、さまざまな疑問にさいなまれた。

しかしながら、時間がたち、トーラー（聖書）の支えと生活面の明るい出来事があって、少しではあるが立ち直ってきた。祈る力が出てきたのだ。戦時中私は沢山のことを忘れた。しかし、祈りの言葉はほとんど暗記していた。あの苦難の六年間、可能な時はいつも祈った。礼拝時に身につけるテフィリン（左腕に巻きつける聖句箱）とタリート（礼拝用肩掛け）を持たず、声にだして祈ることもできなかったので、心の中で聖句を唱えた。祈りは心の傷を少しやわらげ、私に希望を与えた。

私は聖書から学んでいることがある。それは、いつも誰かが、私達ユダヤの民を滅ぼそうとしていることである。私達の宗教と信仰心をとりあげてしまおうとする者、私達の命をとろうとする者が、いつもいた。しかしそれでも、私達は存続した。私達ユダヤの民は、再び敵に攻撃された。今度はナチスである。私達の宗教と信仰心を叩き潰し、容赦なく何の罪もない人々を殺戮した。しかしそれでも、ユダヤ民族は再び生き残り、伝統を守りユダヤ的生き方を継続しようとした。たとい多くの者が自分の出自の故に苦しみ、その出自に反発したとしても、ユダヤ民族は厳として存在している。ずたずたにされ、満身創痍《そうい》になっても、生きのびる力は備えている。

ある日、私は遂にポーランド帰還の旅を決意した。大袈裟《おおげさ》だろうが、私はこれをすべての世代のための旅にする、と考えた。私の考えが如何に正しかったか。当時の私はそこまでは分からなった。私の家族に及ぼした影響は相当なものであった。

私の友人達は、この決断を聞いて、猛烈に反対した。「君のためにならん。お金ばかり使って、苦しみに行くだけだ。行くべきではないよ」と彼らは忠告した。

私は、行った場合のプラス・マイナスを計算した。私の人生で一番厄介な決断のひとつであった。単なる旅行であれば、あちこちを回るだけである。しかし、この旅は、強烈でしっかり根をはった感情、思考がまつわりついた内面の世界に踏みこむことである。それはまた、私の過去へさかのぼる旅でもあった。幼児、思春期、家庭生活、そして、私の世界観と安心感を破壊した所へ戻るのである。

旅行の準備を進めながら、私は自分の半生について考え続けた。状況が予期しないところで変わる。このような無数のめぐり合わせがあった。解放後、衰弱した体であったので治療をうけ、それからパレスチナ行きを決めた。当時、私の心の中ではユダヤ人にとってふさわしい唯一の地であった。その地で私は新しい生活を始めた。難しかった。知り合いはひとりもいない。全くのひとりぼっちで、持ち物も着ている衣服だけであった。しかし、私は自分の家庭を築き、私の人生で最も大切な家族を持った。社会では歩兵としてさらに衛生兵として、イスラエル国防軍（ＩＤＦ）に二十二年間勤務した。ここに到着したのは一九四六年、持ち物もなくまさに徒手空拳《としゅくうけん》の状態でキブツ生活を始めた。やがて私は、家族のため安心安全そして穏かな生活環境を築いた。不安や心配のない世界である。

一九八二年、私はアメリカ移住を決意した。その時も当初容易ではなかったが、再び神の御加護を得た。以来私は、ペンシルバニア州ハリスバーグ市で、静かな生活を送っている。当地には、よきユダヤ的環境がある。ユダヤ教の伝統を守る社会があるのである。シナゴーグでは、私は過去の悲劇的経験のゆえに、丁重に扱われ尊敬された。多くの人々が、私の運命に神の摂理を見、選ばれた人と考えた。なかには、私の祝福を求める人もいた。私は本当に心をうたれた。

一九六〇年代の初め（一九六一年四月十一日）、アイヒマン裁判が始まった。私はラジオで遂一裁判の進行状況を聴いた。被告アドルフ・アイヒマンはナチのＳＳ（親衛隊）中佐で、国家保安本部（ＲＳＨＡ）ユダヤ問題課の責任者として、ユダヤ民族抹殺を目的とする最終解決（エントレーズング）を実行した、主役のひとりである。青酸系の殺虫剤チクロンＢをユダヤ人殺害に使用することを提唱、進言したのも本人である。抹殺キャンプでは、シャワーを浴びると信じこまされた人々が、ガス室でこの猛毒を撒布され、一〇〇万を越える人が犠牲になった。

生存者の世界では、アイヒマンの名前を聞いただけで、特別な感情をひき起こす。ポーランド行きにかかわる私の不安は、この裁判で裏書きされた。私達は、さまざまな強制収容所から生還した者であり、裁判を正義の鉄槌を下す場と考えた。チクロンBだけでなくナチの支配で犠牲になった人々、そして私達の苦しみに対し、相応の罰が与えられるのである。しかるに、裁判過程の先行きが全く見えなくなったのである。弁護側では、裁判が非合法であるとして、議論を別の方向へ持っていこうとした。実に神経に触った。そして力がすっかり抜けた。「この男は正義の鉄槌をうけるのか、それとも大半のナチス同様、すり抜けて逃げてしまうのであろうか。裁判は何かを変えるのか」。私は懊悩《おうのう》した。

アイヒマンがどうなるか未だはっきりしない。私の苦悩は続いた。そのような状態にある頃であったが、ある晩、眠れぬままベッドで輾転《てんてん》としていた。思いきって起き上がると、私は子供部屋に行った。どこか異常はないか。毛布はきちんとかかっているか等々、いつも安全を確かめて、自分の部屋に戻るのを常とした。しかし、アイヒマン裁判が続いているその夜は、自分の部屋に戻らなかったのである。

私は、子供達の毛布をきちんとかけることもしなかった。ベッドの横で倒れ気を失ったのである。何が起きたのか。後になって妻から聞いて分かった。妻はいつもと違う夢を見て、はっとして飛び起きた。「夢であなたのお母さんに会ったのよ」と妻は言った。実際には一度も会ったことがないのに、夢でそう認識するのは不思議な話ではある。「それで、夫がそちらへ行きますと言うと、お母さんは、いいえ来ません、と答えるのよ。そんなやりとりが三回もあった後目が覚めました。あなたがいないので探したら、子供部屋で倒れているじゃありませんか。

意識がなかったのよ」と妻は事情を説明した。妻が見つけてくれるまで、数時間意識不明の状態にあったらしい。驚いた妻は隣近所の人達に知らせ、救急車を呼んでもらったという。おかげで私は助かった。神経が参ってダウンしたのである。結局数日間入院する破目になった。

母が私を救いにきたのであろうか。全くあり得ない、信じられない話のようにみえる。しかし、私の人生そのものが信じられない転換の連続ではなかったか。そもそも私が生き残ったこと自体が自分でも信じられないのである。何が現実で何が現実でないか、私達は判断できるだろうか。私は、六年間ナチの支配下におかれ、不可思議な介在としか言いようのない力によって、生き残った。私は、それを天からの介入と信じている。

日常生活に差しさわりのない程度に心身が回復し、苦悩がある程度軽減されるまで、長い時間と多大な努力を要した。ポーランドへ行くと、非常な努力でせっかく立て直した内面が、崩れてしまう恐れがある。最も不快な悪夢の源となった所と、何故向き合わなければならないのか。このような疑問は残り、私が完全に納得したわけではないが、決心を再度変えるようなことはしたくなかった。私は子供達に、一番大事なのはそこを見ることだと言った。私は、自分自身を納得させていた。理論的に考えれば心の傷に触る旅には出ない方がよいが、明らかに非合理的な旅を促す声も心の中にあった。

空港に到着して、私は突然恐怖に襲われた。私は、六十年前に離れたポーランドのことを考

第１回シュチェコチニ訪問時（2004年）のボルンシュタイン一家。左より妻ヘドヴァ、長女レア・ゴールドマン、著者、次女ショシャナ・オーランスキ、次男ツビ、長男ヨッシ

えた。行くなという友人達の忠告を聞いた。そして、中止しようという強い衝動を感じた。こんな旅はとんでもない。馬鹿馬鹿しいように突然見えてきた。私はまだバランスのとれた平常心を持っていなかったのだ。私の内面は二つに分裂していた。一度みたいと思う好奇心と挑戦しようという意志がある一方で、私を躊躇させる恐怖心があった。

「これが良い考えかどうか分からない」。私は自分の疑問を家族に理解してもらおうとした。家に戻るつもりだったのである。私が留まり得たのは、家族の理解と支えそして後押しがあったからである。いつもそうであるが、私は家族が頼りであった。私は、家族の支えで落ち着こうとした。家族は、私の中に巣食っている恐怖の力を実感したにちがいない。その恐怖が私を支配し始めたのである。さまざまな考えが頭の中で渦を巻いていた。何が起きるのだろうか。私はどう反応するのだろうか。六十五年後の今、私は何に出会うのだろうか。

航空機は離陸し、すべてが始まったところ、そして同時にある意味ではすべてが終わったところへ向かって飛びたった。機中にある私は、心の中で過去にさかのぼる旅の途上にあった。私の記憶の根源へ戻るのである。

第二章　平和だった頃

私は一九二四年三月十七日、七人きょうだいの五番目の子として生まれた。両親の名は父がハノフ・ヨセフ、母はレアである。私は、亡くなった祖父の名をとってイジク・メンデルと名付けられた。

私達一家は、小さなシュテーテル（東欧のユダヤ人の多く住む町村）に住んでいた。シュチェコチニという名であった。私達はイーディッシュ語（ドイツ語とヘブライ語の折衷語）でチェコチンと呼んでいた。ポーランド南部の、のどかで美しい町であった。

南部で大きい都市といえば、クラクフ、キエルツエそしてカトヴィツエの三市だが、私達の町は、それぞれの都市から八〇キロほどの距離にあった。さっきも言ったように、ここは大きいところではない。人口約五五〇〇。少なくとも住民の半数はユダヤ人であった。小さなところであるから、互いに気心が知れていて、仲良く暮らしていた。いってみれば、大きい家族のようなものである。反ユダヤ的な空気はどこにもなかった。キリスト教徒もユダヤ人も良き隣人として互いに認めあい、一緒に暮らしていた。家それぞれに仕事があり、それで生計をたてていた。

当時私達の住む通りは、当時シェンキヴィッチャと呼ばれていた。今はコシチェルナに変わっているが、住人の大半はユダヤ人であった。しかし隣のヴォイタジンスキさんはキリスト教徒一家で、商売は本屋。多数の本を揃えた書店が自慢で、誇りにしていた。今述べたように、隣はユダヤ人一家ではないが、私達とはひとつの家族のようで、大変愉快に暮らした。上品でインテリ一家が隣人なので、私達は誇りに思っていた。娘のカジミエラは私と同級生で、子供の頃はよく庭で遊んだ。隣の裏庭には果物の木があった。今でもよく覚えている。リンゴの木の枝が垣根越しにうちの庭まで伸び、季節になるとたわわに実をつけ垂れさがってくる。そしてリンゴが落ちる。お隣はいつも「うちのものはあなたのものよ」と言っていた。私達は汁気たっぷりの甘いリンゴをおいしく頂いた。暑い夏にはなかなか日が暮れないが、夕方になると双方の母親が書店の階段に座って夕涼みをした。そのうちに近所の女性達が集まってきて、世間話を始める。他愛のない噂話に興じるのである。

数軒先にツッカーマンさんの家があった。ヤジアという名の小さい女の子がいた。少し気位が高そうで、窓の外をつんとした表情で歩いていたのを、よく覚えている。いつも綺麗な服を着て、髪は丁寧に編みあげた姿で、私には少し甘やかされた、ちっちゃい王女様のように見えた。年齢がかなり離れていたので、話をしたこともない。互いによく知らなかった。戦時中、私は運命に翻弄され、強制移送の憂き目にあって、故郷シュチェコチニから引き離された。それから数十年の歳月が過ぎ、生き残った私はここを訪れ、町の生存者の女性と会う機会があった。エフディット・ゴールドである。ヤジア家の傍らに立ちながら住民の消息を語りあった。私が、当時の記憶をたどりながら、かくかくしかじかの少女がいたけれど、覚えていますかとたずねた。「年の頃はあなたと同じくらい。確かこのあたりに住んでいましたが」

エフディットは、えっという表情で私を見つめると、「それ、私ですよ。その頃皆からヤジアと呼ばれていました」と言った。

まさかこのようなところで再会できるとは、全く信じられない気持ちであった。そして、当の本人を前にして、少女時代の特徴をあれこれ言ったので、気を悪くしなければよいが、と思った。

私の家からさほど離れていないところに、ローゼンブラットさんの未亡人が住んでいた。シート類を扱かっていたので、人々が馬車用の座椅子をよく買いに来た。ポタスさんという人もいた。文房具屋さんだった。そういえば、通りの対面には、ブルガルスキさんの料理店があった。コーシエル（ユダヤ教の食物規定）に合った店ではないので、私達の家族は行ったことがない。いつも楽の音が店の外へ流れてきた。時には何か慌ただしい動きがして、がたぴしすることもある。酒をのみ過ぎて、酔っ払いが喧嘩を始めるのである。警官がよく来た。もちろん客としてではない。喧嘩の仲裁に登場するのである。

私の両親は、隣り合って二軒の家を持っていた。第五号および第七号棟である。第五号棟は

戦前のシェンキヴィッチャ通り。正面はシュチェコチニのカトリック教会、左の丸で囲んだ白い建物が著者の実家。

古い木造平屋だった。第七号棟は赤煉瓦のつくりで、家族九名が住む居住区、店舗そして賃貸アパートの三つに分かれていた。アパートの方はゴールドベルクさん一家が借りて、そこに店を開き家族で住んでいた。私の父はヴォジスワフの出身である。ここから四〇キロほど離れた小さい町で、沢山ユダヤ人が住んでいた。結婚を機にこちらへ移住したのである。私の両親は共にユダヤ教正統派の家庭に生まれ育ち、シャドハン（結婚仲介者）を通して結婚した。その両親も人生の経験と年の功で、シャドハン役になった。私の母方のレンチナー家は、洋服の仕立て屋だった。子供達は家業を継いだものの、シュチェコチニを出て、ベンジンやソスノヴィエツなどに移り住み、そこで店を開いた。

私達の住むシェンキヴィッチャは、とて

も小さい通りで、めぼしいものをいえば、二つの寺院であった。近くに私達がポーランド語でリネクと呼んでいた市場があり、その傍らに私達のきれいなシナゴーグ（ユダヤ教の会堂）があった。この通りの向かい側の突きあたりには、荘厳なカトリック教会があった。鐘の音がよく響きわたった。カトリック教の祝祭日には、鐘の音とともに合唱や祈りの声も流れてきた。教会の中に入ったことはない。しかし、私達は、重要な祝祭日には、バルコニーからその儀式の様子を見ていた。その祝祭日には、教会のまわりに人があふれる。教会の中に入りきれないのだ。大切な儀式の時は、ポーランド軍の正規軍装を着用した兵隊達が来て、参列した。しかし平日にはしんと静まりかえっていて、私達はすぐ近くに住んでいても、ほとんど物音を聞かなかった。

私達の家は、伝統をよく守り、温かい家庭であった。子供達はそれぞれに役割を与えられ、放課後は家の手伝いをした。牛乳運びの手伝いは、今なお記憶に鮮明である。牛乳缶にそのまま絞り入れたもので、新鮮で濃厚で本当においしかった。グラスに入れておくと、しばらくして上の方からクリーム状を呈してくる。私達はこの牛乳で自家用のバターもつくった。

夕方、全員が揃ったところで食事が始まる。食堂には大きいテーブルがあり、父親は奥の席に陣取る。そこは家長の席で、客人といえどもそこには座れない。当時家で一番偉いのは父親であった。はっきり覚えているが、二倍の分量が盛られるのは子供ではなく父親の皿であった。それだけ父親は尊敬されたのである。食べものは全部家で調理したので、いつもできたてを食べることができた。安息日や祝祭日に食べるハラーというパンは、この町では店やパン屋で売っていなかったので、それぞれの家で主婦がつくった。うちでも母親が焼いた。安息日や祝祭日が近づくと、台所から香ばしい匂いが漂ってくる。

シュテーテルのユダヤ人は、おいしい御馳走作りで知られていた。木曜や金曜日になると、女性達が安息日用の料理作りを始める。匂いを消すことはないから、ユダヤ人の家からはさまざまな料理の匂いが通りに流れ出る。大抵チキンスープに魚のフライやローストビーフで、ココアケーキ、チーズケーキ、アップルケーキなども作られた。その匂いが渾然《こんぜん》一体となって、あたりに漂っているのだった。この御馳走は、安息日を祝う意味で私達にはとても大事な料理であった。キリスト教徒も私達の料理が大好きで、うちでも作りたいのでレシピをちょうだいという人もいた。

シュテーテルの暮らしは気取りがなく平穏であった。のどかな生活を忘れることはない。生活に必要なものは、町の店や出入りの商人から充分手に入れることができた。ここには立派な図書館もあった。いろいろな分野の蔵書が沢山あって、イーディッシュ語とポーランド語の本が揃っていた。複数の店舗に料理店そして学校と礼拝所もあって、日常の生活に事欠くことはなかった。シュチエコニチは、まことに平穏で美しい町だった。夏になると、ベンジン、ソスノヴィエツなどの大きい都市から、夏休みの休暇客がやって来た。ウッジ（ポーランド第二の都市）やワルシャワなど遠方からわざわざ足をのばす人もいた。親戚や家族の許を訪れる人やシナゴーグでの礼拝に来る人とさまざまだが、ここの新鮮な空気と静かなたたずまいに惹かれて来る人もいた。ここには小さい湖があった。家族連れで来た人達が湖岸の草むらに座り、日光浴をしながら平日の疲れをとる姿がみられた。

町のはずれに、立派な大豪邸があった。ヤン・チェハノフスキ氏の館《やかた》である（注・写真293頁）。大変裕福な人で影響力もあった。一九二〇年代に駐米大使をつとめ、ヒトラーの占領時代は亡命政権の駐米代表だった。町では有名人で、人々から尊敬され、その地位は不動であった。しかし、そのような地位にありながら、えらぶったところが全然なく、大変礼儀正しい人だった。いつか父と一緒に通りを歩いていると、馬車に乗った氏がやって来た。そして私の父を見ると、帽子をとって自分から先に挨拶したのである。この光景は生涯忘れない。

住民はこの館が好きだった。いろいろな楽しみがここにはあった。町の中心からのびているセナトルスカ通りを真直ぐ行くと、この館につきあたる。週末になると人であふれる。家族連れの人達が三三五五、館の大きい建物へ向かってゆっくりと歩いて行くのだ。土曜の午後は、ユダヤ人の両親が、はしゃぎまわる子供達を引き連れて、そぞろ歩きをする。館を囲む公園と森へ向かうのである。日曜日も全く同じ光景になるが、この日を休日とするキリスト教徒が散歩しているのである。

館には正面に美しい庭園があり、色とりどりの花が咲き乱れ、濃厚な花の香が漂っている。それに木の香もする。公園と館の背後に森がひろがっているのだ。そこには木の実がなっていた。子供達にはそれが魅力であった。私達は特にブルーベリーが好きだった。森は深く、樹木が伸び放題であったから、迷うおそれもある。私達はコンパスを携帯するのが常だった。しかし、安息日の時は使うことができないので、奥の方へ行かないようにみんな用心した。でも、そこに稔《みの》っている木の実を考えると生唾《なまつば》がでてくるのである。館の奥にひろがる森へ踏みこみたくない人には、沢山のリンゴの木があった。自由にもいで食べることが許されていた。

館はさまざまな動物を飼っていた。子供達が一番喜んだのが、この動物である。牛と馬も飼育されていて、子馬や子牛を見ると子供達はこぞって走り寄り、さわろうとした。ここには、七面鳥とあひるが無数に飼われていた。一番の楽しみはその羽根を見つけることで、大きくカラフルな羽根を手にした子は大得意で、皆に見せびらかした。住民のなかには毛布持参で来る人もいた。時にはちょっとした食べものをつまみながら、自然を満喫するのである。もちろん、人それぞれである。芝生に座って、家族や友人と談笑したりする。果物をかじる人。あたりを散歩する人。ちいさな動物とたわむれる人。深呼吸をする人等々。ここに来ると、本当に身も心も洗われるようだった。特に夏の暑い日沢山の家族がここに集まったのは、少しも不思議ではない。

市がたつ広場のまわりには、さまざまな店や料理店があった。もちろんユダヤ人経営の店もある。ここに来れば日常の必需品は全部手に入った。遠くまで買いに行く必要はないのである。水曜日は市のたつ日で、近隣の商人達はこの日を待ち望んでいた。毎週水曜日になると、カトリック教とユダヤ教の祭日に重ならない限り、リネクに人と商品が沢山集まって、大いに活気づく。あたりがざわめいて、威勢のよい声がする。さまざまな匂いが漂っている。商品を売る人と買う人で混雑する。近隣の農村からは、農家の人が牛や馬を引き連れ、鶏や乳製品あるいは卵や加工肉を持って来て店開きをしている。売ったり買ったり、あるいは自分の欲しい商品と物々交換をするのだ。カトリック教徒もユダヤ人も一緒になって、ここで売り買いし、あるいは商品を交換した。私達はここによく来た。そして、熱気あふれるなかをうきうきして歩きまわった。

広場の中央に、記念碑が立っていた。ポーランドの英雄タデウシュ・コシューシコ将軍の像で、住民達が金を出しあって、一九一七年に建立された。コシューシコは、ユダヤ、キリスト教の文化をなんら差別することなく、当然のごとく双方を尊敬した。二つの社会が共に誇りとする人物であった。クリスマスの時季になると、キリスト教徒がクリスマスツリーなどの装飾品で町を飾りつけた。この銅像にもイルミネーションをつけた。

一方、私達ユダヤ人のプリム祭になると、広場にはユダヤ人の家族があふれた。大人から子供まで一緒になり、冗談を言い合ったりして愉快なひと時を過ごした。全員がさまざまな仮面をつけ、奇抜な衣装で登場する。どこの誰だか分からない。なかには、二、三メートルほどもある高下駄をはいて、ゆらゆらと歩く人もいる。そして例年のことだが、茶色の大鬚《ひげ》をつけた人が、円陣の中でくるりくるりと踊りだす。手拍子が始まり、あたりは笑いの渦となる。

シュチエコチニのプリムは、本当に楽しかった。ユダヤ人社会総出の一大イベントで、全員が市のたつ広場に集まって祝った。祭りが始まる夜、私の家には近所の人達が沢山集まった。私の父ラビ・ハノフ・ヨセフ・ボルンシュタインの朗誦を聴くためである。父は、特別のメロ

毎週水曜日に市が開かれたシュチェコチニの広場（リネク）、左手にポーランドの英雄コシューシコ記念碑がたっている。

ディーに合わせて抑揚をつけ、エステル記を重々しく読むのである。子供達は、楽しくて仕様がない。悪役のハマンという言葉がいつ出てくるのか、今か今かとどきどきして待っている。父の口からその言葉がでると、それっとばかりブラーガを一斉に鳴らす。ガラガラの一種である。

エステル記が終わると、あとは楽しい食事である、家人が腕によりをかけたプリムの御馳走が待っている。ゲフィルト・フィッシュやクレプラハをたらふく食べる。家中が楽しい笑声にみち、プリムの歌でさんざめく。ある年のプリムは生涯忘れない。このようなお祝いの席で、テーブルの一番奥に座っていた私の父が、いきなり椅子の上にあがると、くねくねと踊りだしたのである。一〇分ほども続いたであろう。尊敬する父があんなことをするなんて、おかしくて私達は笑いがとまらなかった。自分の連れ合いのこんな才能を見て、私の母は、ショックをうけたようだった。父は、ワインや蒸留酒のシュナップスを飲み過ぎたのかもしれない。でも、あれにはみんな驚いた。そして大変面白かった。

お祭り自体楽しかったが、準備もそれに劣らぬくらい楽しく嬉しかった。お祭りの数日前、子供達はまず学校で準備を始める。私達は、厚紙や画用紙、色鉛筆その他文房具を持って来た。そして先生達に手伝ってもらって、仮面をつくるのである、視覚と呼吸を確保するため、両眼と口許に小さな穴を開けておく。しかし、これがなかなか難しい。でもとても面白かった。みな大騒ぎして工作に熱中した。完成すれば、みな試しに仮面をつける。そうなると誰が誰だか分からない。これでも大騒ぎである。仮面作りが終わると、今度は紐と板キレでガラガラを作った。これで大きな音をたてるのである。楽しいプリムの夜、子供達は寝ないでその時を待っていなければならない。私達のガラガラは、大きい音がした。特に足を踏み鳴らしながらやると、本当にうるさかった。私達は仮面をつけるのが待ちきれず、わくわくしながら仮面をつけ、伝統のプリムの歌をイーディッシュ語で歌いながら、他所の家をまわった。

プリム以外では、光の祭りであるハヌカが楽しかった。ユダヤ暦のキスレヴ月の第二十五日から始まり、八日間続く。太陽暦では十二月、ちょうどキリスト教のクリスマスの頃である。毎日一本ずつローソクを灯していく。キリスト教徒の隣人達は、クリスマスツリーや飾り物とローソクで飾る。私達はユダヤ教の伝統に従って私達の祭日を祝うのである。

ある年のクリスマスの時であったが、教師が神父さんと一緒に私のところへやって来た。学校の宗教の時間には、私達ユダヤ人児童はラビと一緒に勉強し、キリスト教徒の児童は、この神父さんから教わっていた。だからこの神父さんは少しは知っていた。二人の聖職者の仲も大変良かった。

私は声がよく歌うことが好きで、音楽の課目はいつも成績がよかった。神父さんは先生に歌のうまい生徒を紹介してほしいと言ったのであろう。クリスマスの時、合唱隊に加わって教会で歌ってくれないかという話であった。私は驚きもしたし、ありがたいとも思った。ユダヤ人の少年のところへわざわざやって来て頼むほど、私の歌唱力を評価しているかと考えると、名誉に感じた。一方、私はユダヤ教の伝統を守る家の息子である。この事実を認識してもらわないと困る。私が身につけた教えでは、教会に入ってそこで祈ることは許されていない。断らざるを得なかった。御二人は大変不満のようであった。でも私は、教えをきちんと守った。

クリスマスとハヌカで、シュテーテルの子供達は喜び一杯、大いに活気づく。キリスト教の子供達はクリスマス・プレゼントをもらい、クリスマス・キャロルを歌ってまわる。ユダヤ教の子供達は、独楽《コマ》の一種ドライデルでゲームをしたり、トランプのブラックジャックで楽しい時間を過ごした。次姉のリフカが傍らに居て、ゲームで兄弟喧嘩をしないように見張っている。私達は同じ額のお金をもらった。ゲームでそれをチビチビ賭ける。勝ったり負けたりで喧《けん》嘩《か》になることもある。誰か文句を言い出して争いになると、リフカが厳しい判定をくだす。私達が大騒ぎをしながら延々とゲームに興じていると、やがて長姉のサラが、ハヌカの御馳走を大皿に盛って部屋に入って来る。私達はゲームをやめ、スフガニヤ（ドーナツの一種）やラトケス（パンケーキの一種）をおいしくいただく。長姉が母と一緒に台所でつくったハヌカの時の食べものである。

サラは、私達にとって第二の母のようで、みんなその地位を尊重した。長姉はいつも母親と一緒であった。料理、買物、洗濯を手伝うのである。通りを二人で歩いていると、よく姉妹と間違われた。母親はスリムで大変エレガントな女性であった。肌の手入れを忘れず、身だしなみがよかったので、若く見えた。私達は母親を愛し、大変尊敬した。何かあっても、直接母親のところへ行かず、まずサラにお伺いを立てる。母親を煩わす前に、直接話していいのかどうか長姉が駄目と言っても、文句は言えない。私達は長姉の権威を認め、いやでも従わざるを得なかった。長幼の序といおうか、私達兄弟姉妹全員が年上の人を尊敬するように躾《しつけ》られていた。

ハヌカの時、私の母は大きい鵞鳥《がちょう》を数羽買った。脂身をとるためである。調理完成までいろいろ手順があって、子供達は役割分担に従って行動した。準備は、畜殺業者のところへ行くところから始まる。業者は、ユダヤ教のカシュルート（食物規定）に従って、鵞鳥をしめる。さばく段になると、私達は中味が大丈夫かどうか、注意深く点検する。カシュルートに合致しているかどうか分からない時は、ラビに判断を求める。カシュルートに合っていないと、ほかの鵞鳥を買い、こちらの方は三軒先の料理店に安く売ってしまう。ユダヤ人経営の料理店ではないので、ややこしい食物規定に従う必要はないのである。もっとも、大抵は大丈夫で、私達はどんどん準備を進めた。

鵞鳥の羽毛は女性達が総がかりでキルトに仕上げる。娘達が嫁に行くとき、結婚プレゼントにするのである。長い冬の夜、母親は娘達と一緒に炉端に座り、談笑しながら嫁入り道具を縫いあげた。ハヌカ用に鵞鳥の脂身をとる仕事の一部は私の担当で、水で洗い清め塩をまぶすのである。当時どの家にも水道がひかれていなかった。私達は近くの揚水ポンプまで水汲みに行き、濾過《ろか》して使った。私はいつもバケツを二つ持って行った。

塩をまぶした後、二羽分の鵞鳥を台所の窓のところに吊るす。ガラス窓は凍ってしまうので、冷凍庫の役を果たすのである。やがて脂身が分けられ、調理される段になる。家中に食欲をそそるいい匂いが漂い、私達の鼻をくすぐる。もう待ちきれない。そして、テーブルに座る時がやっと来る。両親と子供達全員が着席する。ハヌキヤ（九枝の燭台）に灯されたローソクの炎が、通りに面した窓に映える。私達はお祭りの歌を合唱し、待望の脂身をいよいよ食べる瞬間がくる。パンに添えていただく。皆が満面に笑みをたたえ、全員が揃って祝う幸せをしみじみと味わう。

秋には秋の趣きがある。ユダヤ人社会の新年（ローシュ・ハシャナー）と贖罪の日（ヨム・キプール）の重要祭日が、秋に来る。新年の一週間前から私達は反省の日々を送る。一年間の罪を悔い改め、神に赦しを乞うのである。十日後のヨム・キプールに私達は審判をうけ、神が生命の書にそれを認証する。シュチエコチニのユダヤ人達は、三カ所をまわって、赦しを乞う祈りである〝セリホット〟を唱えた。まずシナゴーグに集まる。それからユダヤ教学を勉強する教室ベイト・ミドラシュ、そしてハシッド派の研究所シュティベルである。

どのユダヤ人社会にも、イーディッシュ語でシャーメスと呼ばれる人がシナゴーグにいた。ヘブライ語のシャマシュに由来し、世話係の意味である。二つの重要祝祭日の準備期間中、まだ暗い未明にこのシャーメスがユダヤ人の家をまわり、ハンマーで木戸をドンドン叩き、イーディッシュ語で「起きて下さい。セリホットを唱えて下さい」と叫ぶ。私達は素直に従い、眠気を払って、神に赦しを乞うお祈りのため外に出て行く。

祭日の始まる夕方、私の父は弟のヤコブと私をミクベ（沐浴用の施設）のところへ連れて行く。そこで身も心も清めるのである。女性の番になると、母が娘達を連れて行く。こうして私達は、祭日の厳かな空気を感じ始める。ローシュ・ハシャナーの説教が終わると、ショファール（雄羊の角笛）の吹鳴《すいめい》を聞く。粛然とした気持ちになる。神に対する私達の責務を感じ審判の日を思って身が引き締まる。未知なるものへの畏敬心で、自然と涙が流れる。当時私はみんなの姿を見ると天使のように思った。全員が白衣をまとい、白い帽子に白いベルトをつけていて、何か神秘的な雰囲気をかもしていた。

家に戻ると祭日の御馳走が待っている。最初に食べるのが、蜂蜜に浸したリンゴ。新しい年が甘く良き年になるように、縁起をかついだ食べものである。ゲフィルト・フィッシュ、じゃがいも料理そしてさまざまな種類のケーキがでる。家族全員がテーブルを囲み、父親が戒律とそれを守る意義を説明する。私達は神妙な気持ちでその話に耳を傾けるのだ。「今夜、私達全員が、羊の群れのように全能の主の前を通って行く。主は審判されて、誰が生き誰が死ぬかを決められる」。父親がこう言うと、全員が自分は大丈夫だろうかと考えながら、真剣にハティマ・トバー（良き審判の意）を願い、生命の書にそう書かれますようにと祈った。

贖罪の日、ヨム・キプールは、十日に及ぶ悔い改めの総決算の日であり、ユダヤ人にとって最も厳粛かつ重要な祭日であった。私にとっても極めて大切な日であった。ヨム・キプールには独特の雰囲気があり、子供のころから畏敬と謙虚な気分にひたって来たのである。子供の頃から、家族と一緒にテーブルを囲み、敬愛する父親の話を真剣に聴きながら、悪いことには相応の報いがあることを心から考え、それがしっかりと叩きこまれていた。しかし、数年後のヨム・キプールに、あの苛烈な運命が待ちうけていようとは、夢にも思わなかったのである。それは私の人生と世界観、そして存在に対する私の認識を、根本から変えるのである。

私の敬愛する父は、ハシッド（ハシディズムの信奉者、聖徒）であった。父の家は代々そうであるが、シュチエコニチのユダヤ人達は大半がそうではない。つまり、父は、ユダヤ教正統派内の宗教運動「ハシディズム」に所属していた。バール・シェム・トヴの通称名で知られる、ラビ・イスラエル・ベン・エリエゼルの興したユダヤ教復興運動である。ユダヤ教がこまかな解釈にとらわれて型苦しくなり、学究的になりすぎたのを見て、新しい生命力を吹きこもうと考えたのである。それは、精神性にあふれ、喜びと生命の躍動するものであった。戦前ポーランドには、ハシディズムのなかにさまざまな流れがあった。弟子達がそれぞれ流派をつくり、それが受け継がれてきたのである。父の家族はソハチェベルという派に所属していた。

私の父は、私の教育を本当に真剣に考えてくれた。父は、仕事に追われて、勉強したくてもできなかった人である。ほかにも同じような人が沢山いただろう。その父は、私によく話しかけ、私がヘデル（ユダヤ教初等学校）で学んだことに耳を傾けた。父は、使用人の扱いに関する宗教法上の規定を知りたがった。きちんとした扱いで処遇し貧しき人と分かちあい、神の戒律に従って生きていきたかったのである。私は自分の知識を父と分かちあうことが嬉しく、誇りにも思った。私は、父そして私に宗教教育を施してくれた教師達に、今でも感謝している。この人々のおかげで、私は人生で一番困難な時でも祈ることができた。祈りで私は心の平安を得た。

私は、四歳になって初めてヘデルへ行った。この小さい町にこのような学習教室が沢山あった。息子達を宗教的環境の中で教育しようとする両親が、多かったのである。さて、幼児の私は、毎朝目が覚めると〝モデー・アニー〟（朝の祈りの冒頭部分）を唱えた。私の魂を戻していただいたことを神に感謝する言葉である。しかし私はもっと長い祈りの言葉を言えた。新しい月を聖別する〝キドゥーシュ・ハレバナー〟という比較的長い祈りも、暗唱できた。敬愛する父と一緒に詩編を暗唱したのは、今でも記憶に鮮明である。二人とも詩編の大部分を暗記していた。私は父と共に歌い祈ることに、深い喜びを感じた。

私は、実際のところ重要な祈りは大半を記憶していた。成長過程で私の信仰生活を形成してくれた人々がいる。私達のヘデルは年齢別で、部屋が三つあった。私達は四ないし五歳で学習を開始した。幼年組の先生はリトヴァクさんだった。先生は三年間私のクラスで教えた。それから八歳になった頃、私達はイエズケルさんの担当する小学生組に進み、ミシュナー（口伝律法集）の学習を開始した。先生は、私が六歳になって次のクラスへ移ったとき、私の教育をみてくれた人である。その後私達は年長組で勉強し、十三ないし十四歳でヘデルを終えた。この組の担当はハノフ・ダンチンガーさんで、タルムードなどのユダヤ教書の学習へと我々を指導して下さった。私は、ラビのイチク先生から個人的に教育をうけた。私を含め、三人の少年がイエシバー（ユダヤ教神学校）の入試に備えて、先生の指導をうけたのである。勉強は順調に進んだ。私はルブリンのイエシバーで学習を続けたかった。試験を受け、合格した。本当に嬉しかった。

しかし、私はルブリンでの学習を開始できなくなった。戦争が勃発し、すべてが変わってしまったのである。戦後随分たってポーランドへ行ったとき、ガイドにその話をすると、ガイドは急に真顔になって、「そうでしたか。頭脳優秀で将来性のある人しか受け入れなかったのを知っています。合格するには、ミシュナーの一番難しいところを暗記するほど勉強しなければならなかった、と聞いています」と言った。イエシバーで研鑽《けんさん》を積む私の夢と期待は、遂に実現しなかった。私の宗教教育は、明るい展望が開けかけていたが、途中でねじまげられてしまった。ナチのポーランド侵攻が私の人生をひっくり返したのである。それでも、この時期が私の人格を形成したのは確かである。そしてその頃の学習が後年何度も私の助けになった。

勉学する少年という私のイメージは、心の深奥に残った。それと同時にあの頃の美しい記憶は、私に強い痛みをもたらした。突如として襲いかかられ、平和な生活を目茶苦茶にされた悲しみ、美しい記憶にはそれが重くのしかかっている。その追憶にも、殺された人と失われた世界の面影が付きまとう。ナチは、シュチエコチニにゲットーをつくり、私のシュテーテルのユダヤ人全員をそこへ押しこめ、それから絶滅収容所のトレブリンカへ移送した。私の学友と教師に何が起きたのか。私は想像しかできない。

あれから随分時間がたった。それでも、私自身驚いているのであるが、記憶は極めて鮮明で、沢山のことをこと細かく覚えているのである。

まずリトヴァクさん。いつも細長い棒切れを手にしていた。小枝がついたやつで行儀の悪い生徒を、これでピシリとやるのである。当時、体罰は普通に行なわれていた。子供の親も、そのようなやり方で規律を教えることを容認していた。それでも先生は棒切れを使わなかった。私達も限度をわきまえていた。棒切れは何をどうすればどうなるかを示す存在の域にとどまっていた。

次がイエズケルさん。片足の人で松葉杖を使っていた。しかし片足でも全く平気で、二本足の私達より歩くのが速く、どこへ行くにも早く着いてしまうのである。誰も先生にかなわなかった。それに先生は背が高くハンサムで、いつもほほ笑みを浮かべていた。

ダンチンガーさんは、本物の学者だった。タルムードの教え方はよどみがなく、落ち着きがあった。時々滑稽な話やユダヤのジョークで笑わせ、関心をもたせる。先生のこの教育法のおかげで、難しい勉強も難渋したり退屈したりすることなく、愉快な雰囲気のなかでどんどん進んだ。課題が出される。聖書や注解を拠《よ》りどころにしながら答を出さなければならない。それに対して質問がくる。解決に到達するまで続いて行くのである。実によどみのない学習過程であった。

リトヴァクさんは、町の幼い男児をほぼ全員教えていた。そして私達全員がこの先生を敬愛した。先生は、才能があって教え方がうまいだけではなく、親切で気品があって、本当に子供達を親身に考えている人だった。よく覚えているが、先生は私達を産後の家へよく連れて行った。当時妊婦は、助産婦の手を借りて、自宅で出産していた。子供の誕生後私達はその家に行って、〝シエマー・イスラエル〟と〝ハマルアフ・ハゴエル〟の祈りを斉唱するのである。そして、御礼にもらったお菓子や御祝い品を抱えて、学校に戻って行くのだ。お祝いは、男児の場合誕生八日後のブリット・ミラー（割礼式）をもって一応終わる。町ではほとんど月に一回はこのようなお祝いがあり、私達は心待ちした。本当に楽しかった。

私達はリトヴァクさんに負うところが多い。イエズケルさんは、私達の組担当になったとき、学習が大変進んでいたので、私達を大変ほめたのを今でも覚えている。リトヴァク先生のおかげである。一方、ダンチンガーさんは、もっと上級のクラスにとって最高の教師のひとりであった。私は十歳で上級レベルの学習を開始、モーセ五書、預言書、そしてさまざまな注解書に取り組んだ。幼なかったが、難しいとは思わなかった。集中的な勉強と教師の素晴らしい指導力のおかげで、私は短期間の内にヘブライ語で全部理解できるようになった。ダンチンガーさんは、賢明な人で厳しい教育者であった。私達の思考力を試すために、タルムードの各巻から一番難解な個所をとりだして、それを課題にした。

「先生、私達は全体ではなく、どうして部分的なことだけを勉強するのですか」と問うと、先生は微笑みながら「君達は独りで考える必要があるのだ。私と一緒に一番難しい個所を勉強すれば、この後おうちでも学習を続けることができるのだよ」と答えた。先生の言うとおりであった。私は本当に腰を入れて学習に励んだのである。そして聖書の勉強は私に深い充足感を与えた。

私は、シュチェコチニに僅か十五年しか住むことを許されなかったが、懐かしい思い出が一杯ある。私の町では住民はひとつの家族のように暮らしていた。決して誇張ではない。互いに支え合って生きていたのだ。シュチェコチニには、貧者救済金庫があった。暮らしに困る人は、そこから金を借りることができた。この貸付け金に利子はつかなかった。私の敬愛する父は積極的に貧者を助けようとした。仲人としての父は、似合いの青年男女を一緒にしようと努め、話がまとまると金を貸す代わりに、開業支援に力を入れる。父は金を貸すことを悪いとは思っていなかったし、慈善活動もよいとしていたが、それよりも経済的に自立した家庭を築いてほしい、と願っていた。私達はいつも助けあっていた。ある時、ユダヤ人家庭の家屋が火事になったことがある。その家族は私の家に来て、修理が終わるまでごく自然に一緒に住んでいた。

もちろん、どの家にもあるように、小さいいざこざはあったであろう。しかし住民は全員知り合いであり、よい環境を守ろうと互いに気をくばっていた。私自身反ユダヤ主義といわれるようなことは、一切記憶にない。時には、ちょっとした問題が生じることがある。大抵は嫉妬《しっと》からであるが、本当の憎悪はなかった。キリスト教徒のなかには、私達の名前を知らない時にユダヤ人モシエク（モーセの愛称）と呼ぶ人もいた。「モシエク！　ちょっとこっちへ来てくれ。商売の話がある」といった声が時々聞かれる。ちょっと恩着せがましいように感じられるかも知れないが、誰も侮辱されたとは思わないし、悪意でそのような言い方をする人もいなかった。互いに相手が必要であり、それは誰でもわかっていた。

双方は、ある程度まで依存の関係にあった。キリスト教徒は、私達を町の商業の輪を廻す人達と考え、良い暮らしは私達のおかげと言った。物資的に私達の方が恵まれていることを、うらやましく思う人もいた。しかしそれで険悪なことになることはなかった。ユダヤ人で経済的地位を鼻にかける人もいなかった。

当時沢山のキリスト教徒がユダヤ人の許で働いていた。多くの娘達が子守りとして働いたし、大人も家の手伝いをしてくれた。特に私達が戒律上働けない安息日やユダヤ教の祭日はそうであった。安息日の点火も戒律で禁じられているので、寒い時は炉に火をつけて家を暖め、夕闇がせまってくると電気のスイッチを入れてくれるのである。階下にキリスト教徒の夫婦が住んでいた。私達のために働き、私達が住家を提供していた。

同じような環境にいるほかの人も同じであるが、何年も働くうちに我家のルールを覚え、指示しなくてもきちんとやってくれた。ユダヤ人の母親に、キリスト教徒の子守り娘がついている場合でも、食物規定について心配する必要はなかった。その娘達は、食べることが許される食物とその調理の仕方を知っていた。娘達はユダヤ教の伝統に従って育児をしてくれたのである。なかには、毎朝子供達と一緒に私達の朝の祈り〝モデー・アニー〟を唱える娘もいた。ユダヤ人の子供達に囲まれてキリスト教徒の娘が一緒に祈るのは、ごく普段に見られる光景であった。

私にはキリスト教徒の友達がいた。警察署長の娘である。はっきり記憶しているが、私達は宿題を一緒にやった。時には彼女の自宅で一緒に勉強した。放課後の夕方や登校前の朝、復習と予習をやるのである。早朝に行って、彼女が壁にかかった十字架の前にひざまずいて、祈りを捧げている姿を見たこともある。残念ながらその祈りの言葉は覚えていない。そのような光景を前に見たことがなかったので、大変興味深かった。その時彼女の父親は、朝食のテーブルにつき、やはりお祈りをしていた。食事の前に感謝の言葉を捧げていたのであろう。その時私は、その宗教が互いに相手を思いやる心を育てる、と考えたのである。

キリスト教徒のヘルパーさん達も、私達が食事の前後に捧げる、あらゆるタイプの感謝の言葉を知っていた。イーディッシュ語を話せるようになった人も多い。全体的にみてキリスト教徒は私達ユダヤ人と愉快に暮らしていたと思う。クリスマスやイースターになると、私達をはじめ多くのユダヤ人家庭が、キリスト教徒の使用人にお祝いの食物や晴れ着を贈った。私の母は、大きいハラー（安息日用のパン）を特別に焼いて、彼らに贈るのを常とした。このようにして私達は、彼らの一生懸命な仕事に感謝の意を表明し、その特別の時にその感謝の気持ちを味わってもらいたいと考えたのである。

さて、私はこれから心の深奥にしみついた体験に立ち帰る。穏やかな気持ちでは回想できない所へ戻るのである。私の居たシュチェコチニには何があるのだろうか。ユダヤ人はまだ住んでいるのだろうか。環境や雰囲気は、戦後どうなったのだろうか。戦後噂がとびかって、ユダヤ人は戻るなという勧告がでた話を聞いたが、本当だろうか。自分の生家はあるのだろうか。見た時どんな気持ちに襲われるのだろうか。私の胸中は複雑であった。

搭乗機が着陸した。九時間の空の旅は終わった。緊張しているのが分かる。不安感が次第につのってくる。家族が付き添ってくれて本当によかった。支えとなって勇気を与えてくれた。おかげで、目の前で起きることを直視できる。

五十九年前、やせこけた体にぼろぼろになった縞入り囚人服をまとい、木靴をはいて、アウシュヴィッツを出た。厳冬の凍りつくような寒さである。徒歩で別のところへ移されることになったのである。私は、その死の行進に生き残り、こうしてここへ戻って来た。生き残った人々が戻ってみて、失望したという話はよく聞いた。大半の人が行かなければよかったと後悔したのである。破壊され元に戻ることのない失われた世界を見て、寒々とした虚無感に襲われたのだ。ユダヤ民族の悲劇を目撃した壁や石の中に、押し殺された無言の叫びを聞いた。記憶に鮮明なところへ、懐かしさ一杯で行っても、苦々しい失望感を味わうだけで、虚しさだけが残る、元へはもう戻れないと訪問者達は言った。

私は同じ苦しみを味わうのであろうか。すぐに分かる。私達はワルシャワに到着した。これから、自分の知る昔の世界と新しい自分の知らぬ世界がまじりあったところへ行くのである。高まる心臓の鼓動を聞きながら、私は飛行機を降りた。

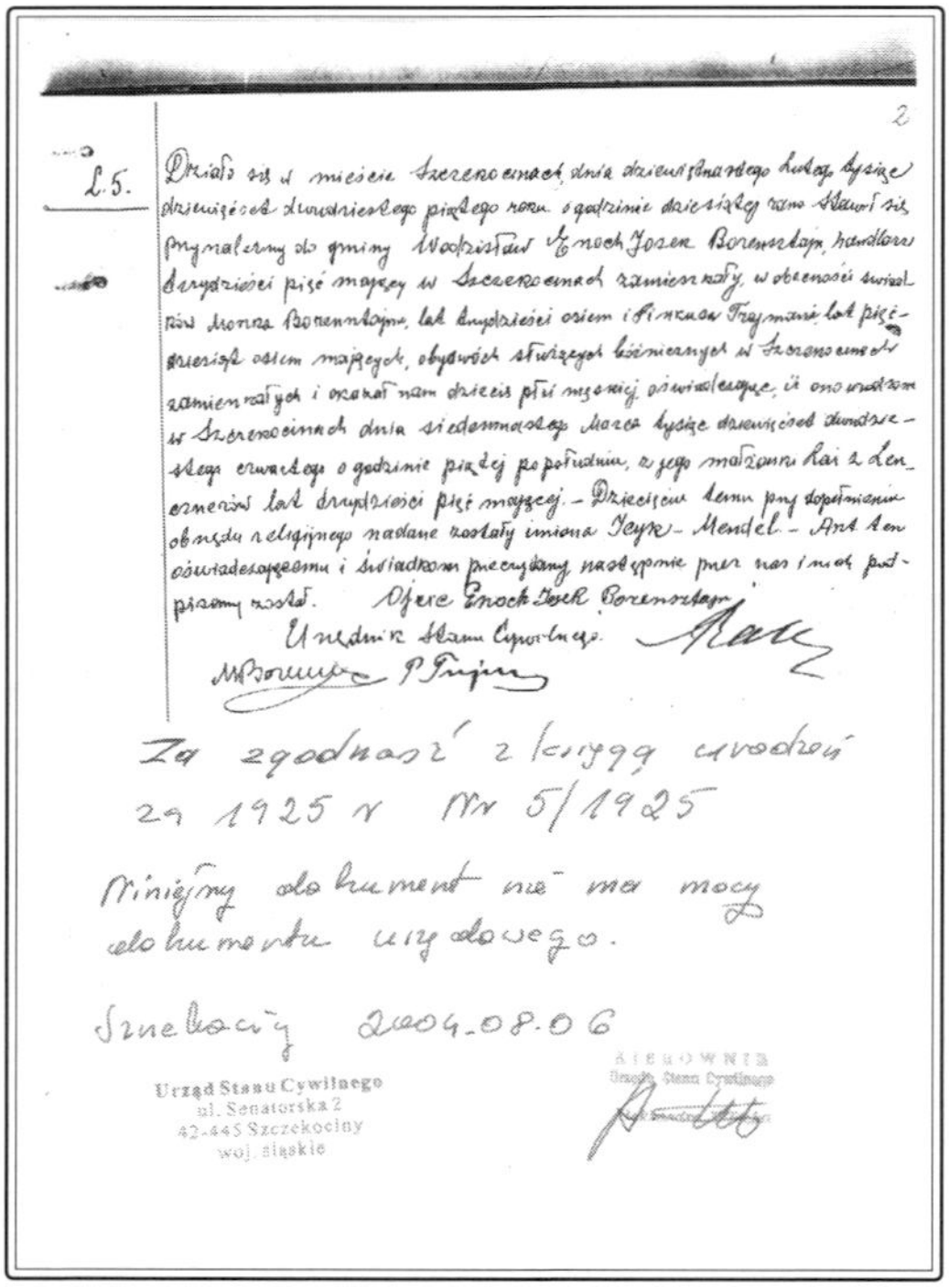
Za zgodność z księgą urodzeń
za 1925 r Nr 5/1925

Niniejszy dokument nie ma mocy
dokumentu urzędowego.

Szczekociny 2004.08.06

Urząd Stanu Cywilnego
ul. Senatorska 2
42-445 Szczekociny
woj. śląskie

KIEROWNIK
Urzędu Stanu Cywilnego

イジク・メンデル・ボルシュタインの出生届受理書
〔訳〕1925 年 2 月 19 日午前 10 時。シュチェコチニの住民エノッホ・ヨゼク・ボレンシュタイン（年齢 35 歳本籍地ヴォジスワフ、職業商人）が、証人モシェク・ボレンシュタイン（年齢 38 歳）およびピンカス・トライマン（同 58 歳）—共にシナゴーグの管理者—を伴い、シュチェコチニ町役場に出頭し、戸籍係職員に男児を示し、妻ライア（年齢 35 歳、本籍地レンツナー）を母親として 1924 年 3 月 17 日午前 5 時シュチェコチニにおいて出生した旨申告した。男児は宗教上の儀式を経ており、イチク・メンデルと命名された。本受理書は読み上げのうえ、役場職員及び証人が署名した。
父親エノッホ・ヨゼク・ボレンシュタイン
町役場戸籍係

第三章　生きているのか死んでいるのか

私はゆっくりとあたりを見まわした。これまでワルシャワに来たことはない。しかし私は、この国がすっかり変わったことに気づいた。すっかり近代化している。近くで会話を耳にした。ポーランドを出てからこの言語を使ったことはない。しかし、非常に馴染《なじ》みの音である。言葉もはっきり分かってきた。もっとも、自分で話す気にはなれなかった。ガイドのトマシュ・クベルチクさんはヘブライ語とイーディッシュ語が話せた。それで大いに助かったのである。私達は車に乗りこむと、目的地へ向け出発した。

最初から決めていた。私のポーランド訪問が苦悩の旅にならぬようナチの強制収容所跡へは絶対行かないと。スケジュールによると、クラクフに向かう途中で、キエルツェに立ち寄ることになっていた。戦前、私の家族のなかで数名がここに住んでいたのである。それから、シュチエコニとヴォジスワフを訪れる予定であった。落ち着こうとしても、興奮を押さえることができなかった。

ずっと雨が降っていた。大雨である。ポーランドの雨は長雨で激しく降ることを、すっかり忘れていた。しかし、そのおかげで緑が多かった。自動車で五時間、途中キエルツェに立ち寄る行程で少し心が落ち着いてきた。窓の外を見る余裕もでてきて、家族に思い出を語り始めた。

戦前、私の親族でキエルツェに住んでいた人がかなりいる。父の妹ルツは、夫ヤコブ・ゴールドブルムと共にここへ移り住んだ。母の妹ヒンダは、ゼリグ・シルバーシュタインと結婚した後、夫に連れ添ってやはりキエルツェに移った。兄のハイム・シュロモ、姉サラ・アクレシュはそれぞれ結婚すると、当地へ移り新しい生活を始めた。そしてここでよい暮らしをたてた。

シュロモはすぐに技術を習得した。靴革のなめしをサワーで処理する方法である。これが当たって一財産築いた。年に数回、祝祭日の時期に両親の家を訪れた。兄は大変ハンサムな青年であった。いつも仕立てのよい洋服を着ていて、私には優雅な青年王子に見えた。家に来る時は子供達にキャンデーやチョコレート、あるいは各種ナッツ、そしてもちろん靴を土産に持ってきた。子供達のそれぞれのサイズに合わせ、冬用にはブーツ、夏用にはサンダルを贈った。

サラの夫のカルマン・サムブルスキは、父親のキャンデー工場で働いた。工場経営は大変うまくいき、姉夫婦は平穏で幸福な生活を送った。夫婦が来る時は、もちろんキャンデー持参である。普段は食べられないような様々な味のキャンデーを、どっさり持ってくる。私のような小さい子供達は、兄や姉達の帰郷を心待ちにした。彼らも弟や妹達のことを忘れず、子供達は本当にお祝い気分を味わうことができた。

私自身はキエルツェにこれまで行ったことはない。私が子供の頃、人々は余り旅をしなかった。輸送手段が貧弱であった。一番ポピュラーなのが馬車であった。シュテーテルの外に出るのは滅多になく、出る場合も通学、親族間の大切な用件、あるいは資材の運搬に限られていた。私の父は繊維問屋を営んでいたので、週に一度仕立用布地の仕入れにウッジ（ポーランド中部の都市）へ行った。

戦後私は、キエルツェでポグロムが発生したことを聞いた。ユダヤ人が人血を抜きとるという、いわゆる血の中傷の噂がひろがって、当地のユダヤ人が四十二名も殺されたのである。沢山のポーランド人が、ユダヤ人は祭儀用に人間の血を使う、と信じこんでいた。それも、子供の血液を貴重視するというのである。一九四六年七月、ひとりの少年が家族の知らぬ間に家を出て、行方が分からなくなった。まず疑われたのが近所のユダヤ人達である。子供から血を抜くため誘惑したにちがいないというのである。その噂がまたたく間に広がり、反ユダヤ暴動に発展した。子供を隠しているという家へ群集が乱入し、警察が出動する事態になった。結局、根も葉もない噂であったことが判明するのであるが、何の罪もないユダヤ人が殺され、負傷者も多数出る結果に終わった。

本件はキエルツェだけの問題ではなかった。まことに遺憾な話であるが、終戦直後は大半の地域がここと似たり寄ったりで、露骨な反ユダヤ的空気が広まっていた。六年に及ぶ戦争とナチのプロパガンダが、疲弊した人心の間に浸透したように思われる。多くのポーランド人が敵意を抱き攻撃的になった。ユダヤ人に関するさまざまな神話を多くの人が信じこみ、これが沢山の悲劇に発展したのである。

今日キエルツェは人口二十万強の都市になっている。戦前ここは約二万五〇〇〇人のユダヤ人が住んでいた。その頃の総人口は八万であったから、ほぼ三分の一を占めていたことになる。ポーランドでキエルツェは、私達にとって大切な重みのあるユダヤ人社会の町だった。それが一夜にして消滅した。ユダヤ人住民の大半が殺されてしまったのである。あるいは当地に設けられた強制労働収容所で殺され、あるいはトレブリンカ、アウシュヴィッツそしてブッヘンヴァルトに移送されて抹殺された。ここに居た私の大切な兄や姉はどうやって死んだのであろうか。分からずじまいであった。

私の叔父一家はキエルツェでパン屋をしていた。小麦粉を格納する倉庫もあった。家族経営のパン屋である。父は、シュタシカ通り一〇番地宛によく手紙を送っていた。私が覚えている住所はその町ではそこだけである。まちなかを歩きまわっている内に、その通りに来た。一歩一歩近づくにつれ、幻滅感は増すばかりである。あらゆるものが改装ないしは新築されていた。新しい店舗があちこちに建ち、変貌著しい。一〇番地に来た。失望した。そこには新しいビルがいくつか建っていた。相当時間がたっている。変わるのも当然、と私は思った。

ガイドのトマシュさんは内庭へ行ってみようと提案した。そこでひとりの老婆に出会った。

トマシュさんが情報をとろうといろいろ質問した。老婆は、ここにパン屋があったことを認め、驚いたことに、「戦後長い間営業してましたよ。閉店したのは五年前です」と言った。たかなる胸を押さえてあたりを慎重に見まわすと、内庭の向うに古い建物がいくつか残っていた。老婆が確認してくれた。叔父のパン屋があった建物であった。政府によって閉鎖措置がとられ、カギがかかっていたが、どこも傷んでいない。

私は本当に感動した。私は繁昌していた頃の店を知らない。大体ここに来たことがないのだ。私には想像するしかない。できたてのパンが棚に並ぶ。店内は香ばしい匂いが漂い、沢山の客で賑わう。陽気で生き生きした会話、懸命に働く叔父。平凡だが活気にみちた日常が、そこにあったはずである。私は建物の壁と窓をみながら、呆然《ぼうぜん》として立ち尽くしていた。その窓は落ちくぼんだ目の穴のように見える。ここで何が起きたのであろうか。聞きたいことは山ほどある。しかし、そこには死の沈黙しかない。

それでも、過去の手触りを得て、少し勇気が湧き、力を得た。

クラクフでは、戦前のユダヤ人社会の記憶が、もう少し鮮明によみがえった。ユダヤ人地区のカジミエシはほとんど破壊されていなかった。建物は改装され、ほとんどがホテルやレストランに転用されていた。商業地区の環境になっていたが、まだユダヤ教の伝統がかもす雰囲気が感じられた。私達は数々のシナゴーグを訪れた。保存状態はしっかりしていた。

私達はレムー・シナゴーグの中に入った。警備のリバン氏は、プワシュフ強制労働収容所の生き残りであった。リバン氏は目の前のテーブルの上に『私はオスカー・シンドラー』(*Ich Oskar Schindler*)と題する本を置いていた。

リバン氏は、私達がその本に釘付けになっているのを見て、「実は、プワシュフからグロス・ローゼンへ移送されたのです。そしてそのグロス・ローゼンでシンドラー自身の手で救われました」と言った。私はリバン氏に、自分もプワシュフで囚われの身であったと語ると、氏は記憶にある名前をいくつかあげた。私はその人物を知っていた。ミューラーとアーモン・ゲート、収容所の主要幹部である。リバン氏とトマシュさんがポーランド語で話し合っているのを聞いていて、私は次第に感情が激し、通訳を待てなくなった。私は全部分かるのである。私はリバン氏に向き直り、ポーランド語で「所長のヨンを覚えてますか」とたずねた。氏は私を見つめた。しかし全く覚えていないらしかった。しかし私ははっきり覚えている。絶対に忘れない名前である。

それは忘れもしない一九四三年夏、プワシュフの第二収容所でのことであった。

ナチスは時々囚人を五十名から六十名選別し、どこかへ送りだすことが前からあった。囚人達は隊列を組んで歩いて行く。戻って来たことは一度もない。無差別の選別のようであった。ナチスがやって来て、「お前、お前、お前」と全く気まぐれに指すのである。私は、何故なのか、そしてどこへ連行されるのか、全然分からなかった。自分が指をさされるまではである。その時は、私を含め二〇〇人ほどが選ばれた。ユダヤ暦で最も聖なる祭日、ヨム・キプールの時に合わせたのであろうか。我々がその日を見逃すはずがない。ユダヤ人にとって一番大切な日を選んで処刑する。彼らの残忍性はここに極わまれりである。ナチスは私達を四列縦隊にすると、「歩調をとれ、右、左、右、左！」と兵隊のように行進させた。私達全員の顔が恐怖でひきつっていた。私も怖かった。これから彼らが私達をどうするのか、全く分からない。もう戻って来れないのではないのか。その予感が段々強くなってきた。

私達が着いたところは、小高い丘で、そこに巨大な穴が掘ってある。遠くの方で作業機械の音とナチスの怒鳴り声がしていた。所長は小机を前にして座り、銃を横にして静かにウイスキーをちびちびと飲んでいた。そして、自分の方を背にして穴の縁に立て、と命じた。私は真中あたりにいたが、その瞬間私は悟った。ほかの人達が消えたところがどこか、今はっきりしたのだ。彼らは戻ってくることがなかった。そして遂に私達の番が来たのである。警告がなければ、心の準備もなく、いきなりであった。全員がパニック状態になった。茫然《ぼうぜん》自失する者、泣き叫ぶ者。底知れぬ深い恐怖と悲しみに襲われ、私達はぶるぶる震えながら立っていた。さまざまなことが走馬灯のように頭のなかをよぎる。心臓の鼓動が異常に激しい。やり残していることが沢山あるのに。両親や弟はどうなっているのだろうか。まだ死にたくない。いきなりこのような状況に追いこまれ、どうしようもない。

数十秒だったであろうか。私には数時間にも感じられたが、私のこれまでの人生が一瞬にしてよみがえってきた。悲しかったこと苦しかったこと、さまざまな人生体験が洪水のようにあふれてきた。体は恐怖のため硬直しているのに、頭の中には、家族やシュチェコチニなど、これから失ってしまう大切なことが渦まいていた。

遂に最後の時が来た。所長は立ち上がると、ウイスキーを飲みほし、ハイル・ヒトラー！と叫び、機関銃をとりあげた。その瞬間すべてが止まった。世界が凍結し、私自身も凍りついた。「さよなら、イジク」。私は声にならぬ叫びをあげて、自分に別れを告げた。激しい銃撃音がして、私達は銃弾でずたずたになった。

私達のなかに生まれた叫びは、凍りつく空気を銃弾のように貫いた。私はすぐ穴に落ちた。体をこずかれている。誰かの足が痙攣《けいれん》して、私に当たっているのであった。自分は突き落とされたと思った。誰かの手が強く断固として私を押したように感じられた。しかし、それ以上考える余裕はない。私はショック状態で、頭も体を硬直していた。私は血で体がぬれているのを感じた。これは死か。私は死んでいた。永遠の流れのなかで、そこに横たわっていたのだ。ふと、誰かの手を感じた。私の体を引き上げているのである。ここはどこだろう。いくつもの顔が奇異な目で、のぞきこんでいる。この人達は誰だろう。これが死後の世界で普通に体験することなのか。

私はまだショックで茫然自失の状態にあり、自分の足で立てなかった。何が起きたのか、必死になって考えた。後で分かったのであるが、私を穴から引きあげたのは、特殊コマンド隊の人達であった。トッテンコマンドと称し、処刑隊の仕事の後片付けが担当だった。端的にいえば、死体処理である。私は、彼らの言葉を何とか理解しようとした。彼らは、射撃が始まってほぼ二〇分たった頃、現場に到着し、作業を開始した。鰯《いわし》の缶詰のように互い違いに並べ、積みあげる。そして惜し気もなくガソリンをかけて点火するのである。ガソリンは臭気を弱め燃焼を早める。焼却後土をかける。これで作業は完了し、いつでも次の射殺ができるようになる。私は悪寒がして体から力が抜けていくのを感じた。

その日、トッテンコマンドはいつものように現場に到着し、黙々として陰惨な作業に着手した。ナチ式の特異な火葬である。この作業を一層悲惨にしたのは、作業隊員が、ユダヤ人囚人からも選ばれることであった。そして、自分達もその後で始末されることを知らずに、死体を処理していたのだ。トッテンコマンド隊の隊員達が事情をのみこんでくると、ナチスはその隊の継続使用は危険と判断し、新しい作業隊に代える。

その日彼らは、これまでにないことを経験した。血みどろ死体のひとつが、射撃から随分時間がたっているのに、まだ動いていたのである。私自身は時間の感覚が全くない。数秒のようにも思えるし、数十年たったようにも感じられた。トッテンコマンド隊は、私をどう扱えばよいか分からなかった。彼ら自身も恐れていたのであろう。判断を誤ると、自分達の命が危なくなるのである。収容所ではちょっとしたことでナチスが怒り狂った。それが往々にして命とりになるのである。思案した挙げ句、トッテンコマンド隊は、私を近くの女性収容所へ連れていくことに決めた。そこでは、ナチスの冬期用軍服を作っていた。雪と同じ白色である。彼らは私の血糊をぬぐい、白色軍服に着替えさせてくれた。不可思議な復活をとげた人間とナチの象徴的衣服とは、まことに奇妙なとり合わせであったが、彼らはその姿の私を所長の許へ連れて行き、判断を求めることに決めた。

私の五感が働きだすと、私は彼らの決心を耳にして茫然となった。殺されなかったが、今度こそ殺される。私はそう思った。数分後私は、ついさっき私を撃った男の前に引き出された。私は処刑目的で選別され、しかも、同じく選別された人々が射殺されるのを目撃した人間である。残された道は死以外にないように思えた。所長は私をじろじろ見て、説明を聞いて驚いたようだが、すぐに無表情な顔付きになった。その瞬間、私の萎《な》えた心に無数のことが渦を巻いた。沈黙の時間がもう少し続いていたなら、私は気を失ったにちがいない。所長は「よかろう。そんなにして生き残ったのだ。一日だけ休みをやろう。明日から続行だ。収容所へ戻せ」と言った。

私はぼうとして立ち尽くした。私を生かす判決だった。今でもこれが信じられない。私の理解を超える。その日私は数回命を救われた。銃弾は一発も私に命中していなかった。体についた血は、まわりの人々の血であった。全員即死したのだろう。私が生きているのは作業隊が確認してくれた。完全に気絶しておらず体が動いていたおかげである。それで引き上げたのである。冷酷無情のあのナチは、良心の呵責《かしゃく》をなんら感じることなく、無惨な処刑に明け暮れていたのに、処刑ミスを正してその日の処分数を消化する代わりに、私に命をくれた。それだけではない。一日の休暇さえくれたのである。こんなことが考えられるだろうか。

このようなことが前にもあるいは後にも起きたことがあるのだろうか。私は知らない。今でも全く分からない。手が私の体に触れて、穴へ突き落したのである。誰の手であったのだろう。今でも不思議に思っている。偶然とか運命で片づける人もいるだろう。私にとって、それは最初の兆しであった。私がその兆しに気づいたのは、後になってからである。私達を抱きかかえていた死の腕から、私は文字どおり引き抜かれた。

それから、私は日付に気づいた。ヨム・キプールである。私は、自分を見た。私は、私達の伝統にぴったり従った、白い服を着ていた。私はこの数時間の出来事の意味を考え、自分なりに理解しようとした。神が私のことを生命の書に書きこまれ、この戦争に生き残ると認証されたのであろうか。これがメッセージであるのか。私はシュチェコチニのヨム・キプールを考えた。人々が白い衣服をまとい、私には天使に見えた。あの祭日である。そして、押さえに押さえていた感情が爆発し、緊張と圧力と恐怖が一挙に噴きあがってきて、私は声をあげて泣いた。このつらい時に誰か傍らにいてくれたら。つくづくそう思った。独りで居たくなかった。一日たって、私はいつもの収容所生活に戻った。作業、そして私達の加害者による相も変わらぬ侮辱と恐怖の日常である。しかし、私の心はすっかり変わっていた。

レムー・シナゴーグのリバン氏は、私の話が終わると、「射撃をしていたのはアーモン・ゲートです」と言った。私はその言葉で現実に引き戻された。

そう、記憶にある。彼は収容所の最高幹部のひとりで、ヨンが選別した後私達を撃ったのが、この男だったのだろう。当時私はショック状態で無力感に襲われていたので、確かめようもなかった。「私は知っています。実はその時壕《ブンカー》に居たのです」とシナゴーグの警備係は言った。

レムー・シナゴーグで礼拝して、私は墓地へ行ってホロコーストで消滅した私の親族のため、〝カディッシュ〟(服喪者の祈り)を唱えようと決めた。場所と状況を考えれば、それはまさに特別で象徴的な瞬間であったが、とてもつらかった。私達は、ラビ・モーゼス(レムー・シナゴーグ創立者の息子)の墓石の前に立った。この墓地で一番重要な場所である。だが、声が出なかった。消え去った両親、兄弟、姉妹の名前を声に出して言えなかった。さまざま苦悩が渦を巻き、のどはからからとなり、私は言葉を失い沈黙したまま、そこに立ち尽くした。こらえようにもこらえきれない。声が途切れ体が震え、涙が止まらなかった。懐かしい兄弟姉妹、両親、そして沢山のおじ、おば、全員がひとつの痕跡もなく居なくなった。九人家族の家で生き残ったのは私ひとりである。寂しくて切なくて仕方がなかった。みんなの身体に何が起きたのだろう。みんなの骨はどこに埋まりあるいは散乱しているのか。彼らは何をしたというのか。何故だ。私達が何か悪いことをしたのか。私の心はこびりついて離れぬ苦痛の問いを、再び発していた。答えがあったとしても、私が納得するだろうか。少しは心の平安を得られるのであろうか。私は自信がなかった。

宗教の如何を問わず、世界中どの人々にも家族の墓がある。私にはそれがない。墓参に行けない。私の家族は、象徴的墓を持つだけである。それはポーランド。私達の血で染まり涙がしみこんだ地。骨の散乱する地である。家族の墓はない。私は、ポーランド最古のユダヤ人墓地のひとつで、今は亡き家族のために祈った。子供達にしっかりと支えられ、私は消滅した家族の心と結びあった。

私達はカジミエシ地区にある他のシナゴーグをも訪れた。残念なことに、ヴィソカ・シナゴーグの入口は閉まっていた。しかし、ここでも特異な出会いがあった。入口のところに、ひとりの老婦人が立っていた。大変失望している様子である。「私の父は、このシナゴーグの管理人でした。中に入りたいのですが、入れてくれないのです」。老婦人はそう言った。調べてみると、なかに個人の作業場が建設中であることが分かった。今日は中へ入れない。しかし私達は、この老婦人と話を続けた。名前をギエニア・マノールという。驚いたことに、彼女もプワシュフの生き残りであった。短い時間の中で二人目の出会いがあったのだ。

老婦人は「学生グループと一緒にエルサレムから来ました」と言い、「毎年学生達が、生き残りの証人として私に同行を求めるのです。現地で私は自分の体験を説明しています」と事情を説明した。私達は、この予期しない出会いを利用して、しばらく話を続け体験を分かち合った。

ここクラクフで私は決心した。「私はプワシュフへ行きたい。アウシュヴィッツにも行く。この目でもう一度見たいのだ」。そう言うと、家族が心配した。私の反応を案じたのである。なんとかなるさ、と私は家族を説得した。心の中では不安であった。しかしこれが最後の機会になることも分かっていた。私は家族に見せておきたかった。現在どうなっているのか。同じなのか、痕跡が残っているのか。過去に向き合う。私は突然そう思った。少しずつ勇気が湧いてきて、不安感がゆっくり消えていった。私は決心がついた。

第四章　プワシュフ収容所の恐怖

一九四二年十月、私はプワシュフ第一強制収容所[注1]に着いた。ナチスの仕掛けた罠にかかって、私達ユダヤ人が捕まったためである。

当時私はジャルノヴィエツにいた。弟ヤコブ・ヘルシュ（ツビのイーディッシュ語）と一緒に、叔父の避難所に隠れていたのである。母の弟アブラハム・イシャヤ・レンチナーは、あるポーランド人家族の避難所にいた。ジャルノヴィエツは、シュチエコチニから二〇キロほどの距離にあった。叔父はかなり前からここに隠れていたが、私の父の決心で、私達が行くことになったのである。

それまで私と弟は、父の里であるヴォジスワフのゲットーにいた。両親、兄そして二人の姉が一緒であった。ところが、一九四二年九月の重要祭日が始まる直前、すべてが劇的に変わり始めたのである。その頃私の父は、当地ユダヤ人社会で一目おかれる人物であった。その父が重大情報を持ってきた。近いうちに何か悪いことが起きる。ナチスが私達ユダヤ人を狙いうちにして、これまでになく深刻なことを計画しているという話である。しかし詳しいことは、教えてもらえなかった。あちこちから、私達の住む閉ざされた世界にニュースが散発的に入ってきた。いずれも気の滅入る話ばかりで、希望がその度に失われていく、侵略者の残虐行為のニュースである。子供達が恐れるので、父は全部を言わなかったのであろうか。その点は分からない。

さて、父は深い悲しみに襲われていたが、表面的に平穏を装い、躊躇することなくすぐに準備を始めた。ヤコブと私を呼ぶと、「これは父さんの命令だ。すぐ家を出なさい。野原を通り、おじさんのところへ行きなさい。そこに居て自分の命を守るんだ」と言ったのである。

しばし深い沈黙があった。私達は、余りのショックでしばらく口がきけなかった。「お父さんに起きることは、私達にも起きるでしょう。離れるなんて出来ない！」断固としてそう言い返した。しかし声が震えていた。ヤコブは交互に父と私を見た。絶望の目である。私は父を何とか翻意させようと、「ポーランド人が承知しませんよ」と言った。「一人でも危ないのに、ユダヤ人が三人になれば、察知されやすくなります。ずっとリスクが大きくなります」と言った。

私はワラをもつかむ思いで必死だった。叔父をかくまっているポーランド人が、あと二人も受け入れるとは思えない。増えれば自分の方にも危険が増すと考えるだろうから、受け入れるはずがない。私は家族と離れ離れになりたくなかった。これが本当の理由であった。状況は厳しく、この先何が起きるか分からない。私達は非常な不安のなかで生きていた。家族が全員一緒なら、不安も少しは和らぐ。

しかし私の父は万一の場合を考え、用意万端整えていた。私の叔父をかくまっている家族は、拒否しないと思われる。お金は払うわけだし、叔父も私達の世話をしてくれるはずだ。「アブラハムおじさんがどういう人間か知っている。受け入れてくれるよ。私達はひとつの家族だ。互いに助け合わなければならない。特に大変な時にはね。全部準備はできている。安心しなさい」父は断固とした声で言った。

私は助け舟を求めて母を見た。母は必死にこらえていたが、悲しみと苦悩は隠しようがなかった。しかし私は、両親の決断であることを知っていた。母は父が今言ったことに対して、異議を唱えることはないのである。

私はヤコブと身もだえして泣いた。深い絶望感がひしひしと迫って来る。私達はどんなことがあっても家族と一緒に居たかった。しかし父は、泣いても抗議しても決心を変えなかった。「お前達は掟を尊重しなければならない。私はお前達の父なのだ、父親の言うことは聞きなさい。さあ、これで終わりだ。もう出発しなさい」父はきっぱりと言った。

父は住所と帽子を私達に渡した。当時、ポーランドのキリスト教徒の男達がよくかぶっていた帽子で、私達はそこいらの農夫、羊飼いの格好をするのである。十五歳の弟、そして二歳半年上の私は、胸がはり裂けるような思いで、しぶしぶ家を出た。ほかに選択肢がないことは分かっている。私達を救おうとする父の意図も理解できる。別れがつらいのは父も同じだろう。

でも、そう考えても私にはちっとも慰めにはならなかった。ドイツ人の攻撃が必至なのに両親を残して去るのは、本当につらかった。

戦時のあの困難な時期、私は何度も重大かつ劇的な体験をした。これもそのひとつであった。頭では否定していたが、心の奥底でこれが今生の別れになることを知っていた。

私達はこっそりとゲットーを出て、悲しみの旅路についた。私達は黙々と歩いた。別れはつらかった。これからどうなるのかという不安も大きかった。心は千々に乱れ涙もでない。私達は杖を持ち、幹道をはずれ、父の指示したように農道と原野を歩いた。私は弟を勇気づけようとしたが、私自身悲しくて、心細かった。向こうでは私達を受け入れてくれるのだろうか。拒否されたらどうすればいいのだろう。私はあれこれ考えるのが恐ろしかった。しかも一歩一歩家族から遠ざかり、不安は増すばかり。心が段々重くなっていく。

はるか遠方にいくつかの村が見えた。しかし私達は近づかなかった。ユダヤ人は自由に歩きまわることを許されておらず、捕まる危険があった。原野を歩くこと数時間、私達は叔父のいる所に到着した。そこは裕福なポーランド人家族の敷地で大きい農場があった。農作業ならいつも何かあった。特に秋の収穫時には人手を要した。一家は、私達が農作業を手伝うということで、受け入れてくれた。本当に救われた気持ちである。叔父と一緒になって安心感も生まれた。しかし、両親と兄や姉妹のことをひとときも忘れたことはない。心配だった。元気だろうか。今どこにどうして居るのだろうか。ナチスは何を企んでいるのだろうか。肉親のことを思うと、居たたまれなくなった。

私達は一カ月ちょっと隠れ住んだ。十月下旬、私達の環境が変わり始めた。十七歳から三十歳までのユダヤ人男子に、全員集合の命令が来たのである。私の弟は当時十六歳にもなっていなかったが、もう別々にはならないという思いは弟も私も同じであった。叔父は三十歳を超えていたので、行く必要はなかった。集合命令が何を意味するのか分からない。不安だった。しかし、軽はずみなことはできない。後で隠れ家に居るところをナチスに見つかったら、私達だけでなく一家の人も殺されるだろう。一家のことを思い、私達は別れを告げ、再び家なき人になった。

まだ日暮れ前だった。私達は指定の場所に行った。集まった人々はみな不安そうな顔をしている。私達は、ナチとポーランド人警官に監視されて歩いた。この先どうなるのか、心細い限りである。すると、身覚えのある顔があった。よくよく見ると、一緒に宿題をした級友の父親。そう、女子生徒の父で警察に勤めていた人である。私は意を決して近づき、「どこへ連れて行くのでしょうか。どうなるのでしょうか」とたずねた。

彼が私に気づいたのかどうか分からない。彼は用心深くあたりを見まわした。自分自身も危ないと感じていたにちがいない。それから静かな声で、「君達は今夜刑務所に泊る。明日朝ミエチョフへ移される。そこにはもうユダヤ人がいない。家財道具が残っているだけで。君達はトラックに積み込む作業をする」と言った。

私達は混乱した。不安が一層つのってくる。「そこにはもうユダヤ人がいない」とはどういう意味なのだろう。彼らはそこのユダヤ人達に何をしたのか。私達に何かふりかかって来るのだろうか。せっかく慣れてきた所を離れ、家族の消息もないまま別の所へ行くのは嫌であった。しかし、私達にはどうしようもない。もう元へは戻れないのである。

朝になって集合がかかり、トラックへ上がれと命じられた。私達は、急げ急げというドイツ兵の荒々しい声にせかされて、行動した。家族から切り離されたショックから回復していないのに、再び新しい状況へ投げ込まれたのである。しかし、弟ヤコブと一緒にいるだけでも、この不安な環境で少しは慰めとなった。私は、これが無情にも突如として終わりを告げるとは、全く考えていなかった。私達兄弟は寄り添って立っていた。

するとひとりのナチスが近くに来て、弟をじっと見ると、私達の悲鳴など全然無視して、「お前は年少だ。降りろ！」と怒鳴りながら、弟を引きずり降ろしたのである。あっという間の出来事で、私は弟にきちんとさよならを言う間もなかった。自分の世界が引き裂かれ、ばらばらになったように感じた。

「私達のいた所へすぐ戻れ、おじさんと一緒にいるんだよ。おじさんと一緒なら安全だ。可能なら連絡するよ」私は涙声でそう言った。弟はうなずいた。しょんぼりして立ち尽くしたが、すぐにナチスに追い放われた。その時私には、人生最悪の事態のように思えた。家族はばらばらになり、互いに連絡もとれない。私は苦しみに打ちひしがれ、これ以上悪いことが重なれば心が折れそうであった。弟が心配でたまらない。ヴォジスワフの両親と姉妹のことも、キエルツェのサラとシュロモも心配であり、私も自分自身を心配しなければならない状況にあった。

当時私は知る由もなかったが、これが弟との今生の別れであった。弟はいない。私は完全に見捨てられたような気分で、トラックのうえに立っていた。私の知る世界から、どんどん遠ざかっていくような気がした。私も同じような表情をしてトラックはすし詰め状態だった。見知らぬ人々ばかりで、一様に不安と恐怖で顔をひきつらせている。私も同じような表情をしていたにちがいない。全員が、自分の世界に属する人と物をすべて、後に残してきたのだ。戻れるのだろうか。ヤコブは無事に戻ったのだろうか。両親達に何が起きているのか。キエルツェの兄や姉は大丈夫だろうか。さまざまな疑問が渦を巻き、心は千々に乱れた。家族全員がシュチエコチニで再会できる日がくるのだろうか。家族が揃い、一人ひとりが自分の苦労を語り、慰め合う。そのような光景を思い浮かべ、長くはかからないのでないか。戦争は数週間で終わるのではないかなどと、不安を打ち消そうとした。シュチエコチニにいる頃、国軍があった。ポーランドは降伏しないと。そしてそう信じた。しかし今の私達は、何はともあれこの悪夢がすぐに終わると信じたかった。

トラックが停まった。下車を命じる怒声で、私は我に返った。一時間もかからぬ旅であった。私達は空っぽの建物に入れられた。確かにユダヤ人はいなかった。しかし、当の家財道具もない。はめられたのか。彼らは私達に嘘をついたのである。作業などなかった。ではどうなるのか。不安にかられながら、随分待っていた。午後になって、私達は再び集められ、鉄道駅へ連れて行かれた。ナチスは、私達を家畜運搬用の木造貨車に詰め込み始めた。動物同然の扱いである。彼らは金切り声をあげて私達をこづきまわした。私達は、彼らをこれ以上怒らせないよう、唯々諾々《いいだくだく》と命令に従った。私達は怯《おび》え困惑していた。

私達をどこへ連れていくのだろうか。何のための運搬なのか。彼らは私達を一両に数百人も押し込んで、外から錠をかけた。小窓がひとつしかない。暗くて息苦しい。立錐の余地もないとはこのことである。酸欠で数分後には全員が喘《あえ》いでいた。新鮮な空気を少しでも吸おうともがく。しかし、すし詰め状態では無理である。口を大きく開いてパクパクしても、全員の排気を吸っているだけであった。全員が小窓の方へ向かおうとする。あちこちで悲鳴が上がる。私も苦しみを逃れようと本能的にまわりを押しのけて、小窓へ近づこうとした。しかし、全然身動きがとれなかった。これは、肉体的な苦痛だけではない。私達の自由と安全に対する心理的侵害である。計算づくの残忍な扱いであった。

やがて、家畜運搬列車は止まった。一時間程度の移動であっただろうか。私達には永遠のように思われた。早くドアを開けよ！　私達は窒息しそうな体のなかで、声にでない必死の叫びを上げていた。空気、そして光。私達は、ナチスが急げと怒声を張りあげる前に、貨車からなだれ落ち、文字どおり地面にころげた。私達は、新鮮な空気を吸いながら、あたりを見渡した。不安である。近くにいくつかの建物がある。私達はそこまで歩かされた。バラックが数棟。労働収容所のように見えた。そこは、クラクフ地方のプワシュフであった。

ここには、残酷で苛烈な環境しかない。私達は最初からこれを叩きこまれた。入口で待ちうけていたユダヤ人達が、私達に痛烈な一撃をくらわせたのである。彼らは、私達を罵《のの》り毒づいた。彼らは腕章をつけていた。〝カポ〟とある。私は彼らの態度に本当に驚いた。ショックだった。「何をするんですか。あなた方は、私達と同じユダヤ人ではないですか」。私は怒りを抑えることができなかった。返ってきたのは冷たい命令だけで、「言われたことをやれ！」とカポは言った。

私は本当に困惑した。どう考えてよいのか分からない。閉鎖地域のなかで、ユダヤ人の男達が私達の敵と同じ態度をとっているのである。何が起きているのだろうか。私の理解する世界では、このようなことは起こり得ない。私は自分の世界観を根本から変えざるを得なくなる。そうなるまで何度この種の仕打ちを受け入れなければならなかったか。

消耗した一日であった。彼らは私達を一列に並ばせ、食事を与えた。キャベツ・スープと称する汁に黒っぽいパン二切れである。スープとは名ばかり、味がなく水のような汁であった。パンは信じられぬほど固かった。これが私達の新しい食物であった。

食事が終わると、彼らは新しい居住区へ移動させた。寒々とした粗末な小屋で、床にマットが置いてある、五人に一枚である。ボロボロの薄い毛布があった。これも五人に一枚である。これをかぶって寝ろということである。話をするな、動くなという。まさに囚人扱いである。心細かった。まわりは全部私の知らぬ人々である。しかも誰ひとりとしてこれからどうなるか知らない。それぞれが、後に残してきたもののことを考え、破壊されてしまった自分の安全な世界に思いをめぐらしていたにちがいない。

弟は無事に戻っただろうか。安全なところに隠れているだろうか。私は弟のことを思うと居ても立ってもいられぬ気持ちだった。家族の状況も気懸りで、再会できるのか分からない。不安はつのる。大変疲れているのに全然眠れない。

突然電灯がつき、起床という怒鳴り声がした。就寝命令が出て数分しかたっていないようにみえた。各部屋には、それぞれ監視役がいる。犯罪歴のある元囚人であることを後になって知ったが、各自小部屋を持っていて、そこから私達を監視していた。命令を即時実行しているかどうかと、常時目をひからせ、少しでも遅れると、シュネラー、シュネラー（早く、もっと早く）と怒鳴りながら、鞭《むち》で叩いて、〝やる気〟を起こさせるのである。直立不動の姿勢で点呼をうけ、部屋を出る。これが彼らの期待する行動であった。

外に出ると木靴が置いてあった。大慌てで一足つかみ、三列縦隊に並んだ。それから着衣を脱がされ、労働収容所の制服に着替えさせられた。帽子、縞《しま》入りシャツ、ズボンそしてパジャマのような胴長の上着である。まさに囚人服で、すっかり憂鬱になった。それから、脱帽と着帽の練習を何度もさせられた。ロボットのように一糸乱れぬ動作で、それをやるのである。

彼らは私達に金属製の碗と匙《さじ》を支給した。私達のバラックから六〜七〇メートル離れたところに食堂がある。そこで朝食をとった。小量の粥《かゆ》、パン二切れ、そしてブラックコーヒーである。朝食後再び三列縦隊となり、ドイツ人とウクライナ人の監視役に見張られながら、作業場へ行った。

そこは広大な土木作業の現場であった。ドイツ兵や技術者が沢山いる。トラクターが動き、軌道の上にトロッコがのっている。私達は掘削用工具を与えられたが、手掘りもさせられた。固い地盤を削り、それをトロッコに積み込む。そして馬さながらにそのトロッコを動かし、所定の場所でひっくり返して土を棄てる。その繰り返しであった。私が一緒に働いたグループは、レール運搬の担当で、運んできたレールをドイツ兵がボルトで接続していった。線路をつくっているのである。鉄道駅の建設という話であった。きつい肉体労働を一日中やった後、私達は監視役つきでバラックへ戻った。小さい建物がある。なかに細長い通路がついている。そこが作業場を結ぶ出入口であった。

私達は疲労困憊《こんぱい》していた。それに空腹であった。肉体労働に見合う、おなかにたまるこってりしたものを食べたかった。夕食に供されたのは、既に馴染みになった固いパン二切れに小量のマーガリンとジャム、そしてブラックコーヒーであった。栄養価が極めて低いだけではない。私達のような年齢と一日の作業量からみれば、量的にも非常に少なかった。

夕食の後、私達は駆け足でシャワー室へ行った。ドイツ人の監督がいて、私達に石鹸とタオルを配り、五分間の時間を与えた。シャワー室から出ると、着替えを与えられた。熱消毒のため、その衣類にはぬくもりが残っていた。何人かシャワーを嫌がる者がいたが、ナチスは手早かった。湯栓を開き床に押さえつけて、金属タワシで体をガリガリこすり、死なせたのである。躊躇したり中止したりすることは一切なく、死なせて後悔している風もなかった。死んだ人は悲鳴も上げなかった。見ている私達もショックで声が出ない。私達の目の前で公然とこのようなことが起きる。信じられなかった。私達は涙をのんだ。凍りついたようになって立っていた。感情を表に出すと、彼らは同じことをやりかねない。私達のおかれている状況がどれほど深刻か、段々分かってきた。恐怖はつのるばかりである。

この収容所は、プワシュフ第一労働収容所ということが分かってきた。そこの駅名がミューラー・フロイツハイムである。ミューラーは収容所所長の名前である。ミューラーは大きい犬を連れ、馬に乗っていた。それに、可愛いユダヤ人少年がいつも連れ添っていた。ミューラーの愛玩《あいがん》物で良い暮らしをしていた。私達には禁じられ、夢で見るしかないことを、その少年には許されていたので、うらやましく思うこともあった。時々その少年は馬に乗った。笑いながら心地好さそうに疾走する。私達よりずっと良い食物を与えられているのは確かであった。しかしながら、私達は誰ひとりとして、この子のような屈辱的立場になりたいとは思わなかった。

月日がたち、日々同じ日常の繰り返しで、私達は、制限あるいは禁止事項あるいはまた命令でがんじがらめの生活に、少しずつ慣れていった。何が禁止されているのか。見分けるのに時間はかからなかった。ほぼすべてが禁止されていたからである。私達がどこへ行くにも何をするにも、罵声と鞭と棍棒がついてまわった。掟《おきて》注入棒である。怒り狂った見張り番に殴られて、私達は、夜間には言葉を一語も発してはならぬことを学んだ。

朝になると、罵声を浴びつつ大急ぎでバラックを出る。前夜揃えた自分の木靴をとる余裕などない。監視役に目をつけられぬよう、怒りをかうと鞭で打たれるので、大慌てになり、左右が揃っていないこともある。そのような場合は、機会をみて同じことをやった人と交換するのである。私達はロボットのように、すべて命令で動き、しかもいつも駆足動作で、鞭や棍棒でぶちのめされ、日一日とやせ細っていった。そして労役用動物に段々似てきた。

彼らは私達の頭髪を刈り、短い毛すら一本も残らず、丸坊主にした。ここに来た当初からで、以来数週間毎に深剃りで、痛いだけではなく、個人としての尊厳を失ってしまう。私達はもはや人間には見えなくなっていた。帽子をかぶっても何の役にもたたない。寒い日は頭がこごえた。それだけではない。ナチスは、ユダヤ教の宗教法を侵害していたのである。調髪については戒律があり、それを守らなければならないのであるが、私達は痛む心で、やむなく彼らの要求に合わせた。私達は生きていたかったのだ。

毎日が同じであった。夜明けに起床し、僅かな食物を食べ、監視付きで作業に付き、いつもおどおどしながら、黙々として仕事をする。ドイツ兵の監督で十二時間の労働をやり、夕暮れ時に収容所へ戻る。私達は次第にやせ細り、飢餓状態におちいっていた。支給された食物では、胃を刺激するだけで余計ひもじくなる。重労働で体力、体重が奪われている。重量感のある本当の食物は、夢の世界にしかなかった。私達はパン屑《くず》の一粒でも丁寧にひろって食べた。その後は急いで短時間シャワーを浴び、短い眠りにつくのである。実際に睡眠を許され人は、それでも幸運な部類に属した。

私達は昼間の作業のほか、夜間作業によく狩りだされた。日中長時間の肉体労働でくたくたになっている。やっと休息できるかと思えば、そうはいかない。真夜中に叩き起こされて、荷卸し作業につかされるのである。夜に貨物列車が到着する。貨物は砂利のような石炭である。六～八両の貨車に積まれている。部屋付きの監督つまり監視役が来て、まず志願者をつのるが、誰もいないと自分で指名する。私達は夜間労働が平等になるように、順番を決めていた。毎回夜の作業に出ていたら、それこそ体がもたない。夜が明けるといつもの激しい労働が待っているので、夜間作業が終わった後少しでも寝る時間があれば、それこそ儲《もう》けものであった。

ある夜、私達はいつものように監督に叩き起された。列車が到着したという。作業員は私を含め六名であった。そして私は、一両の貨車にパンが満載されているのを発見した。驚いた。天にも昇るような気持ちである。自分の幸運が信じられない。神に感謝した。積み降し作業をやりながら、私は秘かにパンをむさぼり食らった。

何個かパンを収容所へ持ち帰ろうと決めた。このような幸運は滅多にあるものではない。腹はすぐすく。仲間にも分けてやりたかった。ズボンを少しおろして、両股の間にも数個をつるし、シャツの間にも入れてベルトをしっかり締めた。仲間と分かち合えるかと思うと、嬉しくてたまらない。一刻も早く戻りたい気持ちだった。少し不安だったが、極力平常心を装って、例の通路のところへ来た。

そこへ突然現れたのが、ミューラーの寵愛《ちょうあい》する例の少年である。私と目が合った。その目付きから、何もかも知っているのは明らかであった。何でもないさ、と私は自分に言い聞かせた。私と同じようにユダヤ人ではないか。黙っていてくれる。彼は、私がひもじいことも、何故そうするのかも分かっていたはずである。私達の目が合ったのは一瞬であったが、私には永遠の時のように感じられた。何事もなくすむ、と私は念じた。

　するとその少年は、小部屋の中へ入った。少年は、通路を番する看守達に告げたのである。悲しかった。看守達は私を手荒く室内に引きずり込み、つき飛ばすように椅子に座らせた。そしてズボンを脱がせ、革ひもで力まかせに殴り始めたのである。余りの痛さに私は悲鳴をあげた。代わる代わる五回ずつ殴った。看守は四名いたから、合計二十回殴ったはずである。体が腫れあがり、私は痛みを感じなくなった。そして気が遠くなった。それがよかったのである。死んだと思ったらしく、看守のひとりが、「もういいだろう。こいつはくたばった《カプート》」と言った。

　彼らは私を引きずり出すと、用済みの袋でも捨てるように、無造作に地面に放置した。私はしばらく動けなかった。動くと彼らに気づかれて、本当に息の根を止められるかも知れない。バラックへも戻れない。戻ると規則を破り騒がせたという廉《かど》で、監視役から制裁をうけるだろう。どうしようか。私は途方にくれた。全身が痛い。屈辱で心も悲鳴を上げていた。パンを盗み食いしたとはいえ、飢えてやせ細った人間をたかが数個のため、これほど痛めつけてよいものか。彼らの残虐性が全く理解できなかった。ミューラーの寵愛する少年の態度も理解できなかった。何故このような仕打ちをしたのか。私に味方し守ってくれるべきではなかったか。そのようなことも期待した私は、余りにもナイーブであった。

　私はこのようなことを考えながら、バラックの方へ這《は》いずって行った。痛みと恐怖と屈辱で、体のふるえがとまらない。バラックにたどり着いたが、中へは入らなかった。リスクが大きすぎる。私は外の壁を背にして座り、夜明けを待った。朝になると、私は急いで作業班と一緒になった。体はまだ痛い。しかし多少の満足感があった。ズボンに数個のパンが残っていたのである。飢えに苦しむ仲間と分かち合うことができて、嬉しかった。体の腫《は》れは一週間以上もひかなかったが、私は生きのびるため、いつものように働き続けた。

この事件の後しばらくして、別の事件が起きた。ある日バラックの中で私達が窓の外を見ていると、ミューラーと少年が突然姿を現した。普通の日で、日没までまだ間があったから、外がはっきり見えた。少年はシャベルで穴を掘った。掘り終わると、少年はシャベルを地面に置き、穴の中に入った。それからである。驚いた事に、ミューラーは拳銃を引き抜くと、いきなり少年を撃ったのである。少年は穴の中にくずおれた。後で分かったのであるが、少年は自分の墓穴を掘らされたのである。なぜだろう。何が起きたのであろう。私達は全く理解できなかった。少年はミューラーの愛玩物だったではないか。見られたらまずいので、私達はすぐ窓から離れた。

この事件で私達は、すっかり憂鬱《ゆううつ》になった。最初この少年が寵愛されているのを見たとき、私達は不愉快であった。しかし、あの夜の私に対する仕打ちで、私が少年に恨みを抱いたわけではない。私は、あのような悲しい死に方をした少年を、本当に気の毒に思った。殺人の動機は何であろう。ミューラーは、少年を必要としなくなったのか。あの少年では満足しなくなったのではないか。あるいは、少年が知ってはいけないものを見たからとも考えられる。いずれにせよ、推測の域をでなかった。その少年は、誰からも敬意を払われることのない、そこいらの穴に犬同様に埋められた。

しかし、この少年が特別であったわけではない。幹部達の間では習慣になっていたのである。幹部達は、自分を満足させてくれる美少年を選ぶ。選ばれても、それは生命を保障しない。必要とされる間だけ良い扱いを受けるだけで、その後には始末される運命が待っている。ナチスからみると、有用か無用しかない。どのユダヤ人も用済みになるまでしか生かしてもらえないのである。

通常日曜日には、平日よりは多少カロリーのあるものを与えられた。ドイツ兵とカポ達が私達をうさぎ狩りにつれて行く。人垣で大きい円陣をつくらせ、そこへうさぎを追いこむのである。私達は隙間から逃げないように足許をぴたりと密着させて並ぶ。彼らは簡単に撃ち殺す。その日私達は、少しうさぎ肉の入ったスープを与えられた。うさぎの調理がユダヤ教の戒律に従ってないのは確かで、私はうさぎ自体コーシェル（清浄）ではないことを知っていた。

最初この宗教法上の食物規定は、私達にとって大問題であった。コーシェルではない食物を食べることは、考えただけでもぞっとした。時間がたつうちに、体重はどんどん減り、栄養失調で飢餓状態となり、やせ細ってしまったとき、もう拒否できなくなった。このスープを飲んで、少しは力がついた。私達は生きなければならなかった。私達は生き残りたかった。

私達は、このような激しい肉体労働には慣れていなかった。土掘りに始まり、トロッコへの積み込みと人力搬送に至る一連の力仕事は、私達の能力を超えていた。さらに悪いことに、カロリーのほとんどない食物を与えられ、体力はみるみるうちに落ちていった。土を盛ったシャベルを、トロッコの上まで持あげられないのである。土魂はほとんど地面に落ちてしまう。それでナチスは狂ったように怒った。そのような時彼らは金切り声をあげ、「ちゃんと働け！」と怒鳴りつけた。時にはシャベルの使い方を教えることもあれば、殴打する場合もあった。ある時は、作業監督二名が手本を示すと言ってシャベルを取り、私達よりも早くトロッコに土を積み込んで、どうだと得意になった。彼らは、このようなきつい作業を、私達のように一日中やっているわけではない。食事も腹一杯食べている。そのうえで、何もかも自分達が勝っていると力を誇示するのである。

私達に休憩時間はなかった。しかし、私達は、何とか体を休めようと工夫した。ひとりを見張り役にして、監督の動きを伺う。居なくなったすきに休業の手を休め、背のびや深呼吸で息抜きをするのである。

しかし、一度は休憩禁止令を破ったことが見つかり、ひどい目にあった。監督に監視されていることを知らずにちょっと休んだところ、いきなり背中を殴られ、ついで顔面を何度も殴打された。その男は私を鉄棒で叩いていたのである。血が口のなかに溜まる。歯が数本折れていた。本当に惨めであった。ちょっと息抜きをするのが、罵声を浴びせながら、目茶苦茶に乱打しても構わぬほどの悪なのか。私は背のびし深呼吸するだけで、制裁を加えられたのである。飢餓をこらえるのもきつかったが、この暴力に対する屈辱は心の痛みとしていつまでも残った。しかしながら、私はここで萎《な》えてしまうわけにはいかなかった。屈辱感をじっとこらえ、貴重な血液の損失を惜しみながら、すぐ作業に戻った。

毎週同じことの繰り返しで、何も変わらなかった。変わるのは体重だけで、どんどん減っていった。私達は月日を覚えておこうとした。しかし、計算が正しいのかどうか確信がなかった。外部の世界から遮断されているので、正確には今日が何日なのか分からない。毎日が同じであり、私達は、明日はどうなるのかと思い惑い、家族はどうなったのかと心配し、いつも不安な状態にある。このような環境では時間の観念が全く変わってしまう。一時間は一年のように感じられる。僅かな食事で水も充分に与えられないうえに、激しい肉体労働が続く一日は、一世紀にも思える。耐え難いほどのつらい作業についているとき、考えているのは水のことばかりであった。しかしそれはいつも夢に終わった。雨が降れば別である。ひからびた体には、まさに旱天《かんてん》の慈雨であった。

ある日私達は、家族に手紙を書けと命じられた。こちらの住所を教えてもよいという。何たる幸運であろうか。にわかに信じられぬ気持ちで、本当に嬉しかった。私は、ヴォジスワフの両親そしてジャルノヴィエツの弟とは、是非連絡をとりたかった。元気だろうか。食べるものは充分あるのだろうか。状況はどうなのか。聞きたいことは山ほどある。もちろん、自分は元気なので心配無用とも書きたい。残念なことに、私は両親の正確な住所をどうしても思い出せなかった。一方、ジャルノヴィエツにいる叔父については、比較的最近のことなどで覚えていた。結局私は、弟だけにしか手紙を出せなかった。しかしそれでも、予期しない機会を得て大変嬉しかった。

私達に与えられたのは小さい葉書一枚で、知らせたいことを沢山書くスペースがなかった。私は「弟よ。元気かい。心配しているよ。別れてからどうなった。どうか返事をください」と書いた。短い文章である。厳しい検閲があり、ナチスは文面を注意深くチェックしたにちがいない。いずれにせよ、私の最大関心事は、弟ヤコブの安否を知ることにあった。

私は、毎日気をもみながら返事を待った。そして、ありがたいことに返事がきた。小包である。手紙がついている。やはり短い文面で、自分も心配していた。「大丈夫ですか。ずっと気懸りでした。そちらの状況はどうですか」と書いてあった。小包には食物が入っていた。チョコレートと本物のパンを久しぶりに味わった。兄を思う弟の気持ちが嬉しかった。彼自身が飢えているにちがいないのである。それにこの先どうなるか分かぬ状況にあるのは間違いない。私は、僅かではあるが、食事は与えられている。

返書で私は、「心遣い本当にありがとう。でも食べものを送らなくてもよかったのだよ。私より君の方がずっと必要なのだからね」と書いた。私は、弟が安心するように、こちらは大丈夫とも強調した。すぐに返事がきた。弟は場所を変えようとしていた。「町中から手紙が来ます。隠れ家を出た方がよいと、移動を促す内容です。私達は約束されました。ラドムには良い仕事と食物があるということです」弟はそう書いていた。

これが最後であった。弟からの音信は絶えた。ラドムが弟にとってどんな所か、調べる機会がなかった。弟はそこへ行かなかった。そこへ行く予定もなかったのである。ほかの生き残りと同じように、私はずっと後になって経緯を知ることができた。つまり、家族と連絡できる機会と考えていたことが、実は残忍な仕掛け罠《わな》であったのだ。どこかに安全に隠れている者を探りだすための、文通許可であった。私達は、肉親の住所を教えてしまった。つまり、肉親の多くは隠れて生きていたのである。そこへ私達は労働収容所で健在であると知らせる。短い文面ながらドイツ人は約束を守り、私達に定職と食事を与えていることも、そこから推測できる。ポーランド中のかわいそうな人々が、沢山この罠にかかってしまった。戦々兢々《せんせんきょうきょう》として暮らす必要はないと答え、食料につられて、隠れ家から出てきたのである。

弟のヤコブ・ヒルシエ、叔父のアブラハム・レンチナーは、共にこの罠に落ちたのであった。ほかの人達と一緒にトラックに乗せられ、移送用の貨車に詰めこまれ、死出の旅に出たのである。行き先は分かないが、トレブリンカかアウシュヴィッツのいずれかであろう。どこへ送られたとしても、結果は同じであった。彼らはだまされ理不尽にも虐殺されたのである。

もちろん、当時私は知る術《すべ》もなかった。弟が返事をくれなくなったので、心配になってきた。不安はつのるばかりである。理由をあれこれ考えたが、本当のことを知ったのは戦後である。無惨に打ち砕かれた自分の世界を、つなぎ合わせて復元しようとしている時であった。

プワシュフにいる頃私達は、ナチスの究極の意図を、まだ推測できなかった。苦しかったが、まだ完全なお手上げの状況ではなかった。ユダヤ民族の絶滅という想像を絶するグロテスクな計画があり、ナチ・ドイツが慎重かつ周到に準備中であったが、当時誰がそれを見通せたであろうか。

一方、月日は過ぎていき、毎日重労働と罵声、殴打の日が続いた。私達はこの先どうなるか分からなかった。家からの便りもない。外の世界がどうなっているのか。知るための手掛りもない。私達はやせ細る一方で、体力がどんどん失われていった。しかし同時に、生存願望は強く、私達に力を与えた。

　不潔な生活環境に加えて、きちんとした衛生措置も取られず、シラミが増殖し、やがてこれが腸チフスの発生につながった。私達の労働収容所も例外ではなかった。ナチスも囚人同様感染した。この伝染病は本当に恐ろしかった。言語に絶する。体は衰弱し、めまいがした。高熱で悪感がした。吐気も続く。下痢がひどくなる。この下痢と高熱が私達の体力を奪った。数歩の歩行でも、多大の努力を要した。彼らは私達を、カイコ棚付きの部屋へ移した。私は上段に入れられた。

　高熱のため震えが止まらない。意識が遠くなる。意識を保とうとして頭をもたげる度に、体力を消耗する。めまいもする。目は朦朧《もうろう》としてほとんど何も見えない。一番こたえたのは嘔吐と下痢である。全力をふりしぼり、手すりや壁を伝って便所へ行く。ほとんど四つん這いになってたどりついても、そこから出るのが大変である。下痢で消耗し力がでない。文字どおり這いながら戻って、カイコ棚にのぼっても、再び下痢が襲ってくる。その繰り返しで、本当に参った。いつまでも続く地獄の責め苦のように思えた。

　チフスの被害は大きかった。労働収容所人口の約八〇％が死亡した。私は完全な栄養失調症で、すっかりあばら骨が浮きでた状態になった。日を追って衰弱していくのを感じる。しかし、何という奇跡であろうか。私は、数少ない生き残りのひとりであった。犠牲者のなかにはナチスも多数含まれていたので、私達は、クラクフ郊外のプワシュフ第二労働収容所へ移動させられた。映画『シンドラーのリスト』に登場する収容所である。

六十年ほどたって、私は家族と共にこちらの収容所へ行くことになった。第一収容所は破壊されたので、家族に見せることはできない。しかし、ミューラーやゲートなど大幹部の家は残っているが、今では当地の民間人が住んでいる。彼らはここの歴史を知っているのであろうか。彼らを守る隔壁が何のために使われたのか、ここで何が起きたのか、知っているのか。自分達にかかわりがあると考えているのだろうか。

収容所の入口は、イエロゾリムスカ通りにあった。ナチの意図は正常な理解の域を超える。一八八七年からユダヤ人墓地になった二つの地域を、収容所として使ったのである。数千基の墓石を破壊して、そこに収容所を建てたのだ。数千人の人骨は砕かれ、その魂は汚され傷ついた。

一九四三年八月。私がここへ移送されたとき、まず目についたのが女性達の姿であった。彼女達は墓石を運んでいた。ドイツ兵は四方に見張り塔をたて、そこから監視していた。その監視下で、ユダヤ人の墓石を使って、アスファルト道を作っていたのである。道路は、クラクフのユダヤ人の体の上に建設された。随分前に埋葬された遺体である。ユダヤ人にとって聖なる墓地をユダヤ人の手で破壊させたうえ、そこに収容所を建てさせる。実にグロテスクなシナリオであった。私達にとってユダヤ人墓地は聖域であり、世界が終わるまで手をつけてはいけない。それを、彼らはユダヤ人に力づくで破壊させているのである。ナチが選んだ残忍かつ冒瀆《ぼうとく》的方法を考えると、胸が痛んだ。本当に世界の終わりが来たのか、と思ったほどである。

このような力仕事は、女性の能力を超えていた。彼女達は始終墓石を落とし、悲鳴を上げていた。しかしそれが作業をやめさせるわけではなかった。ここは電気の通った電流柵で囲まれており、私達はその柵越しに見ていた。実に痛ましい光景であった。頭を丸坊主にされた女性達。頬はこけ、眼窩《がんか》は落ちくぼみ、顔面は灰色と化している。過重労働を強制され、こき使われ、侮辱されているのだ。その姿は正視に耐えなかった。いつまでも残像となって私の脳裏から消えない。彼女達は女性には見えなかった。

私は心の中で泣いた。私達全員がその姿であった。私達はもはや人間ではなかった。ナチの分類によれば、私達は初めから人間ではない。飢えと酷使と残虐行為にさらされて、私達の身体は人間らしい容貌を失っていた。健康で血色がよく目鼻立ちも整っていた人間が、今や骸骨同然となり、骨と皮だけの体にシラミがたかり、ぼろ切れのような囚人服をまとって、それでもまだ動いていたのである。

私は、建設現場の仕事につかされた。会社の名前はクルップ社であった。新しい建物を数棟建設するのである。最初につくる建物は極めて高く、数階はあった。私達は木製の足場を上がっていく。コンクリートの入った重い手押し一輪車を押しあげるのである。やせこけた私達の体重より重かったにちがいない。レンガの手渡し作業もやった。手渡しといっても上から下にいる作業者になげ落とすのである。落ちてきた重いレンガを受けとり、それを下へ落す。絶えず動いていなければならず、体力がなく、疲労困憊の状態にあるので、きちんと受けとめられず、がつんと頭にあたることよくあった。私達の頭に裂傷ができて出血しても、ドイツ人は全く無関心であった。一輪車の押し上げで苦しんでいても、何とも思わない。体力を超えた重労働で私達を消耗するのが、彼らの目的であり、危険な仕事が完成し私達が消耗すれば、一挙両得というわけであった。

私がヨン所長の選別処刑を経験したのは、ここである。ここで私は恐怖でがちがちになりながら、丘へのぼって行き、銃で撃たれたのである。あの時私は、人生で最も意義深いヨム・キプールを体験した。未知の手が私を穴へ落とし、私の衰弱した体の盾となり、打ちこまれる銃弾から守ったのである。

そして今。私は家族と共にここを歩きまわり、『シンドラーのリスト』が撮映された後にも残っている放置墓石を見た。電流柵が原形で一部残っていた。もちろん電気は通っていない。地面はほとんど草に覆われている。ナチが痕跡を消そうとしてできなかったことは、時間と共にゆっくりと消えつつあった。

私は処刑の場所を探した。目印になるものは何もない。この地面の下に何があるのか、私には分かる。私自身がしばらくそこにいたのである。運命が逆になっていれば、この草地の下に、名前を奪われ番号だけになった人々の骨と共に埋まっているはずであった。巨大埋葬地は、ポーランドでは、ここだけではない。沢山あるのだ。しかも、それは強制収容所に限定されているのではない。ユダヤ人社会のあった市町村では、ポーランド人の住民達がさまざまな場所でユダヤ人の大量処刑を目撃している。その処刑地は、今は草に覆われ、あるいは樹木が茂り、あるいはまた建物の下になっているのだが、それよりも何よりも、人々に忘れ去られていた。

私の思いはいつもそこへ行きつく。穴に放りこまれ、無造作に埋められたのだろうか。今では、何も知らぬ人々がその上を踏みつけにしているのではないのか。肉親にはちゃんとした永遠の安息の地がない。それを考えると、私の心は千々に乱れ、休まることがない。

収容所の出口で、私達はひとりの男性に出会った。名をコズロフスキといい、プワシュフ博物館の建設提唱者であった。氏は私の話を興味深く聴いてくれた。生き残りでここに戻って証言してくれた人は、これまでいない。私が最初の人間であった。私の苦悩と恐怖は、同時に歴史の証言であり、それがここには欠けていたのである。一方、私は、当時の写真や記録文書を探し求めていた。彼なら助けてくれる。お互いに情報を交換し合えると考えた。私達は連絡し合うことを約束した。

その日は、私にとって心の重くなる日であった。最後に、（悲劇に関係のない）場所を訪れたので、少しは気分が晴れた。私達は旧市街と市場へ行ったのだ。子供の頃、クラクフが美しい町であることを聞いてはいたが、来たことはなかった。それが今、妻と四人の子供達と一緒に市中を歩いているのである。六十年前、有為転変《ういてんぺん》の末、私の運命がこうなると、誰が考えたであろうか。私達は生き残りとして、シンドラーの工場に置かれた芳名録に名前を書き添えた。戦時中シンドラーは自分の工場と共に収容所の近くにいたわけであるが、私は会ったことはない。

私の子供は、クラクフ・ゲットーの薬局の話を聴いて涙を流していた（ゲットーのなかに薬局が一軒だけあった）。この薬剤師は、[注2] ユダヤ人の命を多数救った人でもあった。

私は心の中で、この日まで私を生かされた神に感謝した。胸につかえていた自分の苦悩の体験について家族に話すことができ、生涯担い続けなければならぬ重荷を少しは軽減でき、家族もその苦しみを理解し支えてくれる。家族が私よりは良い幸運に恵まれ、私の経験した悲劇をまぬがれていることを、神に感謝する。このような苛酷な運命を、歴史を通して、体験を読みあるいは聞き、あるいは過去の遺物を見て、彼らが追体験できることを、神に感謝する。

解放から随分時間がたって、私は妻と子供を持つひとりの自由な人間として、ここクラクフにやって来た。私は、再びプワシュフ収容所に入り、そして出た。今度は自分の意志でそうした。私は、次に何をするのか自分の意志で決めることができる。今は一九四四年ではない。

注1　イスラエルのホロコースト記念館ヤド・ヴァシェムの調べによると、プワシュフは一九四二年秋の開設以来遂次拡張され、八一ヘクタールの土地を占有した。収容人員は移送や死亡（病死のほか八〇〇〇人が殺害された）で一定しないが、当初二〇〇〇人の収容数は一九四四年五～六月時点で二・二～二・四万であった。なお、四四年五月末に二〇〇〇人がア

ウシュヴィッツへ移送され、ガス室で殺された。

注2　タデウシュ・パンキエヴィッツ。ゲットー内で営業継続を許された唯一のポーランド人薬剤師で、イスラエル独立後、ヤド・ヴァシェムから「諸国民のなかの義の人」賞を授与された。著書『クラクフ・ゲットーの薬局』が出版されている。

第五章　地獄への移送列車

一九四四年一月、私達は再び別のところへ移送されることになった。彼らは、私達をプワシュフからラドムに近いピョンキ強制労働収容所へ移すことに決めた。そこには、弾薬生産工場があった。

弾薬生産工場の作業は、建設作業よりきつくなく、仕事そのものも容易と思われた。しかしその工場でも、作業は極めてきつかった。でも違いがあった。近くの村の住民と一緒に働いたのである。彼らは通勤者で、一日の作業が終われば、村に戻ることが許されていた。私達にはそれがない。それでも、自由な生活を送っている一般住民を間近にして、外部の世界に大なり小なり以前の日常があることを確かめられるのは、囚われの身である私達にとって大きい救いであった。一方、一般人の存在で、私達は彼らとは違う身分であることを思い知らされるのである。このような身分におとしめる正当な理由がまったく分からない。私達がそのような扱いを受けるような何か悪いことをしたのであろうか。

私達は、飢えのあまり、恥も外聞もない状態におちていた。私達は、作業者達が従業員食堂で食べ終わるのを待ち構えている。彼らが立ち上ると目の色を変えて、そこへ殺到し、食物のかすをひろい食器を舌でなめた。私達は注意を怠らず、食堂の空くのをいらいらしながら待っていた。それも残りかすを拾うためである。

私達は、少しでもおなかに入れようと、ありとあらゆる可能性をさぐった。少なくとも焼けつくような空腹感をちょっとでもごまかしたいのである。夏には、畑作業があった。幸いなことに私はその作業グループに入った。仕事はニンジン栽培である。私達は時々ニンジンを引き抜き、あたりを注意深く見まわし、泥をこすり落として、ポケットへ入れた。そしてボリボリと噛《か》じるのである。後にも先にもこんなに甘くて美味しいニンジンを食べたことはない。それほど飢えていたのである。ある意味ではこれで命が救われたのであり、私達はこの作業につくことを祈り、永久に続くように願った。畑作業のおかげで、余り空腹を感じず衰弱することもなかった。しかし残念なことに農閑期がきて、私達は弾薬生産工場に戻らなければならなかった。

それから、工場自体が私達を助けることになった。工場では火薬を製造していた。その主原料がアルコールで、原料の七〇％を占めていた。半リットル入りの平たい缶で、その形状から服に隠すのが容易だった。時々隠して持ち出し、食料と交換した。作業員達は進んで私達に協力した。戦時中の困難な時であり、アルコールでも飲んで気分転換を図りたいのである。ところがドイツ人達は何から何までコントロールしており、何をどれだけ買ってよいのか決めており、売買を統制していた。アルコールは入手が難しかったのである。作業員達は、アルコール飲料と交換に、自宅から持ってきたサンドイッチ、パン、チーズを私達にくれた。飢えた体には、まさに救いであった。

私達は、リスクが大きいことを充分承知していた。ナチスに捕まえられたら、少なくとも厳しい体刑をうけるのを覚悟していた。私自身は、パンをくすねたことが発覚し、ひどい目にあっている。それでも飢えには勝てなかった。身体的ニーズが合理的判断と精神的価値観に優先する。私達の飢餓レベルはそこまでさがっていた。このレベルになると、人は合理的に物事を考えることができなくなる。とにかく腹をみたしたいということしか頭にない。安全とか倫理観について考える余裕はない。私達は、食べている食物がコーシェルでないことを知っていた。しかし、あきらめて、飢死すべきであろうか。

アルコールと食料の交換はうまくいった。しかし発覚する時がきた。ある日、毎日私達が通っている狭い通路で、アルコール缶を隠し持つ仲間のひとりが捕まったのである。ナチスはその缶をもぎとると、散々殴りつけた。私達は凍りついた。自分であったかも知れない、と誰もが思った。これからどうなるだろう。考えれば考えるほど恐ろしくなる。私達は無言で殴打を見ながら立っていた。ところが彼らはすぐに本人を放したのである。終わったので私達はほっとした。

次の日曜日の朝、私達は三列縦隊で広い場所に連れていかれ、例の脱帽、着帽をさせられた。号令に従って全員一斉に同じ動作をするのである。私達は戻る途中絞首台の傍らを通った。ちょうどその時仲間のひとりが突然捕まって、そこへ引きずられていったのである。

突然の出来事で、私達は腰が抜けるほど驚いた。アルコールを持ち出そうとして殴打された本人であった。その程度の罰で一件落着と考えていた私達は、ナイーブであった。カポ達は、どうすべきか心得ていた。

捕まった人は、「君達何するのか。私と同じユダヤ人ではないか！」と必死になって叫んだ。するとカポのひとりが、「オレ達のせいにするな。オレ達のせいにするな。頭をちゃんとあげろ。そして黙れ！」と答えた。

私達はこの言葉に傷ついた。大変悲しかった。カポ達は、少しの疑問も持たず、ためらうこともなく処刑したようである。私達はその模様を見ていなければならなかった。ショックだった。暗澹《あんたん》たる気持ちである。私達全員が彼らの狙いを理解した。飢えているにもかかわらず、大半の人がこの交換ビジネスをやめた。自分の命の方がもっと大切だからである。

時間はゆっくりと過ぎて行く。やがて、待望の夏がきた。時は一九四四年。恐怖の日々とは対照的に、燦々《さんさん》と日光が注ぎ、まわりは美しく輝いていた。ナチ・ドイツの侵攻から五年になる。この苛烈な侵攻で、私達は平穏で屈託ない心を奪われてしまった。相変わらずきつい労働は続く。私達はすべての命令に唯々諾々として生きていた。ムッツエアウフ、ムッツエアプ！（脱帽、着帽）の一斉動作。日照時間が長くなり短い夜となる。飢えと恐怖も続く。人数は段々減っていく。非人道的扱いで消耗し、死んでいくのである。私は、生きる力を奪う残虐行為にもかかわらず、まだ生きていた。

間もなくして、あたらしい命令がきた。私達は、ピョンキからアウシュヴィッツへ移送されることになったのである。再び心配になった。明日どうなるか分からぬ日常であるとはいえ、やはり大きい変化は危機感をたかめ、非常な不安にかられる。何故移されるのか。さっぱり分からない。場所も聞いたことのない名前である。私達に何をしようとしているのか。私達は、意図を疑うような情報を持っていなかった。それに、心身ともに衰弱し、かつての適確な判断力を失っている。恐ろしい考えが頭をもたげてくる。不吉な予感がして、平静ではいられなくなった。

事態は不吉な予感を裏書きする方向へ進んだ。列車が到着した。家畜運搬用の木造貨車である。心がねじれた。ミエチョフからの列車移送体験がよみがえり、気分が悪くなった。そして私は、やせこけた数百人の仲間と貨車に詰めこまれた。彼らから見ると、私達は人間ではない。動物と同じ扱いをしてどこが悪いというわけである。

私達にとっては本物の地獄であった。ちょうど真夏で、その貨車内の暑熱は非常なもので、今回の移送は前にも増して耐え難かった。誰もが空気を求めてあえいでいた。気が狂いそうな暑さである。鉄格子のついた小窓がひとつあるが、空気はほとんど入ってこない。ひどい臭気が充分し、あちこちで悲鳴があがり、気絶する人が続出した。のどの渇きもこらえきれない。水を一滴でも飲めるなら何でもすると思った。沢山の人が、長時間の鉄道移送に耐えられなかった。少しも不思議ではない。貨車に詰めこまれた時点で、既に非常な衰弱状態にあったので、次々に死んでいった。それはナチの計画の一環でもあった。あらゆる機会をとらえ、念入りな手はずをととのえて、ユダヤ人駆除に取り組んだのである。

貨車内には、死体を安置する場所などなかった。どうしたらよいか分からない。やむを得ず積みあげ、その上に生きている人を乗せた。ほかの人達が立っていられるスペースを作るためである。私達は、このようなものすごい状態で、死者、生者もろともに未知の地への旅路を続けたのである。

不断に発生するこのような事態は、私達の精神構造に大きな影響を及ぼした。私が初めて死体を見たのは一九三九年。夏の終わりの頃で、場所はシュチェコチニであった。その瞬間が、死を痛み悲しむ安全な世界の、終わりの初めであった。それ以来目をそむけるような死を数限りなく目撃し、次第に鈍感かつ無関心になってきた。私達のまわりに死は至る所に、しかもいつも身近にあった。これで終わりということはない。その不気味な触手がいつどこでのびてくるか分からない。私達は、一分後にまだ生きているのか全く分からない世界にいた。私達は、家族と住みなれた世界を失い、もろもろの体験を経て、内面的には既に死んでいた。しかし、それは序の口であった。私は、この苛酷な戦時下で最もむごい死を、まだ見ていなかった。

移送列車は次の目的へ向かってゆっくりと進んだ。貨車内では仲間が次々と死んでいく。意識を失う者、気が狂う者、そして死ぬ者。犠牲者は増えるばかりである。確かに状況は言語に絶した。

しかし私はどうにか平静を保ち続けた。私は場所の名前だけに精神を集中した。アウシュヴィッツ。考えれば考えるほど不吉な予感がする。道中の半ばまで来た頃、列車が突然止まった。どこかの駅らしい。しばらくすると逆方向から貨物列車が到着した。ぎっしりと人が詰めこまれている。骨と皮だけの、もはや人間の姿をしていない。しかし良い機会である。彼らから情報を得られる。私達は鉄格子の隙間から質問を浴びせた。私達はイーディッシュ語で話をした。人がそこから戻って来るなら、それほど悪いところではないだろう。最初私達はそう思った。

しかし話を聞くうちに、一縷《る》の希望もたちまち消え失せた。どこへ移送されるのか分からないが、あそこから生きて出られただけでもありがたい、神に感謝すると彼らは言った。彼らの話を聞くと、どこの場所でもアウシュヴィッツよりはましのようであった。彼らが明らかにしたイメージは戦慄《せんりつ》的であった。萎《な》え果てた心から最後の力を奪い去り震えが止まらなかった。私達は、この世の地獄、死の腕へこのまま送りこまれるように見えた。

彼らは口ぐちに言った。「生きてあそこから出るという考えは忘れなさい」、「出口はひとつしかない。煙突から煙となって出ていくだけだ！　焼却炉が日夜稼働している。ユダヤ人を全員放りこんで焼却しているのです」

私達は信じられなかった。恐ろしい悪夢としか思えない。私達の経験してきたことが苦しみの限度、と考えていたのである。それを超えるものがあろうとは、人間を焼却炉で焼くとは何事であろうか。それは私達の理解の埒外《らちがい》にあった。

この一片の情報で貨車内の全員が震えあがり、暗い気持ちに襲われた。そうか、炎となって終わるのか。ほとんどの人がすっかりあきらめていた。しかし、彼らの言ったことが本当であっても、あきらめるのは早い。これまであらゆる苦難を生きのびてきたではないか。この人達は、煙突ではない別の出口から現に出て来たではないか。だとすれば、私達にもチャンスはあるのではないか。

私は羊のように屠殺《とさつ》されたくなかった。私が決心したのはその時である。大きい脅威が待ち構えていて、いずれ死ぬのであれば、移送列車からの脱走にかけてみよう。失敗しても少し早く死ぬだけのことだ、と私は考えた。

私は貨車内の人達に、これ以上先へは行かないと言った。彼らは、私の言っていることを理解できず、怪訝《けげん》な顔をした。この窓から脱出すると言うと、動揺が起きた。反対の声である。大騒ぎになった。ひとりの仲間が「連中はすぐに君を射殺するぞ」と言った。みんなが私を説得しようとした。「余りにも危険すぎる。自分がやろうとしていることがどういうことか、君は分かっておらんのだ」。そういう声を聞いた。しかし私の決心は固かった。「連中に焼却炉へ投げ込まれてたまるか」と私は答えた。

「残された私達はどうなるのだ。連中は私達を皆殺しにするぞ。それでもいいのか。連中の処罰法を知っているはずだ」。彼らは恐怖にみちた目で私を見詰めた。「このために、私達全員が殺されるのだ！　君は私達を危険にさらすつもりか」。私は一瞬迷った。確かにそうである。各貨車の上には、銃を持ったドイツの警戒兵が乗っている。ナチの残虐性と冷酷なルールを考えれば、このような行動は私だけではなく、貨車内の全員の命を危うくする。では、どうすべきか。手を引くべきか。私は本当に困ってしまった。みんなの命を危険にさらしたくなかった。一人ひとりが大切な仲間なのである。しかし同時に私は、この移送列車には乗っていたくないと強く思った。

「彼が自分の命を救いたいのであれば、助けるべきではないか」誰かが突然そう言った。「そうだ。そのとおり」別の声がした。「聞いてくれ。彼に計画があるのなら、私達にはとめる権利はないのだ」。私を支持する声が別のところからあがった。少し雰囲気が変わったように思った。「ありがとう」私は声のした方を向きながら礼を言った。

まだ納得しない人達もいて、「奴らは彼を射殺し、それから同じことを私達にやる」と抗議した。だが、「危険は伴うとしても、助けるのが筋だ」と堂々と反論する人もいた。私は双方の意見を理解した。反論した人はペンチを持っていた。そして、窓のワイヤーを上手に切ってくれた。それで私の肚《はら》もすわった。私はその人に礼を言って、「怪我をしたくないので、列車がゆっくり動きだした瞬間を狙って飛びおります。窓にしっかりつかまっていますので、皆さん、どうか私を押し上げて下さい」と頼んだ。窓は小さく、しかも高いところについている。自分ひとりでは窓から出られない。助けが必要であった。

「全員が死ぬ。すぐにだ」。反対する人達は繰り返しそう言った。思いどおりにならないので、彼らは怒っていた。私は、苛立ちの声を背中に浴びながら、自分を支えてくれる人達に押し上げられ、その瞬間を待った。心臓の鼓動が激しい。どきどきする。罠にかかったうさぎのようである。恐怖のあまり震えがきた。しかし同時に、今がチャンスだ。ここまできたら、もう後戻りできない、と自分に言い聞かせた。

貨車ががくんとして車輪がきしり始めた。いよいよである。外の電柱の動きが早くなってくる。私はうしろを振り向き、みなに礼を言った。これまで数々恐怖の時を一緒に耐えてきた仲間である。幸運を祈りながら一気に飛びおりた。線路わきにころげ落ち、したたか体を打った。あちこちが痛む。その時銃撃音がした。貨車の屋根に陣取るナチ警戒兵が気づいたにちがいない。しかし銃弾は一発も命中しなかった。移送列車は私を追い越し、走り去った。貨車の仲間に心の中で礼を言い、害の及ばないことを祈った。

私は自由になった。現実の日常を奪われ、世界そのものから隔離されて収容所生活を強要されて二年、私は自由の身になったのである。落ちた時の衝撃で全身が痛かった。しかし、そのようなことは重大ではない。私はチャンスをものにしたのである。しばらく線路わきにへたり込んでいた。苦しかったこと、悲しかったこと、さまざまな感情が渦を巻き、どっと噴きだして、私は声をあげて泣いた。

我に返った私は、あたりを見渡し、注意深く観察した。死を予感する状況から逃れることはできたが、まだ安全ではない。ここを出なければならないが、どこへ行ったらよいのだろう。ショックからまだ覚めず、今後の行動について判断がつかなかった。近くに橋があった。大きい土管が二本通っている。その中を立って歩けるほど大きかった。シエルターとして最適である。この中で少し眠ろうと決めた。体力の回復だけでなく、考える時間も欲しかった。このままのこのこ町中へ出ていくと、たちまち疑われる。やせこけた体、頭は丸坊主で、おどおどした顔。挙動不審ですぐばれるだろう。私が潜伏中のユダヤ人だけでなく強制収容所からの脱走者であるのは、一見しただけで分かる。あれこれ考えているうちに、私は疲労のためいつの間にか眠った。

目が覚めたら日暮れ時であった。私は土管から出た。ひもじかった。最後に食物を口に入れてから、随分時間がたった。ピョンキで与えられた食物のことを考えた。まずくて水っぽい食事でも、今のような状況では滋養がありそうに思えた。遠くの方に、家の光がちらちら見える。戦争であるにもかかわらず、日常の暮らしがあるのである。組織的な虐殺、日夜を問わず死の叫びとともに黒煙を噴きあげる焼却炉の存在と平行して、住民の生活がある。ここから数キロ離れたところでは、言語に絶する状況が展開しているのである。穴くぼのような眼窩《がんか》となり、骸骨のようになるまで虐待し、挙げ句の果てに家族もろとも殺戮《さつりく》しているのである。世界は、このような仕打ちを受ける人々がいるのに、沈黙を守っているようであった。

前方に見える数軒の家は、ポーランド人の家か、それともドイツ人が住んでいるのであろうか。私には分からなかった。第一ここがどこなのかも分からないのである。しかしほかに行くところもない。そこには生活があった。まず場所を知りたい。そして、できれば何か食べるものを手に入れたい。ひもじくてたまらなかった。私は一番手前の家へおずおずと近づいて行った。家の外に水道栓があったので、さっぱりするために顔を洗い、たっぷり飲んだ。そして覚悟を決めると、ドアをノックした。

「どなた?」女性の声で、しかもポーランド語である。

ほっとした。「道に迷った者です」私も同じ言語で答えた。

女性がドアを開け、私を見た。私が如何に疲労困憊しているか、気づいたにちがいない。回復するまで数年はかかるほど、ぼろぼろの状態であったのだ。女性は私を招じ入れ、椅子に座らせたうえ、水をだしてくれた。道に迷い、場所を確認したいので、おたずねした次第です、と言った。もちろん本当のことは言えない。戦時中でもある。反ユダヤ宣伝も浸透している。うっかりしたことは言えない。

女性は親切だった。御主人が地図を持って来て、ここの場所を示してくれた。近くに別の村名がある。そこで、その村名を告げそこへ行く途中でしたと、礼を述べた。御主人は私を上から下まで観察して、女性にキャベツ・スープを持ってくるように指示した。大変親切な方々である。

しかし、私はスープの代わりにサンドイッチをいただけないだろうか、と図々しくたずねた。私は恐ろしくて心配で、一刻も早くここを出たい気持ちである。女性は台所へ行き、しばらくしてサンドイッチを数個と水一瓶を手にして戻って来た。私は心からお礼を言って家を出た。

本当に嬉しかった。小躍りをしたい気持ちである。私は先の土管へ戻り、ありがたく賞味し、神の御慈悲に感謝した。豊かな気分である。長期に及ぶ恐ろしい状況を経て、私は落ち着いた気持ちを味わった。チーズや卵、あるいは本物のパンを最後に食べたのはいつだっただろう。本当においしかった。私には御馳走であった。これからどうなるか分からない。しかし、今のところ安全である。苛烈な収容所の残酷な現実がここにはない。怒号と罵《ば》声に囲まれていない。まだ疲れていた。私はすぐに深い眠りに落ちた。

どれくらい眠ったのか分からない。夢も見ない。熟睡だった。目が覚めたとき、すっかり明るくなっていた。あたりを見ていると、記憶が戻ってきた。それと同時に体の痛みと恐怖感もたちまち戻ってしまった。自分はどのような状況にあるのか、これからどうするのか。考えることが山ほどある。私は判断力が戻ってくるまで、土管の中でじっと座っていた。そして、しばらくここに居ようと決めた。馴染みのない土地をうろつくよりも、土管の中の方がずっと安全である。

遠くの方にいくつかの家があった。戦時下のひどい現実のなかで、住民がそれなりに普通の生活を営んでいるところである。それにしても食物が欲しい。おなかが再びぐうぐういいだした。人間は自分の飢えをみたし満腹感をおぼえれば、心も落ち着いてくる。昨晩がよい例である。しかし、あの家へのこのこ行くわけにはいかない。昨晩は道をたずねる名目であったから、もう一度行けば完全に疑われてしまう。幸いなことに、このあたりは、数キロの間隙で家が点在する環境である。私は、周囲を注意深く観察して、歩きだした。

何としても、食物を手に入れたかった。一軒目に来た。昨晩とは違う家である。恐る恐るドアをノックした。どうなるか分からない。胸がどきどきする。しかし、今度もついていた。心やさしい家族だった。落ちくぼんだ目、やせこけた体、頭は丸坊主で、おどおどしている私が何者か。恐らく察しがついていたであろうが、その家の人は何もたずねず、深いあわれみを態度で示してくれた。サンドイッチを持ってきたのである。私はその家の人達をじっと見つめ、深々と頭をさげて家を出た。今度はチーズサンドだった。実にうまそうである。私はゆっくりと例の土管の方へ戻って行った。

途中まで来たとき、前方に馬が二頭見えた。人が乗っている。ドイツ兵だった。どんどん進んでくる。あたりを見渡したが隠れるところがない。いずれにせよ逃げても、時既に遅しである。相手は私を確認している。ここで走りだしたら射殺される。命は失いたくない。かくして私の自由の時は終わった。もうこれでおしまいである。私は覚悟した。

ドイツ兵はあっという間にここへ来て、ドイツ語でいくつか質問した。私は理解できないふりをした。ドイツ語はイーディッシュ語とよく似ている。応答すれば、自分の素姓を明らかにしてしまう。私は見当違いの返事をポーランド語で言った。恐怖で胸がドキドキする。心臓がねじ曲がりそうである。すぐに殺されると思ったが、疑われないよう懸命になって平静を装った。一人が私の監視役となり、もうひとりが馬に乗ってどこかへ行った。そして、しばらくして車で戻り、「車へ乗れ」と私に命令した。

これで自分の自由は終わった。私はしみじみとそう思った。どうにもならぬ時が来るまで、幸先がよいと思う瞬間も何度かありはした。しかしこれで行き詰まりである。恐ろしかったが、顔にはだせない。取り乱した様子をすれば、彼らはこの場で殺す。充分にあり得る話である。割礼の有無を見るため、パンツをおろせと命じることもできる。ユダヤ人であることが判明すれば、一巻の終わりである。しかし何事も起きなかった。怪しまれずにすんだのであろうか。私は、平気な顔をして静かに座っていたが、頭の中では無数の考えが渦を巻いていた。

やがて車が止まった。いよいよその場所に来たのだ。これから死ぬのだなと思った。建物がある。ドイツ兵は私を連れて中へ入った。刑務所であった。所内で何名かのポーランド人に会った。政治犯である。ここに来たのは運の尽きかどうか分からない。突如としてさまざまなことが起きた。今後どうなるか不明である。しかしまだ生きている。あれこれ考えても始まらない。私は眠ろうとした。私は政治犯と話をしないようにした。話をしなければ、私がユダヤ人であることに気づかないだろう、と思ったのである。夜が明けると、私達はすぐ一カ所に集められ、隊伍を組んで近くの収容所へ連れて行かれた。しばらく歩いて到着した。そこがアウシュヴィッツであった。

私は、命懸けで死の移送列車から脱走し、数時間ではあったが幸福な時を過ごし、そのひとときは、ここではかなく終わった。ユダヤ人にとって、すべての道がアウシュヴィッツへ向かっているように思えた。すべての道はその煙突につながっているのだろうか。人間はその宿命から逃れられない。私は、死出の道連れと共にここへ来た、と思った。

しかし当時は分からなかったが、私はほかの人達よりも幸運であった。哀れな犠牲者を詰めこんだ移送列車が到着すると。乗降場のランプ（貨物の集積ホーム）で直ちに選別が行なわれる。これが収容所の手続きである。私は脱走したため、選別の対象からはずれ、貨車内の死体をゴミ袋のようにランプへ引きずりおろす様子も、幸いなことに目撃しなくてすんだ。私は、散々殴打されながらもむごい命令に従うところに居なかった。

私は、「死の天使」として知られる全能の選別者、メンゲレ医師の触手に捉えられなかった。メンゲレは、ここでは神として君臨していた。彼の指が器用に右、左と動く。その動きは生と死を意味すると言われた。メンゲレが囚人を並ばせ、自分の判断で決めるのである。幸運にも彼の判断で生の方に選ばれた者は、労働につく。やせて弱っている人は、役立たずと判断され、そのままガス室へ送られる。選別された人々は、これからシャワーを浴びると考えていた。実際には、右と左両方とも死の宣告であった。今は労働用でも、ろくろく食物を与えられず、こき使われて消耗すれは、ガス室へ送られる。いずれにせよ死ぬのは時間の問題にすぎなかった。

アウシュヴィッツまで歩かされた私は、ほかの囚人とともに列に並び、おとなしく登録を待った。私は、自分の目で確かめるまで、それが何を意味するのか、信じられなかった。入れ墨のことである。彼らは私達に入れ墨で番号をつけた。これが収容所入りの登録であった。非情な命令に従って、私は左腕を差し出した。ドイツ的正確さと経験をもって、あっという間もない。

しかし、正統派のユダヤ人にとって、それは永遠の苦しみと屈辱であった。私は心の中に神の言葉を聞いた。「あなたは、死人のために身を傷つけてはならない。また、身に入れ墨をしてはならない。わたしは主である」（レビ記一九・二八）と。私の魂は泣いていた。これまで私は、戒律にもとることを沢山経験してきたが、入れ墨で破戒はここに極まった。

私はもはやイジク・メンデル・ボルンシュタインではない。人間ではないのである。私の新しい名前はＢ－９４である。私は一個の数字になった。奇妙な洗礼で私はこの新しい世界に入れられたが、ジプシーの集団に加えられ、Ｂ－９４としてこれから彼らと一緒に働き、生きていくのである。

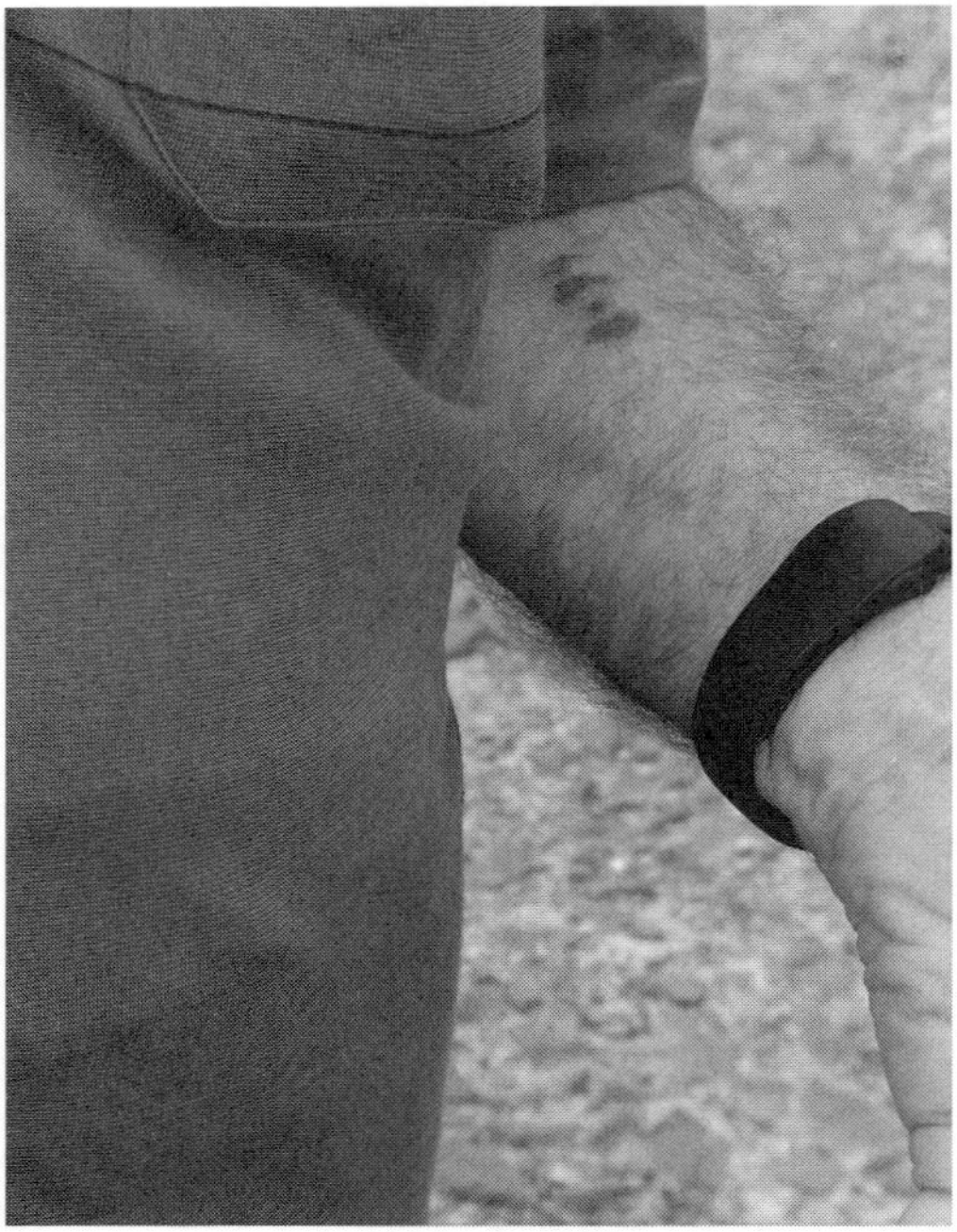

アウシュヴィッツで著者の左腕につけられた入れ墨番号　Ｂ－９４

第六章　アウシュヴィッツの医師

番号は、どこから私が戻って来たのかを物語る。左腕に残り心にしみつき、これまで一刻も脳裡から離れたことはない。

時は二〇〇四年八月三日。ポーランド訪問の二日目が終わろうとしていた。しかし、今回の訪問で最も意味のある出来事は、これから起きるのである。明日はアウシュヴィッツへ行く予定であった。私は、左腕とそこに刻まれた番号を見つめた。自分はどんな反応を示すのであろうか。プワシュフの場合、収容所施設はある程度破壊されていたので、感情を抑えるのは、それほど難しくなかった。往時を物語るのは、陰惨な見張り塔と鉄条網であった。しかるにアウシュヴィッツは、私の知るところ、収容所の主な施設が保存され、博物館がつくられている。つまり、元の形をとどめた施設へ入るのである。その時どのような感情が噴きあがってくるのであろうか。

古い記憶がよみがえる。焼却炉、ガス室。いつ何をされるか分からぬ恐怖感、そして飢餓。罵声を浴びせ怒号するナチス、銃撃音、番犬の吠え声。続々と到着する移送列車。貨車に詰めこまれた人々が吐きだされ、不気味なナチの地獄釜へ送りこまれる哀れな姿。鬼気迫る一連の光景は心に焼きつき、如何に時間がたとうとも薄れることはなく、昨日の出来事のように鮮明である。私は、自分の顔と心に刻みつけられた記憶とともに成長し、学習しそして生活を営んできた。しかし、人生のこの時代に関係する感情は、必ずしも同じような抑制力を持っているとはいえない。

私は輾転《てんてん》として眠れなかった。しかし、そこへ戻ることについては、決心を変えなかった。私の次男ツビは、わが愛する弟の名を継いでいるのであるが、その夜人生が変わる経験をした。その詳細については後で述べるが、深夜に悲鳴をあげ始めたのである。同じ部屋にいた長男ヨッシは、びっくりしてとび起きた。隣室にいた私はほとんど眠れずにいたが、その声を聞かなかった。ところが私の妻は、聞いたのである。目が覚めた妻は、酔っ払いか路上の喧嘩かと思いながら、一応窓まで行って確かめた。外の様子を伺ったものの何事もないので、不審に思いながらベッドへ戻ったという。

隣室では、長男のヨッシが、うなされる弟を起こそうとした。「ツビカ、どうした。恐ろしい夢でも見たか」、「見える。見える。建物の入口に人が群がっている」ツビカ（ツビの愛称）は朦朧《もうろう》とした状態でそう言った。夢と現実の境目にいる次男は、その群れの中にいた。全員素っ裸である。彼の前には、小柄でよぼよぼの老人が立っていて、両脇にナチの警備兵がいた。ドアの外に沢山の人が立っているので、内から開けられない。連中がドアのまわりの人達を押しのけ、ドアを開いて中へ入れようとした。ナチのひとりが、ツビの前に立つ老人の頭を、銃の台尻で殴った。老人は血を流す。「殺される。全員がなかで殺される！」と次男は言った。

長男のヨッシは呆然となった。しかしすぐに気を取り直し、弟をゆり動かし、すぐ紙と鉛筆を渡し「書いてくれ、今見た光景を描いてくれ」と言った。ツビカは、まだショック状態にあったが、半覚醒で体験したことを絵にしようとした。

八月四日朝、私達はアウシュヴィッツに向け出発した。

私達は、私の体験をなぞるかのように、まずビルケナウに行った。一九四四年の夏に入れられたところが、ここである。数十メートル前方に陰気な施設があった。私は震えていた。心の中の葛藤を必死に抑えようとしていた。門、監視塔、鉄道の引込線そしてバラック、以前と同じように見える。恐ろしい姿をしている。収容所内に入ると、建物の一部は破壊され跡形もないが、全体的なアウトラインは同じである。

私達は監視塔にのぼった。広大な地所で思わず息をのんだ。まことに気の滅入る風景である。収容所がフル稼働していた時代を体験していなくても、印象は同じである。ぐるりと見渡したが、どの建物に住んでいたのか分からなかった。どの建物も同じに見える。おどおどした囚人達の群れが目に浮かぶ。やせさらばえた骸骨《がいこつ》さながらの姿。縞入りの汚い囚人服を着せられ、丸坊主にされ、みんな一様に同じで影のような存在。そして、火葬場の煙突から立ち昇る煙。そして、この監視塔に立つナチス。四方八方に目を光らせ、私達の一挙手一投足を監視し、少しでも違反する行動があれば、銃撃する冷酷な人間。私は、ホロコーストの暗黒時代にまだいるような気持ちにおそわれた。恐怖と不安の充満する空気が、ぴりぴりと伝わってくるのである。

突然後方で物音がして、私は現実に引き戻された。収容所見学のグループである。エルサレムの学生達であった。驚いたことに、ヴィソカのシナゴーグで話をしたマノール夫人が、そこにいた。同じグループだったのである。夫人は私を指さしながら、「私はここの生き残りではないけれど、この方はそうなのよ」と言った。学生達は、私に会えて光栄であると話した。神のお引合わせと感じているようであった。この収容所の当時の模様と私の収容所体験を是非聞きたいと言ったのは、当然といえば当然であったろう。

しかし、私にとってそれは容易なことではなかった。多大の力と勇気をふりしぼらなければならなかった。その一方で、いつかは過去と正面から向き合わなければならぬことも、分かっていた。もちろん、実際の体験者の口から若い世代に収容所の実相を伝える必要もある、と考えた。私は、その暗黒の日々に戻り、自分の記憶にある限りを語り始めた……。

ビルケナウはかつて小さな村であった。ここを近くのモノヴィツェ村と一緒にナチスがアウシュヴィッツ分所にしたのである。主要施設は、ここから三キロほど離れたところにある。私達は、厩舎用《きゅうしゃ》バラックに住んだ。中には、三段式のカイコ棚が二列並んでおり、そこがいわゆるベッドであった。木の床というのが正確である。薄くて小汚い毛布が五人に一枚である。しかし人員過剰で事実上私達は折り重なって寝た。それでも、プワシュフ収容所に比べれば、まだましであった。あそこでは、土間同様のところにじかに寝ていたのである。

ほかに建物はいくつもあったが、全部空っぽで、囚人は一カ所に集められ、そこで寝起きをさせられた。電灯はなく、天井の小さな明り取りだけであったから、屋内はいつも薄暗く、陰気であった。建屋は隙間だらけで、雨風は容赦なく吹きこみ、あたりは濡れてしまう。締めきって換気がないため、夏の盛りは耐え難いほど蒸し暑く、私達は濁った空気を吸ってあえいでいた。

本当の便所はなかった。あるのは穴だけで、それが一列に並んでいる。穴に蓋はなく、穴そのものが浅いので、すぐに一杯になる。その度に汲み取らなければならない。トイレットペーパーなどぜいたくなものはない。また、便意を催した時に使用できるわけではない。カポが決めた限られた時間内に全員が使用しなければならなかった。恥ずかしいし、一番つらいのは、便意を我慢しなければならないことであった。

ここには、人間性などというものは一切なかった。私達は自分が人間として扱われないことを、いつも思い知らされた。ナチスは、すべての行動、段階で自尊心をはぎとる工夫をしていた。彼らがやることはすべて、ひとつの目的にかなった。つまり、屈辱、退化、非人間化である。私達は動物として扱われた。収容所では、私達は番号で扱われた。登録時腕に入れ墨でつけられた、例の番号である。私達は体毛をすべて剃られ、靴、衣類を含め持参物を全部取り上げられた。私自身は、別の収容所から来たので、持参物などなかった。

ナチの思想によると、私達に毛髪は必要でない。たて縞入りのボロ着以外に衣服も必要ではない。履き心地の悪い木靴以外靴も必要としない。大きすぎるとか小さすぎるとか、あるいは片々で揃っていないといった問題は、存在しない。足を木靴に合わせればすむことである、とナチは考える。誰も文句を言う勇気がなかった。木靴を没収されたくないし、体罰を加えられたくもないからである。仲間の間で交換し合う以外に方法はなかった。

全体的にみれば、プワシュフに比べアウシュヴィッツの環境は、ずっとひどかった。前者は、どちらかといえば労働キャンプに類似している。日夜焼却炉とガス室が稼働している後者は、まさに死の工場であった。私達にはひとつしか未来がなかった。問題はただひとつ、それがいつかだけであった。

時間がたつうちに、私達は細かく仕組まれた冷酷なシナリオに気づき始めた。私達はそれに沿った役廻りを与えられていたのである。私達が着用していた衣類および所有物は、ドイツへ送られた。私達の加害者であるナチスの家族が、私達の衣類を着ていた。ナチスの考えでは、彼らが私達に与えるボロ着でもぜいたくであった。私達は屈辱と死に値するだけの存在であった。ボロくずのような状態では、シラミは避けられない。体を丁寧に洗うことはできず、着用しているボロ着はシラミの温床となる。後で分かったことであるが、私達の毛髪も利用されていた。彼らはこれでフェルトをつくり、マットレスの詰め物に使った。ドイツの細かい仕組みから逃れるのは何もない。

アウシュヴィッツでは五つの焼却炉が使用されていたが、私がここへ移送された時は二つが稼働中であった。いつも煙突から煙が上がっていた。移送列車が次々と到着する。抹殺すべきナチスの敵が満載されている。戦時中私達は、女子供は言うに及ばず乳幼児すら第三帝国の敵になることを、はっきり理解した。新秩序の支配者達は、地位や年齢にかかわりなくユダヤ人全員の及ぶかぎり速やかな殲滅《せんめつ》に着手し、実行した。その死体は焼却炉で焼却され、煙突から吐きだされる異臭がいつも漂っていた。人体を焼く臭気は耐え難く、私達の肺にしみついてしまった。忘れることは不可能である。

私達は、このような環境のなかで毎日毎日働いた。そして、現実を受け入れることを学んだ。主な作業は大砲製造である。大変な重労働で、私達に与えられる食事は、全然足りなかった。体重は落ちていくばかりであったが、私は何としてでも、生きのびようと考えていた。私達は心の底で、いつか戦争は必ず終わると信じていた。その時、私達は目撃したこと体験したことを万国の民に知らせるのである。ナチスはナチスで「たといお前達のうち誰かが生き残ったとしても（しかし、そんな期待はするな）、そいつの言うことなど誰も信じない。我々が収容所の歴史を書き、これを世界に発信する」と常々言っていた。それは恐ろしいことであったが、同時にそれは私達に生き抜こうとする力を与えた。私達をおとしめ歪曲した歴史が書かれてはならない。私達の苦しみを、屈辱を、闇に葬ってはならない。それに親族が生きている可能性もある。どこかでどうにかして生きのびて、私達と同じように解放と再会の日を待ち望んでいるかも知れない。そう思うと、簡単には死ねない。

その日はいつものように始まった。

早朝に起床し食事を受けとる。毎日同じである。〝コーヒー〟と称する黒っぽい液体をすすり、彼らが〝パン〟と主張する石のように堅い固形物をかじった。食事の量が段々少なくなっていくような気がする。余りの空腹に頭がおかしくなったのか。それとも、本当に減量されているのであろうか。いずれにせよ空腹感は癒えぬまま作業場へ行き、命令に従って作業を開始した。作業の途中、私に激痛が走った。腹から鼠径部《そけい》にかけて、体がよじれるほど痛い。動けない。我慢もできない。私は地面に座って収まるのを待った。この後状況が急転する。収容所における私の立場が一変したのである。

横の方で怒号がした。私は腹を押さえて唸《うな》り続けた。耐えられぬほどの激痛に襲われているのが、彼には分かったにちがいない。しかし、そのようなことはどうでもよいのである。監督は足早にこちらへ来ると、いきなり銃の台尻で、思いっきり私を殴ったのである。これで二重の痛みになった。地面に倒れたまま、全く動けない。本当に惨めであった。体内に何か悪いことが生じたのか。ひどい扱いのうえにこの仕打ちか。作業につく力があるのなら、こんなことをされなくても、いつものように作業を続けているのに、である。

監督は立ち去り、もう一人を連れて戻ってきた。担架を運んできた。私を乗せて、どこかに連れ去るのである。諦めの気持ちで、何でも受け入れる覚悟をさせられた。私にはどうしようもない。仕事仲間が私のためにカディッシュの祈り（死者のための祈り）を唱えるのが聞こえた。

私が二度と戻ってこないのは明らかだ。この時から私は役立たずになったからである。仲間が祈っている中を連れ去られていく。本当に終わりでしょうか、神様。焼却炉に行くのでしょうか。激しい苦痛の中で思っていた。不安は痛みと同様大きかった。私を車に押し込み、車は走り出した。どこへ行くのだろう。

私達はアウシュヴィッツの正門に着いた。私がいた所から三キロほどである。車は所内に入った。これまで、働けなくなった沢山の同僚が消え去ったのを目撃している。無用な存在になれば、直ちにガス室へ送られ、あるいは射殺されたのである。私に何の違いがあろうか。私はそう考えた。それがここの現実であった。

やがて車は止まった。二つの施設が見える。ひとつは何かの建物。あとひとつは火葬場である。ドアが開いて私は運び出された。彼らはこの建物の階段の方へ進んだ。火葬場は後方である。中に入ってこの建物が何か分かった。彼らは私を病院に連れてきたのである。助かった！私の死刑判決は再度延期になった。

医師が来て、カロル・シュペルバーと自己紹介した。ユダヤ人の囚人である。彼が私の生死をこれから決めるのであろうか。ここで、一種の選別が行なわれるのか。シュペルダーは丁寧に私を診察し、私の表情を読んだのか心配するなと言い、「私は君を治すためにここに居るのだ」、「明日手術をするので、これから準備する。なあにヘルニアだよ」と説明した。手術まで飲んだり食べたりしないように、静かに寝ていなさいとシュペルダーは私に指示した。

手術！　それでは、私を生かしておくということか。私を治すとはどういうことか。でも何故だろう。この強制収容所では、全員が死刑を宣告された身であるのに、私は理解できなかった。私の病状がどれほど深刻なのかも分からない。激痛はともかく、私は依然として不安で恐ろしかった。手術をしてどうなる。考えれば考えるほど心配になる。夜のとばりがゆっくり下りていった。私はベッドへ運ばれ、下ろされる前に気を失っていた。

私が意識を回復したのは翌日、手術の前である。私は局所麻酔をうけた。これでは余り痛みを抑えられない。もちろん、ここにはきちんとした医療機材や薬剤もない。第一、それを揃える理由がない。死刑と宣告された私達と私達の身体的苦痛を誰がかまうであろうか。このような所では、手順は至極簡単であった。病気になりあるいは働けなくなると、殺されたのである。自分はその手順から何故はずされたのか。私はまだ理解できなかった。

手術が何時間かかったのか知らない。しかし、苦痛で目が覚めると、五キロほどもある重いバッグが数個傷口の上に乗っていた。意図的に痛みを倍加するようなことを何故するのか。私は必死になって、そのバッグを外そうとした。シュペルバー医師が回診に来たとき、私は痛みで悶絶しそうになっていた。「先生、お願いです。ドイツ人に私を射殺するように言って下さい。この痛さにはたえられません」私は必死に哀願した。

医師は私をじっと見つめ、「私もユダヤ人だ。私は君の命を救うために、ここに居るのだよ」とはっきり言った。「もっと痛めつけるためバックをのせたと思っているのか？　違うよ。落ち着きなさい。バッグの圧力で傷口の治りを早くするのだ。どうか心配しないで。私を信用してください。二、三日もすれば歩けるようになります」医師は私を安心させようとした。

医師の腕にも番号がついていた。カロル・シュペルバーの番号は８２５１２であった。随分前にここへ来たにちがいない。私の番号はずっと小さい。ハンガリーからユダヤ人を移送し始めた頃に、私はここへ来たのである。既に多数の犠牲者を移送した後であり、これからさらに多数のユダヤ人を連れてくると番号が余りにも大きくなる。ＳＳ当局は、番号の前にアルファベットをつけて、これまでと区別することにした。女性はＡ、男性にはＢである。数十年もたってから、私達の番号の前に、ここの男性地区には約一万五〇〇〇人がいた。[注1]

「ところで」と、シュペルバー医師は言った。「君は私を恐怖のどん底につき落としたのだよ。知っているか。手術の最中に、君はポーランド国歌を突然歌い始めたのだ。誰か聞きつけて、私達を射殺するのではないかとひやひやしたのだよ」

驚いた。私は全然覚えていない。衰弱と激痛が重なって、私は意識がなかった。しかし、この話を聞いて、手術室にいる人達がどんな気分に襲われたか、充分に理解できた。それにしても、激痛で気を失っているポーランド系ユダヤ人が、支配者のドイツ人が目を光らせている強制収容所で、敗戦国ポーランドの国歌を歌うなんて、奇妙ではなかろうか。

私は回復し始めた。まだ痛みはあったが、医師の回診で、少しは安心した。医師は大変よくしてくれた。限りない憎悪のなかを生きてきただけに、医師の親切は身にしみた。

彼らの目的は我が民族の抹殺にあった。それを考えると何故病院があるのか、不思議に思った。私の場合のように、何故手当てをしたのであろうか。私は何故命を救われたのであろうか。罪を免れるための偽装であることを私が知ったのは、後になってからである。戦後糾弾される場合に備え、ナチは何も悪いことはしていない、これこのとおりと外見を装っておいたのである。調理場、病院、浴場を完備した、つまり環境を整えた労働収容所の体裁である。

収容された者はいずれ抹殺され、収容所の運用者が一切を心得ていればすむ。別の目的に使っても誰も知る必要はない。当事者が口をつぐんでいればすむ。調理場で何がつくられ、どんなに僅かの食事しか与えられなかったか、誰も知る由もない。メンゲレ医師の管理監督のもとで、どのように極悪非道な人体実験が行なわれても、疑う術はない。私がこの実験を知ったのは後のことである。

浴場には水――これが通常の概念であり、一度に可能な限り沢山の囚人を殺戮するため、ここでチクロンBを使ったことなど、誰にも考えられない。体を洗うという名目で裸にされ、すし詰め状態におかれたところへ、この猛毒が撒布《さんぷ》されたのである。前に述べたように彼らは「我々が収容所の歴史を書き、それを世界に発信する」と言っていた。私は、現実を嘲笑する彼らの声を、今も聞く。

私はベッドに横になったまま、痛みの消えるのを願いつつ回復を待った。できるだけ眠るように勤めたが、家族のことや自分のおかれている立場などを考えて、なかなか眠れない。すぐに終わってしまうのだろうか。安心して静かに呼吸のできる日が来るのだろうか。雑念も湧く。そして、私は大きい疑問符のついた未来しか思い描けなかった。

手術の翌日、思い悩む私は、監督官の訪問で現実に引き戻された。死の天使、メンゲレ医師である。室内に入ると、メンゲレは冷たい威圧的な声で、「全員ベッドから出て、前向きに整列せよ」と言った。患者はおとなしく部屋の中央に並び、そこを彼が指を左や右に動かしながら歩いて行く。選別である。全員が治療継続の特権を得るわけではない。

メンゲレは私を見た。命令に従わず、ベッドに横になっている囚人である。「この犬はどうして私の前に立たんのか」メンゲレはシュペルバー医師に向かって言った。医師は恐れ入って目を伏せた。そして丁寧な言葉でこちらへどうぞと言い、毛布を払いのけると、私の傷口を見せた。「患者は非常に弱っています。手術からまだ二十四時間もたっていません」医師はおずおずと説明した。

メンゲレは、私をじっくりと観察し、「犬よ、いつ仕事に戻る」とたずねた。私はすっかりおびえて、目も開けられない。私は毛布の端を見ながら、恐れ入った声で「ここに先生がいらっしゃいます。先生のおっしゃるとおりに何でもいたします」と答えた。

ちょっと間をおいて、私はメンゲレの声を聞いた。「この小汚い犬が回復した後は、お前の許で働かせよ。患者に対する注射、投薬及び食物配布を仕事とする。教えてやれ。こいつは、収容所の解体までお前のところにいることとする」とメンゲレは命じ、あたりを見まわして部屋を出て行った。

その日メンゲレが何故そのような決定をしたのか、私は今日に至るも分からない。私の答えが気に入ったのであろうか。その日は気分が良かったのか。彼に慈悲の心があったとは思えない。この男は、私のところへ来るまでに、患者数名に対し冷酷にも死刑を宣告した。指一本右左と動かすだけで、焼却炉、作業、焼却炉、作業と決めていったのである。

彼の決定で私の命が救われた。これは事実である。シュペルバー医師の許で働くのは、これまでよりは良い食物の規則的支給を意味する。今や、おなかが一杯になるまで食べられるのである。とはいっても、何年も飢餓状態を経験した後で、私の胃はすっかり小さくなっていた。作業はきつくなかった。体の衰弱に加えてヘルニアの手術をうけ、私の体力では、これまでのようなきつい労働には耐えられなくなっていたから、大変よかった。

室内で働き、自分が有用な人間であると感じた。本当にありがたかった。私は神の恩恵を心の中で感謝した。これは、形を変えた恩寵であることに気づいたのである。確かに非常な苦しみを味わった。しかしこの痛い体験がこれまでよりも良い環境をもたらした。安全感は増した。

シュペルバー医師は立派な教師であった。方法や手順を懇切丁寧に説明してくれた。私は注射を打ち、薬を与え患者が服用するまで待った。配食もやった。外の囚人達のために、食物をこっそりと持ち出すこともやった。

私はおとなしくすべての命令に従ったが、ひとつだけどうしても承服できない命令があった。病院内で余った食物は棄てよという厳命である。食物を大切にせず無駄にするのは、とんでもない話であり残酷である。飢えがどういうものか、私は身をもって経験している。このような時このような状況下で食物を棄てるのは罪である。外では人々が飢えていた。日一日と衰弱しているのである。私は、今回の出来事がなかったならば、外の人達と同じ境遇のままであったであろう。

ある日、私が窓の外を眺めていると、そこの光景に愕然《がくぜん》となった。脳裡に焼きついて離れない。たて縞のボロを着た数人のやせこけた囚人達が、必死になって雑草を食べていたのである。私は、どんな罪をうけても構わない、食物を持っていこうと決意した。毎日余った食物をかき集め、窓を開けて、仲間達に渡した。私の恐怖心は強かったが、満足感はもっと深かった。これで捕まったことはない。


六十年後同じ収容所に立って、私は自分の体験を話した。話を終わると沈黙が続いた。あちこちですすり泣きの声が聞こえるばかりである。話を聞いてくれた人々の目に涙が光っていた。この人達は私よりもずっと若く、全く違った環境のもとで生まれ育っている。しかし私には、彼らが理解し、あわれみの気持ちをいだいていることが、よく分かった。

滅多に話をしたことがないので、これ以上続けるのが難しくなった。場所が場所だけに、なおさらである。しかし私は、中断することなく話ができて満足であった。自分に襲いかかった非運を、仲間と共に耐えざるを得なかった収容所の苛烈な環境について、聞いてもらえてよかった、と思う。学生達が私の話から、彼らのポーランド訪問から、教訓を学ぶことを切に希望する。これは、私と私の世代に起きたことであり、他者に対してこのような宿命を強要する前例ができた以上、二度と起きないという保証があるのであろうか。

ユダヤ民族の歴史から判断すると、不幸なことに私達は、迫害をうける宿命を負わされているように思われた。今日でも、イスラエルに住むこの若者達も、近隣諸国との関係から生じる状況のため、本当に安全な暮らしは享受できないでいる。イランの現大統領マハムード・アフマディネジャドは、ホロコーストはなかったというホロコースト否定説を展開する。まさに唖然とするような暴論である。

この若者達に話をしてから、はっきり認識したことがある。

歴史が歪曲され、犠牲者が冒瀆《ぼうとく》される現状は耐え難い。万斛《ばんこく》の涙を飲んで死んだ数百万の言語に絶する悲劇。この人々は自分の苦しみを、屈辱をもはや話すこともできない。その声なき声を代弁し、自分の体験を記憶をもって証言するのが、生き残り一人ひとりに課せられた道義的責務ではないか。

私の伝えるメッセージは簡単明瞭である。生命は贈物である。授かった命は大切にしなければならない。生きているのはありがたいことなのである。私達は、健康、自由そして家庭の生活を当然視して、評価せず尊重しない。私は、このような悲劇が二度と起きないことを願っている。私は、世界に戦争や苦難の生じないことを心から祈っている。私達は、授かったものを粗末にせず感謝しなければならない。そしてこの世界がもっと良いところになるよう、努力しなければならない。

私達は、ビルケナウから主要収容所（アウシュヴィッツⅠ）へ向かう前に、焼却炉のところへ行った。ここは、我が民族の悲劇を物語る象徴的墓地である。ここを見て涙がとまらなかった。私は、家族を全員失い孤独だった。本当に淋しかった。私は子供達に自分の心境を打ち明けた。時間が傷を少しは癒やしてくれた。しかし同時に、両親と兄弟姉妹に対する思いは、時間がたてばたったほど、つのってくる。私は、ここまで付き添い、悲しみを共にし、私を慰めてくれる家族ができたことを、神に感謝した。私達は一緒に祈り、深い感動につつまれた。

私は、当時の資料を見たかった。それで資料館に行った。私は、アウシュヴィッツにおける自分の収容記録を持っていない。女性館員は、ドイツ人達がここを去る前に記録文書を破棄したので、一〇％ほどしか残っていないと語った。失望したし悲しかった。それでも、探してみるというので、その結果を待った。ここに収容された人の数は膨大である。しかも記録文書は九〇％も破棄されている。私の記録を見つけるのは、まず難しいだろう。私は余り期待していなかった。

ところがその女性館員がにこにこしながら戻って来て、「見つけました」と言ったのである。家族全員が驚きの声をあげた。全期間を追跡するのは無理なので、私は自分がこの死の谷に入り、Ｂ－９４になった日に注目した。今まで知ることができなかったが、一九四四年七月三十一日であった。今日は二〇〇四年八月四日である。自分の意志に反し強制的に収容され、ちょうど六十年後にこの恐ろしい場所へ戻って来たのであった。衝撃的であった。

六十年後、私は再び正門の前に立ち、「アルバイト・マハト・フライ Arbeit Macht Frei（労働は自由にする）」という皮肉な看板を眺めた。ナチスはこのスローガンをいろいろな強制収容所の入口に掲げた。従順で懸命に働けば自由になる。彼らは、囚人達にそう信じさせたかった

アウシュヴィッツ・ビルケナウで礼拝した後、第２焼却炉跡の表示板前に立つ著者

のであろう。しかし、私達がどんなに懸命に働いても、そのような保証はどこもない。彼らが保証したのは、囚人を酷使し、飢えさせ、酷寒にさらし、挙げ句の果てに殺戮することであった。周囲をしっかり封鎖し、電流鉄条網で囲み、要所要所に監視塔をたて、武装したナチスが見張る。このようなところから出て自由になった者はいない。彼らが私達の自由を意図したこともない。従順で懸念に働けば自由の身になって出ることができるとは、笑止千万。ペテンにすぎない。労働は私達の死期を早めただけである。

私は再び所内へ入ることになった。彼らの巧妙な仕組みにもかかわらず、六十年後に生きてここへ戻った。

持つはずのない家族を伴い、自由の人として訪れたのだ。運命は違った方向に動いた。私はあたりを見まわした。余り変わっていない。全体の外形は昔と変わらない。複数の建物は現在博物館として使われている。人々はここを歩きまわっている。自分の自由意志でここへ来るのは、今だからこそである。囚人を射殺するために使った壁は、今では何の罪もなく殺された人々を悼み、旗や花で飾られ、ローソクが灯されている。この場所の陰惨な空気は今も変わらない、これからもそうであろう。私達の苦しみと痛みが充満しているのだ。

私は、メンゲレが君臨していた建物の前で立ちどまった。当時私には知る由もなかったが、メンゲレが女性と双生児を対象に、恐ろしい人体実験をやっていた施設である。建物の窓は、メンゲレが実験を行なっていた時と同じように閉じられている。すべてが慎重に計画され、誰も彼の行動を見たりあるいは女性の悲鳴を聞くことはなかったのである。彼の囚人処刑は誰も見ることができなかったのである。

博物館の中には、沢山の写真が展示してあった。犠牲者の顔である。あらゆる年齢の人々の、恐怖に怯《おび》え苦痛にひきつる顔、顔。頭髪の山、そして頭髪で織った織物も見た。私は、私達の体毛を剃る冷酷無残な工程を思いだす。今、ここでその結果を目のあたりにしたのである。目前の光景を見ていると、突如として過去が生々しくよみがえってきた。靴の山、ブラシ、スーツケース、眼鏡等、ナチスが何の罪もない人々から奪った所有物が分類され、山と積まれている。身体障害者のつけていた装具も積みあげている。それを見ると無限の悲しみに襲われた。障害者がまず犠牲になったのである。ナチ的分類によると、障害者は番号化するだけの価値もないのである。歯ブラシ、靴、スーツケースにはそれぞれ持ち主がいた。そしてその持ち主には、それぞれの歴史があった。この物品の山を見ていると、所有者の気持ちが伝わってくる。〝労働収容所〟行きを約束され、そこでの生活に何かと便利と考え、携えて来たのである。

何十年という時間がたち、私自身がかつては見ていたことなのに、信じられないのである。私には理解の域を超える。どうすれば人間がこのような計画をたて得るのか。どうすれば国家が、責められるほどの咎もないのにひとつの民族にかくも無残な残虐行為を働けるのか。誰か理解できる人がいるだろうか。

私は気分が悪くなった。子供達はすぐ気づいたようである。ここへの訪問で、私は心身ともにすっかり消耗してしまった。しかしそうであっても、私はここへ戻って来たことに、一秒たりとも全く後悔していない。私は、今回の訪問が私と子供達にとって大事であった、と感じていた。長男のヨッシが収容所を出て少し休もうと言った。しかし私は、とどまることにした。病院を見つけたかったのである。あたりを見渡したが、まわりにあるのは赤煉瓦の建物ばかりである。私の記憶では、病院の建物は白色だった。

子供達はどこかへ行った。後で知ったのであるが、次男のツビカが強い衝動にかられ、直観に導かれて歩きだしたのである。そのうちに次男はいきなり走りだし、今まで見たこともないのに、焼却炉の背後まで来て、そこで止まった。現在、訪問者用の案内板は表側に立っているが、かつては、この裏側が犠牲者を送り込む入口であった。

「ヨッシ、ここを見て」ツビカは兄に言った。「ここが私の夢にでてきたところだよ。そっくりだ！」。ビルケナウで、焼却炉の前で私達が祈りを捧げたとき、次男は「ここじゃない、この場所とは違う」と言っていた。ところがここは、まわりの風景、構造、入口がすべて夢で見たのと同じであった。長男が何枚か写真にとり、後で私達はあまりにもそっくりなので本当に驚いた。信じ難いような話であるが、写真を見てスケッチしたのではないのである。

私達の心に強い思いが湧いてきた。どうしても押さえられない。これは、私の弟からのメッセージではないのか。弟の名前を次男につけている。その次男を介した弟からのサインではないのか。私達に何かを示したいのであろうか。ここアウシュヴィッツで死んだのではないか。私は震えがとまらなかった。どう押さえてよいのか分からなかった。

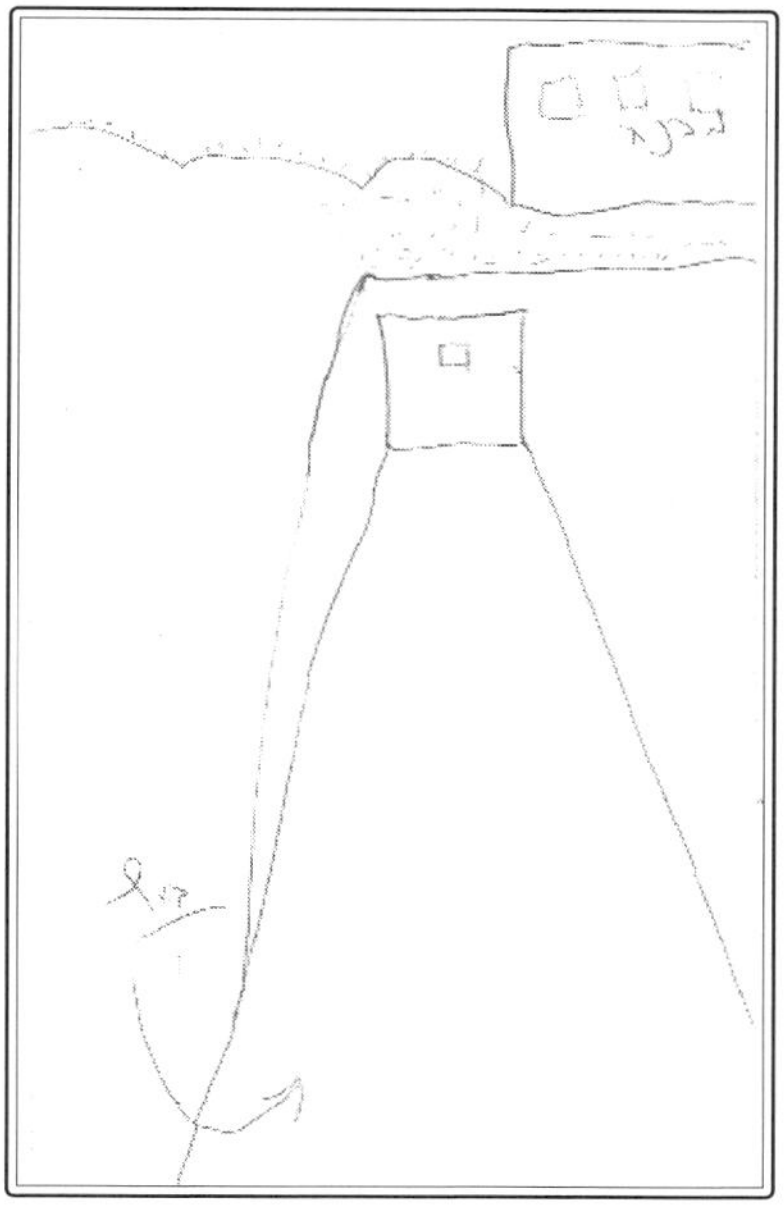
アウシュヴィッツ訪問前夜、次男ツビが夢に見た焼却炉の裏側出入口の絵

二人の息子は、この体験にショックをうけた状態で焼却炉から戻る途中、白い建物に気づいた。注目した長男のヨッシが私のところへ来て、「ついて来て」と言った。「父さんに見せたいものがある。病院ではないかと思うのだ」。一緒に行くと、あった。例の建物である。じわじ

実際の焼却炉の裏側出入口

わと複雑な感情が湧いてきた。そのとおり、これが病院である。昔と全く同じである。私達は構内に入った。ラッキーだった。現在この建物は事務棟になっていて、週の大半は締まっているそうだが、その日は開いていた。再度幸運に恵まれた。

私は所内に入った。長い廊下が一本通り、部屋が沢山ある。私の記憶では二階に調理場があった。調べてみると、そのとおりであった。ドアを開けようとしたが、どのドアも鍵がかかっている。残念だった。一階におりて、試しにとってを引いてみると、何とひとつだけ開いた。本当にびっくりした。驚きのあまり声が出ない。あまたある部屋のうち、ここが開いた。私の作業場だったのである。この収容所か

アウシュヴィッツの病院の窓側に立つ著者。この窓から食物を仲間達に渡した。

ら強制収容所退去に至るまで、最後の数カ月を過ごしたところである。ここで、シュペルバー医師が、私に医術の基本を教えてくれたのである。

この場所のおかげで、私はアウシュヴィッツで生き残った。ここは一種の避難所であり、仕事は比較的容易であった。そして何よりも規則的にとる食事がありがたかった。もちろんそれは、収容所の外の本物とは比較にならないが、衰弱した私の回復に役立った。私がヘルニアにならなければ、病院への搬入もなかったのである。あのままであったなら、あと何日生きていたのか分からない。あの窓も確認した。重労働に苦しみ、飢えに耐えかねて雑草をもぐもぐやっていた人々の姿が浮かんでくる。あの悲惨な光景は絶対に忘れない。

あらゆるものが、まるで昨日のことのように鮮やかによみがえってくる。気持ちを静めようとした。しかし、一歩進むごとに、感情が激してきた。ここがいつ死ぬか分からぬ私達の恐ろしい監獄であった頃へ、ぐいぐいと引き戻されていく。一歩一歩、ぞっとするような記憶が戻ってくる。一歩一歩が、苦痛と恐怖を与えた場所へ、私を導いていく。

家族と共にバラックの間を歩きながら、私は、ずっと心の中で考えていた。私達の行動はどうだったのか。どうやって生き残ったのか。かさかさの固いパン数切れに、スープと称する液体だけで、どうやって働き続けることができたのか。私達は、精神的身体的自由を奪われて、心身ともに衰弱し、屈辱と苦しみを与えられ、いつ殺されるか分からぬ状況におかれて孤立無援、ぼろぼろに打ち砕かれた状態におかれていた。そのような苦難の中で生きようとする力は、どこから生まれたのであろうか。

私達は、火葬場のガス室の傍に立っていた。私は、残虐なナチの殺人装置の残骸を眺めながら、心の中で泣いていた。人間が他者に対してどうしてかくも残虐になり得るのか。他者にこのような運命をどうすれば強要できるのか。考えても考えても分からない。六十年前、私は番号のひとつであり、一時間でも生きのびようとするやせこけた丸坊主の、亡霊のような動物のひとつであった。そして今、私は愛する家族に支えられ、自由の人間として、ここへ戻って来た。「私は幸福だ。私には君達がいる」、「君達がいなければ、私は見捨てられた孤独な存在だっただろう」。私は激する心を押さえて、そう言った。

私は自分の家族が誇りであり、いとおしく思っている。神は私に四人の子供を授けて下さった。私の誇りである。四人ともにそれぞれに才能があり、ユダヤ民族の伝統を守って生きている。妻とは五十年以上も連れ添ってきた。楽しく幸せな結婚生活で、四人の子供も結婚し次々に孫が生まれた。孫は二十五人を超え、曾孫も続々と誕生している。孫や曾孫の割礼式（ブリット・ミラー）や成人式（バル・ミツバ　男子十三歳、バット・ミツバ　女子十二歳）そしてまた結婚式には、必ず出席してきた。家族が増えていくのは大いなる喜びであり、この時を与えて下さった神に感謝している。

自分の収容所生活をふり返ってみると、私はいつ死んでもおかしくない状況にあった。一分後、一時間後あるいは一日あとに生きているのかどうかどうか分からぬ存在だったのである。それでも、私は、あらゆる困難をのりこえ、切り抜けてきたのである。

注1　ヤド・ヴァシエムの調べによると、アウシュユヴィッツ到着時生死の選別をうけ、生存対象になった者だけが入れ墨で登録番号を受けた。その総数約四十万五〇〇〇である。生存不適格者となって殺害されあるいは新入りの編入で、現在数は常に変動した。ちなみに一九四四年一月二十日でアウシュヴィッツの総数八万八三九人のうちビルケナウ収容数は四万九一一四人――男二万二〇六一人、女二万七〇五三人。主人公が移送された頃の八月二十二日現在で総数は十万五一六八人であった。

第七章　新しい人生へ

私が最愛の妻と出会ったのは一九五一年、親友のひとりイシャヤの結婚式で知り合ったのである。

当時私はイスラエル国防軍の衛生兵で、キブツを出た後、親友三名と私は共同生活を送っていた。その結婚式に親友のひとりモーシェが、ひとりの女性を伴って出席したのである。私はその女性が気になった。モーシェの友人にすぎないということが分かり、私は勇気をだしてダンスを申し込んだ。たしかあれはサンバだった。

そして彼女の名前がフライデル・ヘドヴァであることも分かった。一九四五年七月にフランスからパレスチナへ来たという。ストラスブール（フランス北東部の都市）生まれである。両親がこの都市で出会ったわけであるが、双方の家族は共にポーランド出身であった。第一次世界大戦前、母方の家族はビャウィストクから、父方はドブロミルから移住してきた。彼女の母国語はフランス語であったが、ドイツ語、イーディッシュ語そしてヘブライ語を流暢に話した。彼女もひどい目にあったが、やはり運に見放されず、家族全員が生き残った。

「私達はいつも逃げまわっていました」と彼女は言った。「危なくなると、すぐ場所を変えていました。誰か気づいてゲシュタポ（ナチスの国家秘密警察）に連絡するのではないか。いつも恐怖と不安のなかで生きていたのです。しばらくリヨンにいましたが、そこも危なくなってトゥールーズへ逃げ、さらにフランス南部の都市セート、ベジエ、そしてペルピニャンと、各地を転々としました。ドイツの〝アクツィオン〟（ユダヤ人狩り）や強制収容所移送の話を耳にすると、すぐ居場所を変えどこかへ逃げるのです。本当に人間以下の生活でした。食べるものが全くない日も時々あったのです。戦争が始まったとき、私は僅か十二歳。記憶にあるのは当時の恐怖だけです」

私は、ほかの誰よりも彼女の体験を理解した。恐怖、飢え、脱出と避難、離別、自宅の喪失。私が全部体験したことである。そのうえ私はひとりになってしまった。

フライデルは話を続けた。

「私達一家は死の直前までいったこともあります。ゲシュタポに捕まったのです。一九四二年の十二月でしたが、リヨンの隠れ家といっても普通の家ですが、ゲシュタポに踏みこまれ、その時は本当に観念しました。本当に奇跡的なのですが、フランスの警察が介入してくれて、生きのびたのです。同じ家に住む隣人のメルシエさん一家にも助けていただきました。二カ月後の一九四三年二月、今度は、私の父オスカー・ウーリが捕まりました。リヨンのユダヤ人協会の手伝いに行って、ユダヤ福祉事務所で八十六人の同胞と一緒に逮捕されたのです。ドイツ人達は父の身分証明書をとりあげました。その建物では協会が二部屋を使っていましたが、その一室に父を残したのです。ちょうどその頃ユダヤ人狩りが行なわれ、ここに連行され、一台のバスに詰めこまれるところでした。

父はただならぬ空気を察して、逃げることに決めました。身分証明書をとりあげられた隣の部屋をこっそりのぞくと、誰もいません。幸いでした。そこを通り抜けて廊下に出ると、急いで三階にかけ上がりました。ここはユダヤ人の所有ではありません。ドアをノックしても応答はなく、閉じたままでした。父はくよくよ考えず、四階に行こうと階段を上がりかけました。ちょうどその時ドアが開いたのです。父は躊躇《ちゅうちょ》せず必死の思いでドアに足を入れ、閉じられないようにしました。その部屋の持ち主は公務員。ドイツ人に反感を抱いている人で、助けたいと言ったのです。

その人は、私達の住んでいる家へ行ってくれました。私のきょうだいメイールとエステルを連れて来るのです。父が子供達と一緒に、ここの普通の住民のような振りをして、建物から出て行くのです。そうすれば疑われないだろうという計算でした。子供達と一緒におりる途中階段のところで、ドイツ人に出くわしました。さとられたらたまりません。父はうつむいて視線をかわしました。緊張の連続です。でも全員が無事に家へ戻りました。

その日、二〇〇人ほどが捕まりました。機転をきかして助かったのは、父を含めて三人でした。ひとりは、便所からとびおりて命拾いをしています。あとひとりは、釈放されるならチョコレート数キロを持ってくると約束し、そのまま逃げてしまったのです。後で分かったのですが、この三人を除く全員が、アウシュヴィッツへ移送されました。私の両親はこの劇的な事件の後、ここから逃げることに決めました。ドイツ人達は既に父の証明書を手にしているのです。

一九四四年になると、我が家は全く無一文になりました。私の両親は四人の子供をかかえ、地下の一室にひそんでいました。窓もありません。それに肝心の衛生設備がないのです。私達が見つかってドイツ人に報告されるのではないかと、毎日びくびくして暮らしていました。先ほど無一文と言いましたが、私達が生き残ったのは、ある教会のお陰です。一九四四年九月にリヨンが解放されるまで、世話をうけたのです」

フライデルは、きちんとした教育を受けられず、残念に思っていた。就学年齢の頃に、ゲシュタポから逃げまわり、息をひそめて隠れていたのだ。勉強どころではなかった。これは、隠れ家にひそむヨーロッパのユダヤ人に共通する経験である。いずれにせよ、戦時中正規の授業がきちんと行なわれていたわけではない。当時勉強するとすれば、特別の場所で秘かに実施する必要があった。とても大きい危険の伴う教育である。その後も私達は、勉強を継続する機会がほとんどなかった。生きるのに精一杯だったのである。国の再建や、あるいは私のようにパレスチナへ来て新しい国造りに参加し、勉強どころではなかった。

私はフライデルをデートに誘った。彼女はいいわよと答えた。私達は互いに一緒にいるのが楽しかった。しかし、デートをしても、二人だけの場合は滅多になかった。モーシエやほかの友人達が大抵一緒だった。回を重ねるにつれ、フライデルは私にとってかけがえのない人となった。シュチエコチニで私は宗教色の濃い家庭に生まれ育った。それと同じように、ユダヤ教の伝統を守る家庭をつくりたかった。私は強い気持ちを抱いていたし、彼女も同意していたが、それでも私はモーシエと話さなければならないと感じだ。彼は一番の親友である。気持ちを傷つけることはできない。

「聞いてくれ」と私は言った。「私は彼女のことを真剣に考えている。でも私は友情を傷つけたくないのだ、不同意ならそう言ってくれ。私は手を引くから」

モーシエはこれを聞くと、「反対するものか。前にも言ったろう。彼女は友達にすぎない」と言った。「しかしだね。彼女が君と一緒になってもいい、結婚オーケーよと言ったら、ぼくの掌《て》に髪の毛が生えるね」と笑っている。

掌に毛髪とは一体どういうことか。するとモーシエは、それはあり得ないということさ、と答えた。彼がそのように考えるのは当然である。私は軍隊勤務で、一介の衛生兵である。一方モーシエは金持ちになった。不動産もある。フライデルに豊かで安定した生活を保障できる。しかし、彼女は私のプロポーズを受け入れ、彼女の両親も結婚を認めてくれた。本当に嬉しかった。後になって彼女が告白したところによると、母親が私のプロポーズよりも前に、私と結婚してほしいと娘に言ったそうである。

「母は夢を見たのよ」とフライデルは言った。「ランプを持ったひとりの女性が立っていて。〝こちらよ、こちらよ〟と手招きしているんですって。うちの母は、あなたのお母様だと思ったそうです」。私は言いようのない感動におそわれた。詳しい説明を求めた。そして、話を聞いているうちに涙がでて、私の頬を伝わった。私の記憶のある母とそっくりである。私は信じて疑わなかった。私は母が来て、私の妻と私の新しい生活を祝福してくれたと感じた。

結婚生活にはさまざまな問題が伴うが、私達は、余りくよくよ考えずに結婚を決意した。時は一九五二年。独立間もないこの国は困難な状況下にあった。食料は配給制で、家族の人数によって、食糧の配給量が決まっていた。お金のある人は、肉や乳製品その他の食品を闇市で買うこともできた。もちろん、定価よりずっと高い値段である。政府は闇取引を禁止しようとして、摘発班や取締り隊を編成し、バスや列車の乗客あるいは自家用車を臨検して、闇物資であると容赦なく没収した。

私はこんな状況だからといって別に困らなかった。ゲットー時代に比べれば何でもない。あの頃は、一切れのパンを求めて行列し、いくらかの自由販売があれば、これにも列ができた。この戦時下の六年間からみると、現在は天国のようである。私達は自由の身であり、温暖な聖地に住んでいる。配給の食料で充分である。配給制だからといって栄養失調になることもない。強制収容所では、ナチスの残忍かつ組織的計画で僅かの食料しか与えられず、私の仲間が餓死した。ここではこのようなことは起きない。私は、食べるものがあるだけでも感謝していた。これからはもっとよくなるという確信もあった。それだけではない。私には未来に対して希望が持てた。

私はまだテルアビブ市のギヴアト・ラムバムにあるユダヤ機関所有の移民用アパートに住んでいた。フライデルの両親は失業中で、ペタフ・ティクバの安アパートに住み、家計のやりくりに追われていた。当時私の月給は三六ポンドであった。私は、これを一八の二倍と考えた。ヘブライの数占いでは、一八年は〝命〟に対応する。ひとつの一八は私、もうひとつの一八は未来の妻フライデルのものである。

ミシュナのアボート編に「私が私自身のために存在しないのであれば、誰が私のために存在するだろうか」という言葉がある。至言である。私の胸をうつ。私は、長い孤独な時代、私は体を大事にして、自分のことは自分で始末することを学んだ。頼れるのは自分しかいないことを知っていたからである。

キブツで三人の親友にめぐり合うまで、私は全くの一人ぼっち。頼れる人のいないなかで、最初からやり直しの生活を築こうとしていた。新しい国では、知り合いはひとりもいない。そのうえ私は、六年間の迫害の記憶をひきずっていた。家族が恋しくてならないが、自分が天涯孤独の身であるという冷たい現実を受け入れるには時間がかかった。この六年が私の外的世界と内的世界の双方を破壊した。私は生き残った。再びあらゆることを身につけつつあったが、この六年の体験後私はもとへは戻れないことに気づいた。心の中で私は自分の傷を抱え、いつまでも苦しみ続けた。我が愛する家族は消滅し、その喪失感は癒やし難かった。

しかし同時に、この状況が私を鍛えてくれた。独立心と力を与えてくれたのである。私がポーランドで体験したことに比べれば、難しいものは何もなかった。さて、結婚の準備である。私に家族はいないし、妻の両親は失業中であった。しかし運に恵まれ、助けを得た。まわりの人々が、いろいろな面で私を支えてくれたのである。

私は衛生兵になる前、タイル工場とセメント工場で懸命に働き、六〇〇〇ポンドの金を蓄えた。当時としては大金で、私は大金持ちになった気分を味わっていた。私と共同生活を送っていた友人達は次々と一本立ちしてよそへ移って行った。アパートは二部屋。それにくっつけて屋根をつくり、そこに台所を作るのである。式は間近かで、作業員には十日間で仕上げてくれと指示した。ところが、準備の最中に思わぬ伏兵にあった。壁に紙切れが張りつけてある。市役所からの通告で、改造工事を直ちに中止すべしとある。私はこの紙きれをポケットに入れ、割増しをつけるので、工事を急いでくれと頼んだ。

一方、結婚披露宴の準備も大変であった。市場での食品入手は難しく、宴会ホールの持ち主が、二五〇人分の食料はとても無理と私に言った。その人数はフライデルの父親が招待した人の数である。相談できるのは、一緒に働いている軍医達しかいない。

「メンデル」、ひとりの軍医が言った。「私はミフモレット（地中海岸沿いの共同村）に養魚池を持っている。君の結婚祝いに鯉《こい》を贈る。二五〇匹以上でも構わん。喜んで差し上げるよ。しかし問題は、どうやって運ぶかだな」

彼は少し顔を曇らせた。しかし、別の軍医が助け舟を出してくれた。ドイッチ医師がにこにこしながら、「私が救急車の運行許可書にサインする。さしずめ患者一名の搬送ということだな」と片目をつぶった。大胆不敵というか、クレージーな考えであった。しかし、私にはほかに方法がない。ドイッチ医師は、私を信頼しているし、困っている私を助けたいのである。実際のところ私は余り心配はしていなかった。軍の憲兵は全員私を知っている。車をとめて、私の許可書をチェックする度に、敬礼して道中に気をつけて、と言うのが常であった。

飲みものの手配にも助けてもらった。飲みものをどっさり宴会ホールに持ち込むと、マネージャーが大変喜んで感謝感激といつまでも礼を言った。

招待客は全員満足し、宴会の食事もすっかり気に入ったようだった。これを後になって知って私は幸福感をしみじみと味わった。ラビのフーバー師が花嫁と白いハンカチの両端を持ちながら、一緒に踊り、まわりの人達が喝采《かっさい》した光景は、今でも鮮明に覚えている。

しかし、私の幸福な気持ちには、いつも悲哀と苦悩がつきまとっていた。母よ父よ、何故ここにいらっしゃらないのですか。私を祝福し私の悦びを見ることができないのでしょうか。数名でもよいと私は思った。結婚式の招待客のなかに私の家族を加えられるなら、何でもあげてよい。結婚式にはひとりもいなかった。自分が独りであるという事実が、どうしても受け入れられないのである。愛する人と家族をつくっていくというのに、心の中では泣いていた。この気持ちは終生変わらない。幸福な家庭生活を営み、楽しいこと嬉しいことが沢山あっても、寂しい気持ちがあった。子供が生まれ、孫や曾孫も増え、私の家族はどんどん大きくなり、宗教的伝統も家族と共に守ってきた。幸福で誇らかな日常ではあっても、心の中にあいた穴は埋まらない。失った兄弟、姉妹のことが思われてならぬ。ナチスは、家系を断ち家族の成長、繁栄を断つ目的であらゆることをやった。それでも私には子供ができ、家の系図は大きくなった。

私の両親にそれを知る機会が与えられなかったのは、残念である。

さて、式の後、私は聖都エルサレムへ向かった。新婚の妻とババッド・ホテルでハネムーンを過ごすのである。六年に及ぶ恐怖の後、夢が実現した。あの時代誰かが私にあなたの人生はこうなると言っても、私は全然信じなかったであろう。当時自分の頭にあったのは、どうすれば殴打を避けるか、餓死しなくてすむかであった。妻と共有する甘美な時を与えられ、安全な新しい生活を授かったことに、私は感謝した。

新婚生活を開始するにあたって、私の財布には六ポンドしかなかった。しかし私達は少しも動じなかったし、生活に満足し運のめぐり合わせに感謝した。確かに生活には四苦八苦した。サンドイッチと牛缶を持ち帰り、それを妻と食べ、空き瓶を店に売り、その金でジャガイモを買った。質実剛健とでも言おうか、当時は誰でもそうであった。大変な時代であった。しかし、それで絶望する人はいなかった。特にホロコーストの生き残りがそうである。あの頃に比べれば、天国みたいだった。

間もなくして、テルアビブにある軍用アパートに入居できることになった。そこで新居生活を始めたわけであるが、前のアパートは友人の娘さんに貸したので、いくらかの現金収入を得て生活が少しは楽になった。友人達がいつもまわりにいて助けてくれた。例えば、妻が床の灰色タイルにうんざりしたとき、前に働いていたタイル工場に相談に行くと、〝勇敢なる兵士〟を見殺しにするにはいかないと、純白に美しい模様の入った床タイルを四〇％引きで売ってくれた。隊長が自分のトラックを貸してくれたので、これでタイルを運んだ。やれやれである。やりくりする力はあった。

アパート住人の大半は医務室勤務で知り合った将校達で、気心が知れた仲であり互いに助けあって暮らしていたから、困った時にはすぐ相談にのってくれた。当時バスの運行がなく、ほとんどの人が自家用車も持てない時代であったので、急用ができて外出しなければならぬ時は、ちょっと困った。そのような場合、例えば幼児がいれば互いに子守りを引きうけた。この互助システムでは、私にも役割があった。衛生兵であるから患者の応急処置は手慣れたもので、注射をしたり傷の手当てをしてやった。実をいえば、女性の診察と処置には閉口した。しかし、拒否できなかった。私が躊躇すれば、その人は遠くまで医者を探しに行かなければならない。同時に私は、助けた人々から感謝されていることが分かっていたし、自分に対するその気持ちがありがたかった。

困った時は助けてもらえるという信頼もそこから湧いてきた。私達は、この小さい共同体のなかで、互いに助け合い波風の立たないように努めながら、仲良く安らかに暮らした。余談になるが、この地区の住民のひとりがシモン・ペレス（現イスラエル大統領）であった。シナゴーグでいつも顔を合わせていたし、双方の子供達も同じ宗教系学校に通学していた。

人生の再出発の場所が、このデレフ・ハシャローム（平和通り）一一三番地で、これまで述べてきたのが、この新しい生活の日常であった。その頃妻は既に九カ月の身重であった。私達の住む通りの名前。私達の愛の結晶である新しい生命。この二つは、私にとって極めて象徴的な、まことに意味のあることだった。家族を引き裂かれ、私のまわりでは多くの人が死んでいった。私自身も危なかった。別離と死の後、そして内面の葛藤と外面の闘争の後、運のめぐり合わせによって、遂に私は平和と平安の祝福を得た。そして、悲しい喪失は生命の誕生によって償われた。

初子は一九五三年に生まれた。娘であった。娘の誕生時、私は軍の勤務で職場を離れることができず、ほとんど一時間毎にクファル・サバのメイール病院に状況確認の電話をした。何かあれば必ず電話してほしいと、毎回看護婦に念を押したのは、言うまでもない。一方妻は、深い感動を覚えていた。後日私に「私には娘だってことが分かっていたのよ。実をいうと、あなたのお母さんが夢の中にでて、私を祝福してくれたのよ」と告白したのである。私は妻を見つめたまま、茫然となって声がでなかった。妻から私の母のことを聞くのは、これが三度目である。妻は母に会ったことなど全然ないのである。私達は、女の子だったら、レアにしようと決めていた。私の母の名前である。一般の人に信じられないかも知れないが、私は妻の話を聞いて母が命名を認めてくれたと確信した。

毎朝目が覚めると、私はこれが夢の続きではないことを確かめた。毎日私は神に感謝した。日々充実した時間を過ごし、家族をつくる機会を与えられ、破壊に代えて創造する機会を得たことが、本当にありがたかった。レアの誕生でその感謝と喜びは倍加した。残虐なナチ支配下で失った愛と喜びは、娘と過ごす時間で少しずつ戻っていった。私は毎日、娘が私達に与える美しい時間を、こと細かく手帳に書きとめた。ほかの人達からみれば、何でもない、ごく普通のことであっても大切なのである。私の感謝の気持ちはそれほど深かった。
一九五四年、次女が生まれた。名前はショシャナ。母方の祖母の名を継いだ。一九五八年、神の祝福をうけ息子が生まれた。私達は父の名をとってヨセフと命名した。それから随分時間がたって、一九七〇年に次男が誕生した。私達は最愛の弟ツビの名前を継がせることに決めた。四人の子供が私の生活に幸福感と誇りを与えてくれた。

あれから何十年という時間がたって、感情に揺れる一日を過ごした後、私は家族を見まわした。全員が同じように感情に揺れ、私の心を支えてくれた。私は心の中で再度神に感謝した。この時まで生きる時間を与えられ、心身に対する言語に絶する衰弱に耐え、死の淵《ふち》をさ迷いながら、私自身の家族をつくる機会を与えてくれた。そしてその家族は、私に喜びと幸いをもたらし、延々と続く生への回帰過程に、大きい支えとなっているのである。

私はあの場所を見ながら、どうやって生きのびたのか、どうやってここを出られたのかと、考えていた。あれは、一九四五年の厳寒の冬であった。やせ細ったボロ切れのような私達は、外に集められ、身も凍る寒風と衰弱のためにぶるぶる震えながら立っていた。命令によれば、私達はこのアウシュヴィッツを出ることになっていた。

第八章　生きのびたとは信じられない

一九四四年末になると、収容所解体の噂を前にもましてよく聞くようになった。ソ連軍の接近、終戦、ドイツの降伏についても、あちこちから噂が流れてくる。遠方に砲撃音もする。噂は本当なのであろうか。

期待を抱いて過ごすこと数週間、遂に移動命令がきた。一九四五年一月、あたり一面雪におおわれた寒い冬の日、彼らは私達数千名の囚人を集め、説明らしい説明もしないで、収容所の外に出し、雪原の中を移動させた。もちろん、ナチスの監視兵がついている。私達は森や野原を歩いた。悲惨かつ暗澹《あんたん》たる光景であった。落ちくぼんだ目、骨と皮ばかりになった男達が、ボロをまとい木靴をはいて、恐怖に顔をひきつらせながら歩いた。摂氏マイナス二〇度、寒風吹きすさぶなか、震えながら歩く姿は亡霊のようであった。木靴は保温機能がなく、寒気はじかに足に伝わる。また、その形状から足を傷つけ、私達の足は裂傷で出血し、霜焼で腫《は》れあがっている。歩く度に激痛が走る。飲みものはおろか食べものもない。

この残酷な道行きは、まさに一大試練であった。多くの人が力尽きて死んだ。行列からとり残されると監視兵が銃殺した。これでも沢山の人が亡くなった。一片の情もない。遅れだすと容赦なく殺すのである。私達が通った後の雪原は朱に染まり、死体が点々と散らばっていた。

私は足にあわぬ木靴のため痛い。凍りつく寒さと体力の消耗で今にも倒れそうである。びっこをひいているのが見つからぬように、群れの外に出ないように必死で頑張った。この五年余何とか生きのびてきたのである。戦争が最終段階にあると思われるこの時になって、死にたくない。私は何としてでも生き続けたかった。

私達は、零下数十度のなかを歩き続けた。寒風は肌を刺し、雪片がつぶてとなって顔を直撃した。もっと早く歩け。シュネラー、シュネラーという監視兵の声が絶えずしていた。道中数百名の人が死んだにちがいない。三日後、私達には数十年のように感じられたが、マウトハウゼン強制収容所に着いた。私達はオーストリアに到着したのである。

後代歴史家達は、この徒歩移動を〝死の行進〟[注1]と名付けた。多数の死者をだしたことに由来する。ナチスは、敗戦必死と知り、生き残りの私達を収容所から出して、第三帝国（ナチ・ドイツの別称）のある西へ西へと引きずって行った。彼らは、強制収容所の実態とジェノサイドの事実が洩れるのを恐れ、撤去、破壊して敗走したのである。同じ理由で、彼らは私達を解放者の手から引き離そうとした。私達は目撃者であり、強制収容所での目撃と体験を証言できる。私達は、ガス室での殺戮《さつりく》と焼却炉での死体焼却の実態を語り、立証できるのである。

私は生き残った。どうしてか自分でも分からない。

マウトハウゼンで[注2]、彼らは私達を空き家になっているバラックに入れた。彼らは、何か私達に特定の仕事をさせるわけでもなかった。私達の自尊心を傷つけることだけが目的であり、その点では実に巧みであった。小馬鹿にしたようなことをいろいろやらせるのである。ある時は、朝食の後大部屋に連れていくと、床に座らせ着衣を脱がせたうえ、「今から、着衣のシラミを探し、爪で潰《つぶ》してしまえ。数時間したら戻ってきて点検する。一匹でも残っていたら、殺すぞ」と言った。それで私達は、体と衣類についたシラミを必死で探し、潰しにかかった。残っていれば殺すとは言語道断だが、私達は彼らが本気であることを知っていた。

別の日には、私達数名に歯ブラシを渡し、これで床をぴかぴかに磨け、と命じた。時々やらせたのが、砂運びである。一山の砂を指さし、これをこちらへ選べと言って小さい容器を渡す。やっと運び終えたら、今度は元の場所へ戻せと命じる。土の袋詰め運搬でも同じことをやらせた。馬鹿馬鹿しいと考えるのは常識人の考えである。私達を可能な限りおとしめ、少しは残っているかも知れぬ自尊心をはぎ取ってしまおうとしたのである。彼らは、死につつある私達に安静の時を与えず、絶えず何かをさせた。

時間はゆっくり過ぎていった。私達は一日の大半をテントの中で過ごし、時間をつぶした。数週間後、私達は前にもまして衰弱した体で、次の収容所へ移動することになった。もうこれでおしまいにして欲しかった。私達は、変化が生じつつあることを感じていた。私達にそれを歓迎する時が来るのであろうか。どのくらい持ちこたえることができるのあろうか。私は、何度も死にかけながら未だ生きていることに対し、神に感謝したが、明日まで生きているのか分からなかった。

二回目の死の行進は一日の行程で、約八時間かかった。距離がさほど長くなく、どうにかたどり着けたのは幸いであった。しかし、八時間といっても、衰弱した私達にとって超人的な努力を要する移動であった。

私達が到着したのは、ギュンスキルヘンという強制収容所。森の中にあり、何の設備もないバラックだけのキャンプであった。ベッドはなく、ぼろきれのような毛布しか与えられなかった。二〇〇〇名を超える人達が詰めこまれたので、横になれなかった。私達は、互いにもたれ合いながら立っていた。そのうちに息苦しくなってきた。空気は濁る一方であった。衰弱に呼吸困難が重なって、気絶者が続出した。私は気心の知れた友人三名と、木立の間に仮設テントを張ることに決めた。そこで休息と睡眠をとりたかったのである。

ドイツの監視兵達は、私達に余りかまわぬようになっていた。彼らは彼らで今後のことが不安であり、私達から担当距離をおくようになり、比較的自由に行動できた。私達を殴打する力ポもいない。アウシュヴィッツやプワシュフでは、ちょっとした動きや夜間私語の廉《かど》で殴られたが、それがない。私達は毛布を木の枝に結びつけて仮設テント小屋をつくった。新鮮な空気が吸える。少しはスペースもできた。私達は寒気をしのぐため体を寄せ合い、眠ろうとした。

外では雨が降っていた。「これは雨ではない」と私は仲間達に言った。「天が泣いているのだ」。私達は惨めで悲しかった。私達の苦悩に結着をつける者が、私達の頭上にいないのであろうか。この苦しさはいつまで続くのか。もう充分ではないか。私達はうらめしい気持ちで雨を見ていた。

私達は全員が解放を待ち望んでいた。まわりに起きていることから判断すると、その日が近いはずであった。しかし、日毎に気力、体力が衰えていく。最近は衰弱度が早くなって、果たして解放の時まで持ちこたえることができるかどうか疑問であった。

私自身は空腹を感じなくなった。無理やりのみ込む状態で、時々食料の配給などどうでもよいとすら思った。仲間のなかで私が一番弱っていたのは間違いない。彼らは何とかしなければと考え、無理やり私を立たせて連れて行き、「食べなきゃ駄目じゃないか。無理しても食べてくれ」といつも気遣ってくれた。文字どおり引きずって行き、口に入れてくれたのである。私は彼らに今でも感謝している。

極端な飢餓状態になると、人間は個人によって違った反応を示した。ここに収容された二〇〇〇人の内、大半はハンガリーから移送されてきたユダヤ人達で、私達よりずっと体力がありそうだった。彼らにとって、本当の戦争は一年前に始まったばかりであった（一九四四年三月末にドイツ軍がハンガリーを占領した）。移送が始まったのは一九四四年五月からである。つまり、五年に及ぶ私達の飢えと衰弱を経験していない。しかし、私達より体力はあっても、このハンガリー系ユダヤ人は、飢餓に直面してなす術《すべ》もなく、完全にお手あげの状態になった。

私が本当の飢餓が何かを知ったのは、最後の二つの収容所においてである。人々はよく「おなかがすいた」と言う。しかしその人達は、飢餓の意味を理解していない。私達の経験した飢えは、食物と食事に対する私達の理解を完全に変えた。徐々に衰弱と栄養失調状態が進んでくると、私達は盗み、物乞いし、皿をなめ、屑物の落ちていそうなところを目の色を変えて探した。そして、食べられそうなものは何でも口に入れた。

ある日、数名の仲間が、私のところへ急いでやって来た。ただならぬ様相である。「メンデル、来てくれ。シ、信じられん」彼らはどもりながら言った。「ハンガリー人が人間の死体を食べているのだ！」

私は愕《がく》然となった。体から力が全部抜けていく気持ちである。とうとうここまできたのか。同じ仲間を食物の対象にしている。人を襲うことのできる深い飢餓があるのか。私はこの悲しい光景を見たくなかった。かわいそうに。あたりに死体が散らばり、まだ生きている者が死体の一部を切りとって、そのまま口に入れている。飢餓の狂気が、彼らをここまで追い詰めたにちがいない。私は彼らに哀れみしか感じなかった。彼らが生き残るならば、このような記憶とともに生きていくのは容易ではないだろう。ナチスは、少なくとも人間性のレベルで彼らの戦争に勝利した。私はそう思った。私達の体は純然たる本能に支配され、心は生き残りの思案一色となっていた。

戦慄《せんりつ》的な日が続いた。新しいバラックのなかで、衰弱のひどい順に意識を失い、眠るように生き絶えていった。朝になって隣の人あるいは下になっている人が死んでいるのに気づく。そんなことがよくあった。生きている人も、時々刻々衰弱しつつあり、死体を除けたり、自分が動いたりする力がない。そのまま折り重なった状態で横になり、あるいは眠り続け、あるいは息を引き取った。

私自身は日を追って衰弱していった。ある日テントで横になっていると、非常に惨めな気分に襲われ、気力が全部抜けていくように感じられた。私はこのまま意識を失っていくと思った。この場所は樹木がびっしり繁茂し空気の流通がほとんどない。さらに悪いことに、あたりには死臭が漂っていた。死体はそのまま放置され、あるいは穴に入れられた状態で腐敗が進んでいたのだ。ナチスは死体の埋葬を命じていたが、極度の衰弱状態にある私達には全く力がない。それに毎日人が死んでいく。結局、死体が散乱し、そのまま腐敗していった。私達は、弱ってしまって何もできない。死体にまじって眠り、排出物を垂れ流し、そして死んでいったのである。私達は長い間体を洗っていなかった。水で顔を洗い喉をうるおすのが、私の夢であった。しかし水は一滴もない。天を仰いでも、雨の気配は全くない。涙を既に流しきったかのようで、私を助けてはくれない。

私の様子を見て、仲間のひとりがためらいながら、「すぐ近くに溜め池がある。でも危ないので行けない。ナチの屯所の横手だから」と言った。

「もう何が起きても構わない。どうしても行く。少しさっぱりしたいのだ」私はきっぱりとそう言った。

仲間は顔を見合わせて、仕方なさそうに、「ひとりでは無理だ。君にはもう体力がない」と言い、誰かひとりついて行くことにしてくれた。私達は、それこそ命懸けで歩きだした。本当だった。溜め池はすぐ近にあった。でも、私には体力がない。めまいもする。何キロも遥か先のように思えた。しかし、本当によかった。座りこんで水をかけ、頭と体を洗い清めると、少し元気がでてきたのである。私達はさっぱりとした気分で、ゆっくりと戻った。

戻って座る間もなく、ナチスの監視兵の怒鳴り声がした。「整列、二人一組みとなれ！」と言っている。私はひやりとした。何事だろう。私は近くの人と組んだ。連中は何を意図しているのか。処罰なのか。私の頭は、恐怖と不安が渦を巻いていた。しかも悪いことに、私は最前列にいるのである。

すると、一両のトラックが見えた。突然である。こちらへやって来る。赤いマークをつけていた。赤十字であった。トラックは収容所の中に入った。ナチスの反応から判断すると、トラックは所内入りを認められているにちがいない。トラックから降りた人達が後部ドアを開け、食料品を運び出した。信じられなかった。包装した箱を積みあげているのである。私達は一斉に走りだし、一箱つかむと、そのままテントへ戻った。レーション（食料配給品セット）だった。中には宝物のようなものが詰まっていた。泣きたいくらい嬉しかった。このような食品を最後に見たのはいつだっただろうか。本物の食料かどうういうものか、私達はすっかり忘れていた。どのような味であったので、舌がもう覚えていない。私達はこの宝物を目の前にしている。夢ではないかと思った。

私は、レーションの中身、分量そしてその味を今でもはっきり覚えている。終生忘れることはないだろう。スライスしたスイスチーズ、スライスしたパン。固形ジャムも一個、そして小さいケーキも一個ついていた。飢えた体には、まさに御馳走であった。一度に沢山は食べられそうになかった。胃が小さくなっているのである。実際のところレーションの絶対量は小さかったのであるが、私達には一週間以上の量に相当した。さらに私達は、ビタミン錠剤入りの小箱ももらった。いずれも体の機能に不可欠な栄養剤であった。私達は、これを一、二錠かじって食事の代わりにすることができた。

赤十字の人達は、私達に貴重な食物を与えて去った。私は、この食物をちびちびと食べた。時にはパン、あるいはマーガリン、あるいはまた紅茶かコーヒーである。一、二週間はほとんどテントの中に寝たきりであった。まわりには死体が折り重なり、日を追って増えていった。仲間のなかには、このレーションを一度にむさぼり食べて、死んだ人もいる。それはそれとして、毎日多くの人が体力が尽きていった。私はあきらめていた。体は弱るばかりである。

ある日、いつもと何か違う感じがした。食事所からえも言われぬ匂いが漂ってきて、私の鼻をくすぐるのである。信じられなかった。夢かうつつか分からない。幻想かと思った。彼らが温かい食事を与えてから、もう数カ月もたつ。彼らがキャベツスープとか蕪《かぶ》スープと称する液体は、このようにおいしそうな匂いはしなかった。そう、誰かが調理しているのである。骨と皮だけの骸骨のような私達に、血と肉となるような滋味を約束しているかのようであった。

何故今になってこんなことが起きるのだろうか。赤十字の訪問で変化があったのだろうか。戦争が終わったのだろうか。人々は待てなかった。考える余裕がなかった。飢えのため、匂いにつられ、彼らはやみくもに走って行った。悲しいかな、私には体力がなかった。立つことすらできないのである。食べたいと心の底から思った。全員に行き渡るだけの量があるのか、心配であった。まだ体力の残っている人達が真っ先に駆けつけ、量も多くとる。私が予想したとおりだった。そしてその人達はハンガリーのユダヤ人達であった。私は、この御馳走にありつけないので、がっかりして横たわっていた。

それから数分後、私のまわりの様子が、急におかしくなった。骨と皮ばかりの人々が、そこいら中に転がって、もがきだしたのである。体を痙攣《けいれん》させている人、嘔吐する人、しゃがみこんで便を垂れ流している人。多数の人が、嘔吐と下痢便にまみれて、のたうつ凄惨《せいさん》な状況下になった。食べ過ぎたのだろうか。胃腸が受けつけないのか。どう考えてよいのか判断がつきかねた。

しかし、すぐにはっきりした。第一、本物の食事を支給することなどあり得ない。私達は極めてナイーブであったにちがいない。これは、彼らが土壇場で仕掛けた罠であった。スープには毒物が混入されていたのである。各地の収容所で虐待され、飢えに苦しんできた若者達が、さまざまな苦難に耐えて生き残った末に、この無意味な戦争が終わろうとする段階になって、むごい死を迎える羽目になった。

一方、恐怖の時代が遂に終わりを告げようとしていた。待ちに待った時がやってきたように思われた。ナチス達が武器を捨て、大慌てで収容所から逃げて行ったのである。私達は解放部隊が接近しつつある証拠と考えた。銃の扱いを知っている人達が、その銃で、何故このナチスを撃ち殺そうとしなかったのか。後になってみれば、そのような疑問が当然湧いてくる。しかし、実際の状況がどうなのか、この次何が起きるのか、当時の私達には判断材料がなかった。それに、私達はすっかり委縮し、恐れていた。その代わり、私達は当時としてはもっともな行動にでた。倉庫に殺到し、必死になって食料品を漁《あさ》ったのである。マーガリン入りの木桶や缶詰類を発見して、皆大喜びしていた。餓鬼のような人達が、我れがちに食品を奪い合い、ポケットに詰めこみ、缶切りを探しまわった。しかし、結局は同じようであった。食べた人達は血反吐《へど》をはき、自分の汚物にまみれて悶絶死したのだ。この食物にも毒物が混入されていたのである。

私は天を仰いで泣いた。この時期になって、全く無意味な非業《ひごう》死をとげる若者達、その戦慄的な死を見ると、涙もかれ果てる。気力も何もうせ果てた。ナチスのやり方は、考えられぬほど残忍で、まことに狡猾《こうかつ》であった。これまでさまざまな苦しい経験をした後であり、何が起きても驚かないという心境にあったが、彼らが仕掛けた最後の罠に、私達は不意打ちされたのである。これは私達の理解の域を超える。やせ衰えた体に、うまそうな匂いを発散する温かいスープ……誰が我慢できようか。あの時は私自身本当に残念に思った。もう少し体力があれば、スープ配給所へ行けるのにと、背中にくっつきそうなおなかをさすったのである。

私は、この悲しい光景を見ながら、自分が再び救われたのに気づいた。私に歩けるだけの力があったのなら、今頃は、仲間と同じように悶死していたであろう。今回の場合も、結局は身のためになる不幸であった。私は、それが人智を超えるものと思った。危険がさし迫ってくると、誰かが私を見守り、死の手から私をとりあげ、もっと安全なところへ移すのである。時に私が逆らっても、それは良き結果となり私を救うことになる。当初私に不当に見えたことが、時がたつうちに、自分を安全な地へ導き、罠から守る。これには何か深い意味があるのであろうか。

　私は、心身ともに衰弱の極致にあって、毛布張りのテントに横たわっていた。私は、彼らのいう「ムーズルマン」になっていた。あばら骨の浮きでた亡霊のような人間、まだ死んではいないが、もはや生きているとは言えない、生ける屍《しかばね》、歩く骸骨という意味である。この状態の人間はみな同じに見えた。私は自分がこれ以上、もつのかどうか分からなかった。

　しかし幸いにも、それを考える必要はなくなった。待ちに待った日が来たのである。苦悩の時代は終わりに近づいた。安堵してよいものの、余りにも衰弱していて、喜びを体感できなかった。私のまわりは死屍累々。その光景も喜びの場にふさわしくなかった。つい数時間前私と一緒にこの瞬間を待ちあぐんでいた仲間達が、骨と皮だけの状態で、苦悶の表情を残したまま目の前に横たわっているのである。毒物混入の食物で死んだ者、消化器の機能をとうの昔に失くしたおなかに、沢山詰め込んで死んだ者。あきらめたままに命の火が消えた人もいた。私はどうなるのだろうか。回復の可能性はあるのだろうか。

　人の近づく音がして、私はもの思いから覚めた。話し声がする。自力で動ける仲間達は、解放部隊[注3]に会うため、あるいは食と衣服を求めて近くの部落へ行ってしまった。私にその体力はない。私のところに来た医者達が質問しても、答える力がない。この人達は荒れ放題の樹林を抜け、死体の散乱するところをかきわけるようにして、ここにたどり着いたのであった。彼らは、まだ息のある人がいるかどうか、折り重なった人体を慎重に調べた。私達は、ドイツ兵が出て行った後二日間飲まず食わずの状態にあった。食料はその前からずっと少なくなっていた。何と形容したらよいであろうか。皮膚が張りついた骸骨が、ボロをまとい、しらみだらけで横たわっていた。横の仲間が生きているのかどうか、分からぬ状態だった。医者達は、目のあたりの状況を見て、衝撃をうけたようであった。[注4]

医者のひとりがユダヤ人で、私にイーディッシュ語で話しかけた。「今から診察します」。彼がそう説明し、みなで私を体重計にのせた。約六二ポンド（二八キロ）であった。当時私は二十一歳の青年で、それが三〇キロ以下の体なのである。医者達は顔を見合わせた。あきらめた表情だった。

「君、君に話がある」と例の医者が言った。「正直に話そう。君の身体状況からみて、もう治療はできない。君はあと数時間、ひょっとしたら数日は持つかも知れない。もちろん、ここに置き去りにはしない。病院できちんとした手当てをする。まずヴェルス（オーストリアの都市）へ運び病院に入れる。言っておきたいのだが、もし君が生命をとりとめて回復したとしても、それは私達の医療技術のためではない。天からの、神による奇跡だ」。私ははっきり覚えている。

病院では考える時間がたっぷりあった。ここで数カ月養生した後、退院できることになったのだ。私は、自分にふりかかった六年近い恐怖の日々を理解しようとした。私は、郷里シュチエコチニで家族と平和な暮らしをしていた。そして家族からも平和な暮らしからも文字どおり引き裂かれた。ある日、私達ユダヤ民族は、ドイツ最悪の敵となり、彼らがつくろうとする新しい世界では、無用の存在となっていた。私は、この時代に経験した奇跡の数々について考えた。そのとおり、それは神の与え給うた奇跡であった。私はとっくに死んでいたはずである。さまざまな思いがかけめぐる。父が私に弟と一緒に行動するように命じたこと。これで私達はヴォジスワフのゲットーから出ることになった。ひとりのナチが生木を裂くように弟をトラックから引きずりおろし、私達は悲嘆にくれた。パンの盗み食いで、死ぬような懲罰をうけたこともある。プワシュフ第一収容所では腸チフスの発生で、八〇％が死亡し、私も死を覚悟した。プワシュフ第二収容所のヨム・キプールの時、私は自分に向けて発射される銃弾にさらされた。アウシュヴィッツのガス室行きの移送列車から飛びおり、結局捕らえられ、二人のドイツ兵が送りつけた先は刑務所であった。アウシュヴィッツではヘルニアの手術を受けた。マウトハウゼンそしてギュンスキルヘンへの死の行進。毒を注入した食物。そして生きのびて今になって、医師達はあと数時間の命と言うのである。

確かに、私の面倒を見ている看護婦達は、「あなたを扱うより保育器の未熟児を世話する方がよほどやさしい」と苦情を呈し、「長年医療の経験があるけど、あなたの年で、骨ばかりになった患者を見るのは初めて」と言った。

一方、私は人の声の響きに驚いた。声が感情をつくりだすことも然りである。看護婦達の声

郵便はがき

料金受取人払

麹町局承認

5096

差出有効期限
平成27年5月
31日まで

切手不要

102-8790

105

(受取人)

東京都千代田区九段北 1-10-5
九段桜ビル 2 階

株式会社 ミルトス 行

1028790105 17

ご住所 〒 電話 ( )	
お名前 (ふりがな)	
ご職業	1. 会社員 2. 会社役員 3. 公務員 4. 教職員 5. 学生 6. 自由業 7. 商工自営 8. 農林水産 9. 主婦 10. その他 ( )

愛読者カード

お買い上げありがとうございます。今後の貴重な資料とさせていただきますので、次のアンケートにご協力下さい。小社の新刊やイスラエル物産など、各種ご案内を差し上げます。また、このハガキで小社出版物のご注文も可能です。

●お買い上げの書名

●お買い上げ店　　市
区　　書店　　年
月

●興味をお持ちの分野は何ですか？

1. 聖書　2. イスラエル古代史　3. イスラエル現代史
4. ヘブライ語　5. ユダヤ音楽・ダンス　6. ユダヤ思想
7. その他（　　　　　）

●本書についてのご意見・ご感想など、ご自由にお書きください。

■図書注文書

※送料は別途実費かかります。

書　　名	定　価	申込数
		部
		部

※お客様の個人情報は、小社からの連絡のみに使用します。社外に提供することは一切ありません。

は、忘れ去った世界へ私を引き戻してくれた。その声はやさしくやわらかで、私にはほとんど超自然的な音に聞えた。私は、その声に少しずつ慣れていかなければならなかった。本当の人間の話し声を聞くと、心から慰められる。本当に心地よい。妙なる調べのように響いた。憎悪にみちた怒鳴り声や罵声を浴びせられ、私の心はパニック状態で麻痺していた。真っ直ぐに起立する必要もない。きしり音のような高い怒鳴り声を聞いて、どこかに隠れることをしなくてもよい。パニックに襲われることはないのである。

私は次第に回復していった。再度奇跡が起きた。これまでのさまざまな出来事が、私を別の人間に変えた。私は悟ったのである。確実なことは何もない。すべてが不幸な宿命で終わるわけでもない。命は脆《もろ》く、いつ失うか分からないが、私達の存在には、深い、深い意味があり、強い力がある。生命は偉大な神秘である。私達の想像の及ぶところではない。

戦争の初期、私達はゲットーに住んでいた。当時は厳しいと考えていた生活は、その後の強制収容所の体験に比べれば、極めてまっとうな生活であった。私が強い確信を抱いたことがひとつある。たとい死の恐怖にさらされ、あるいは死の危険につき落され、殺害の威嚇《いかく》をうけ、少量の食物しか与えられずさまざまな虐待行為をうけても、私達は必ず生きのびる。たといそれが十年十五年と続いても、私達は生き残る。

ユダヤ民族が捕囚の身となり、迫害され、拷問され、憎悪されあるいは重労働を強制されたのは、今回が初めてではない。聖書は私達の歴史を教えてくれる。しかし、私達の民族史で民族自体が抹殺の対象になったのは、これが最初であった。彼らは殲滅《せんめつ》に徹したのである。エントレーズング（最終解決）と称して、幼児から女子供老人に至るまで、皆殺しにした。彼らの主たる目的は、我が民族とその文化の抹殺にあった。私達の体を骨片になるまで焼き、私達の宗教文献を焼きあるいは破り棄て、私達の宗教の象徴を排除し、その痕跡すら抹殺し、シナゴーグとユダヤ人墓地を徹底的に破壊し、その絶滅を見届けた後、「我々が収容所の歴史を世界に知らせる」意図であった。そこから導きだされる結論はひとつしかない。つまり、彼らのつくろうとする世界に私達に居場所が無いだけでなく、彼らは私達をその歴史から完全に抹消しようとしたのである。

彼らが勝利したなら、彼らが私達全員を焼却したなら、その後一体どうなっていたであろうか。私達はその後の歴史形成を見ている。確かに彼らは、言語に絶する苦しみを与え、破壊の限りを尽くし、人間性に関する私達の考え方に変更を迫った。しかし、神のおかげにより、歴史は彼らの意図に反し、彼らの計画とは違った結果になった。

ドイツ人は、高度の文化、芸術を有し、規範の高い民族とされながら、綿密に練りあげた皆殺し計画を六年にわたって実行し、世界を震撼《しんかん》させた。人間の名に値しないとか、ユーバーメンシュ（優越人種。このニーチェ哲学の概念をナチは悪用）の新秩序に脅威を及ぼすとして、ユダヤ人を真っ先にロマ（ジプシーの自称）、バルトおよびスラブ民族、心身障害者、同性愛者を殲滅したのである。ナチの信仰によると、西ヨーロッパの人種のみが真の文化を創造できる。したがって、ポーランドの知識人は全員が彼らの敵とされ、強制収容所にぶちこまれて最後を迎えたのである。

私は、ベッドの上でいろいろ考えた。兵隊達が絶えず生き残りを運んでくる。皆がみな私と同じような姿をしていた。やがてその時がきた。時間はかかったが、自分の足で退院できる日が来たのである。私の面倒を見てくれ、ここまで回復させてくれた医師と看護婦には、感謝の気持ちで一杯だった。私は自由になった。戦争は終わっている。それと同時に私は、天涯孤独の身となった。さてどうしたものか。これからのことを考えなければならなかった。

注1　ヤド・ヴァシエムの調べによると、一九四五年一月中旬に始まるソ連軍の攻勢で、一月十八日から後方各地の収容所への移動が始まり、六万六千人が雪中行進で移動し、道中一万五千人が死亡した。なお、連合軍の進攻で各地の収容所も移動を続け、その度に多数の人が死亡した。

注2　ヤド・ヴァシエムの調べによると、一九三八年にオーストリア国内に作られた強制収容所。アウシュヴィッツからの移動第一陣は四五年一月二十五日に到着した。雪中行進や劣悪な環境のため四五年一月から五月までの間に、二万五千人以上が死亡した。なお、一九四〇年代にギュンスキルヘンなど三十三の分所が設置されている。

注3　解放部隊は、アメリカ軍の第七一歩兵師団第五連隊の兵士達。

注4　ヤド・ヴァシェムの調査によると、一九四五年四月後半このギュンスキルヘンには、一万七千〜二万のユダヤ人が一挙に集められ、未完成状態のバラック七棟に一棟あたり二五〇〇人が詰めこまれた。このための餓死者だけでなく圧死者が多数出た。監視のSS兵は四五年五月四日に逃亡。翌五月五日に米軍部隊が解放した時の生存者数は五四一九人であった。水の配給量は全体で一日あたり一五〇〇リットルにすぎず、全員が渇に苦しんだ。

（左頁）マウトハウゼンのナチ当局が作成した一九四五年一月二十九日付移送者到着リスト。九〇番目に著者の名前がある。誕生日（正しい年月日は一九二四年三月十七日）、出生地、職業、マウトハウゼン囚人番号（123690）、囚人のタイプ（ポーランド系ユダヤ人）が掲載されている。

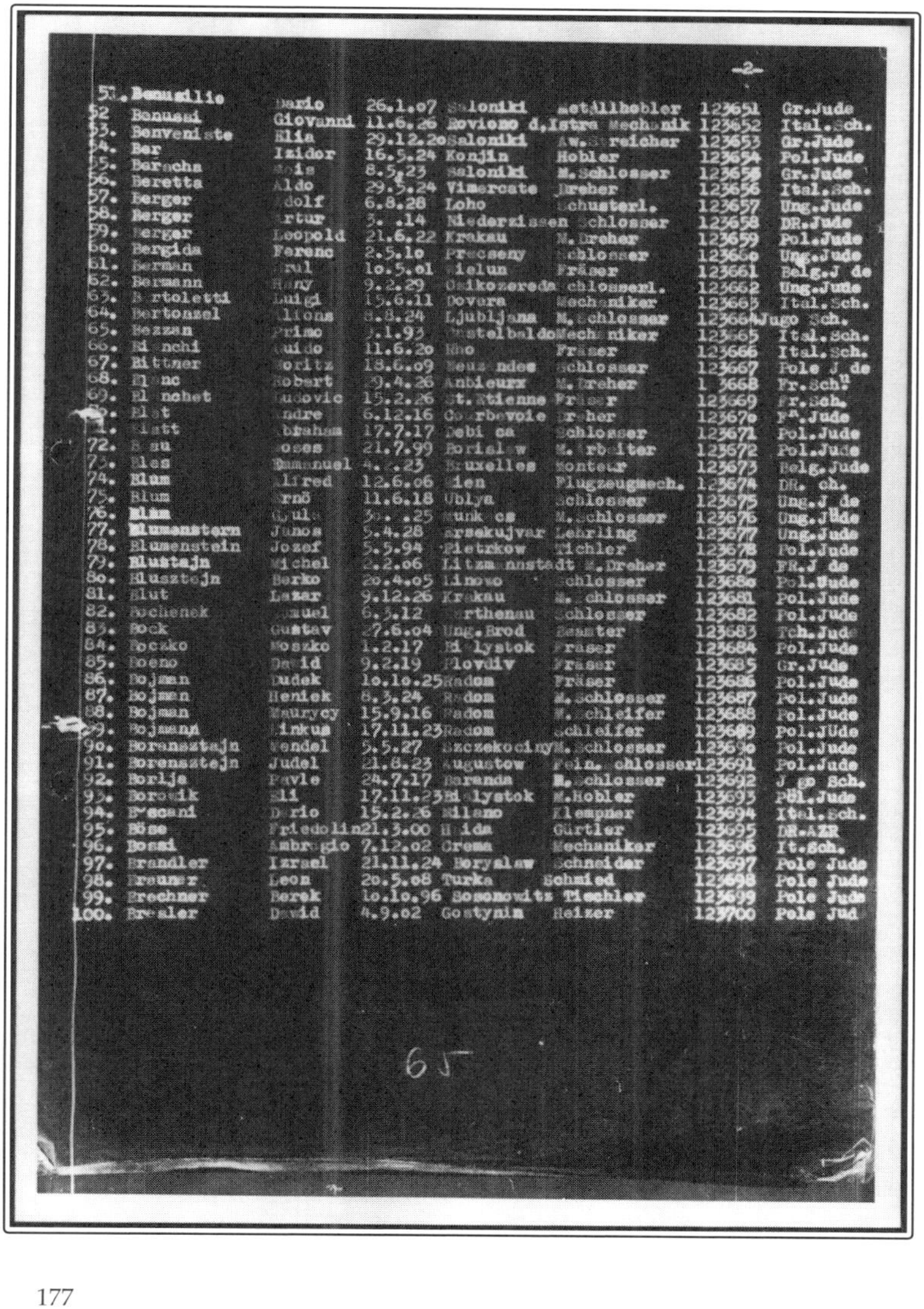

-2-

51.	Benussilie	Dario	26.1.07	Saloniki	Metallhobler	123651	Gr.Jude
52	Benussi	Giovanni	11.6.26	Roviemo d.Istra	Mechanik	123652	Ital.Sch.
53.	Benveniste	Elia	29.12.20	Saloniki	Aw.Streicher	123653	Gr.Jude
54.	Ber	Izidor	16.5.24	Konjin	Hobler	123654	Pol.Jude
55.	Beracha	Mois	8.5.23	Saloniki	M.Schlosser	123655	Gr.Jude
56.	Beretta	Aldo	29.5.24	Vimercate	Dreher	123656	Ital.Sch.
57.	Berger	Adolf	6.8.28	Loho	Schusterl.	123657	Ung.Jude
58.	Berger	Artur	3. .14	Niederzissen	Schlosser	123658	DR.Jude
59.	Berger	Leopold	21.6.22	Krakau	M.Dreher	123659	Pol.Jude
60.	Bergida	Ferenc	2.5.10	Precseny	Schlosser	123660	Ung.Jude
61.	Berman	Srul	10.5.01	Wielun	Fräser	123661	Belg.J de
62.	Bermann	Hany	9.2.29	Osikozereda	Schlosserl.	123662	Ung.Jude
63.	Bertoletti	Luigi	15.6.11	Dovere	Mechaniker	123663	Ital.Sch.
64.	Bertonsel	Alfons	8.8.24	Ljubljana	M.Schlosser	123664	Jugo Sch.
65.	Bezzan	Primo	3.1.93	Castelbaldo	Mechaniker	123665	Ital.Sch.
66.	Bianchi	Guido	11.6.20	Rho	Fräser	123666	Ital.Sch.
67.	Bittner	Moritz	18.6.09	Neusandez	Schlosser	123667	Pole J de
68.	Blanc	Robert	29.4.26	Anbieurx	M.Dreher	1 3668	Fr.Sch.
69.	Blanchet	Ludovic	15.2.26	St.Etienne	Fräser	123669	Fr.Sch.
70.	Blat	Andre	6.12.16	Courbevoie	Dreher	123670	F.Jude
71.	Blatt	Abraham	17.7.17	Debica	Schlosser	123671	Pol.Jude
72.	Blau	Moses	21.7.99	Borislaw	H.Arbeiter	123672	Pol.Jude
73.	Bles	Emmanuel	4. .23	Bruxelles	Monteur	123673	Belg.Jude
74.	Blum	Alfred	12.6.06	Wien	Flugzeugmech.	123674	DR. ch.
75.	Blum	Ernö	11.6.18	Ublya	Schlosser	123675	Ung.J de
76.	Blum	Gyula	30. .25	Munkacs	M.Schlosser	123676	Ung.Jude
77.	Blumenstern	Janos	5.4.28	Ersekujvar	Lehrling	123677	Ung.Jude
78.	Blumenstein	Jozef	5.5.94	Pietrkow	Tichler	123678	Pol.Jude
79.	Blustajn	Michel	2.2.06	Litzmannstadt	M.Dreher	123679	FR.J de
80.	Blusztejn	Berko	20.4.05	Linowo	Schlosser	123680	Pol.Jude
81.	Blut	Lazar	9.12.26	Krakau	M.Schlosser	123681	Pol.Jude
82.	Bochenek	Samuel	6.3.12	Werthenau	Schlosser	123682	Pol.Jude
83.	Bock	Gustav	27.6.04	Ung.Brod	Beamter	123683	Tch.Jude
84.	Boczko	Moszko	1.2.17	Bialystok	Fraser	123684	Pol.Jude
85.	Boeno	David	9.2.19	Plovdiv	Fraser	123685	Gr.Jude
86.	Bojman	Dudek	10.10.25	Radom	Fräser	123686	Pol.Jude
87.	Bojman	Heniek	8.3.24	Radom	M.Schlosser	123687	Pol.Jude
88.	Bojman	Maurycy	15.9.16	Radom	M.Schleifer	123688	Pol.Jude
89.	Bojmann	Pinkus	17.11.23	Radom	Schleifer	123689	Pol.JUde
90.	Borensztajn	Wendel	5.5.27	Szczekociny	M.Schlosser	123690	Pol.Jude
91.	Borensztajn	Judel	21.8.23	Augustow	Fein.Schlosser	123691	Pol.Jude
92.	Borlja	Pavle	24.7.17	Baranda	M.Schlosser	123692	Jugo Sch.
93.	Borowik	Eli	17.11.23	Bialystok	M.Hobler	123693	Pol.Jude
94.	Boscani	Dario	15.2.26	Milano	Klempner	123694	Ital.Sch.
95.	Böse	Friedolin	21.3.00	Haida	Gürtler	123695	DR.AZR
96.	Bossi	Ambrogio	7.12.02	Crema	Mechaniker	123696	It.Sch.
97.	Brandler	Izrael	21.11.24	Boryslaw	Schneider	123697	Pole Jude
98.	Braunar	Leon	20.5.08	Turka	Schmied	123698	Pole Jude
99.	Brechner	Berek	10.10.96	Sosonowitz	Tischler	123699	Pole Jude
100.	Breuler	David	4.9.02	Gostynin	Heizer	123700	Pole Jud

65

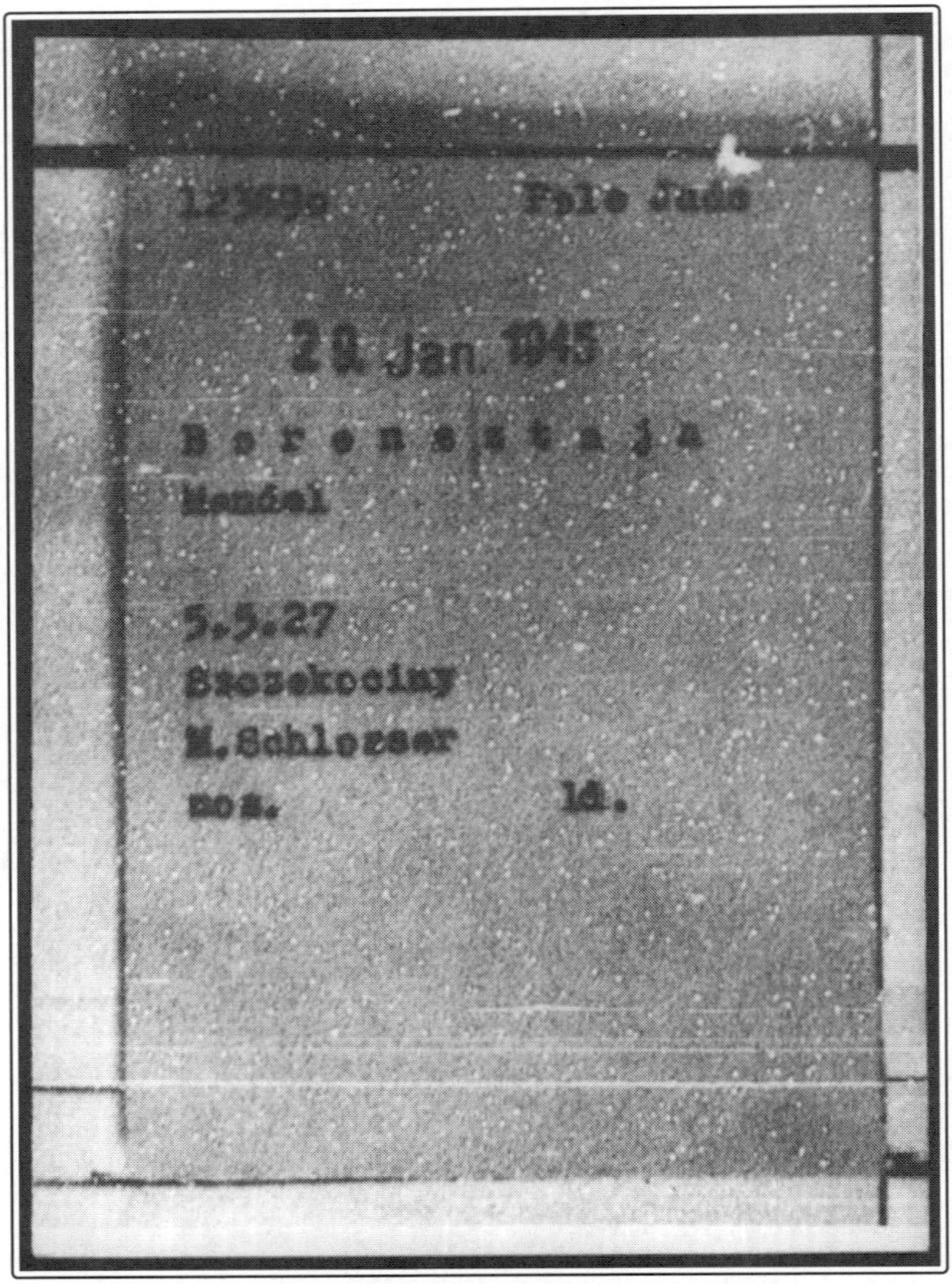

マウトハウゼンのナチ当局が作成した著者の登録カード。名前、マウトハウゼン囚人番号（123690）、到着年月日（1945年1月29日）、誕生日、出生地、職業、宗教（Mos、モーセの律法即ちユダヤ教）、婚姻関係（独身）の記載があり、カードはマウトハウゼン強制収容所管理室に保管されていた。

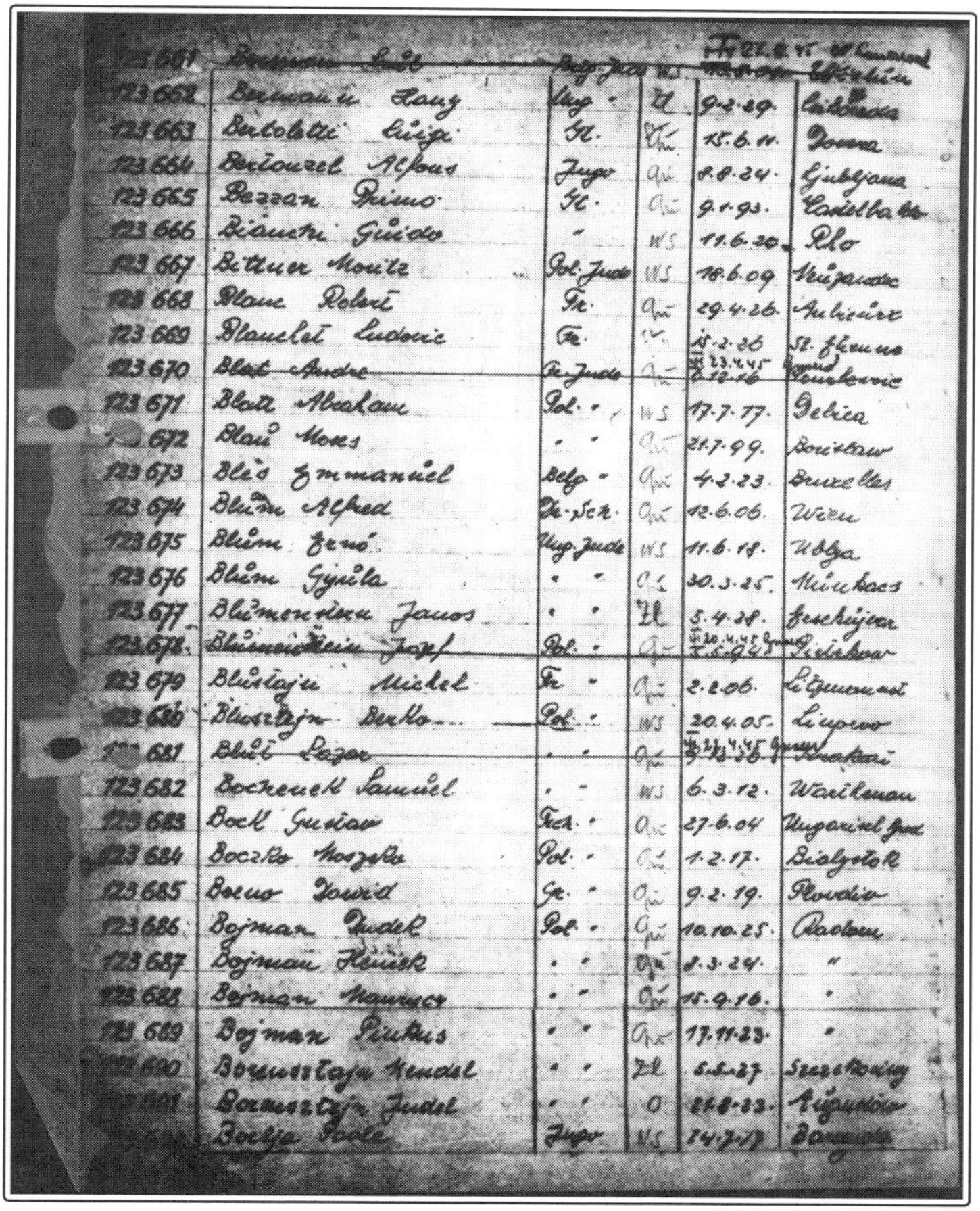

マウトハウゼンのナチ当局が作成した登録リスト、著者メンデル・ボルンシュタイン（登録番号 123690）の名は下から 3 番目にある。名前、誕生日、囚人のタイプ（ポーランド系ユダヤ人）、出生地が記載されている。

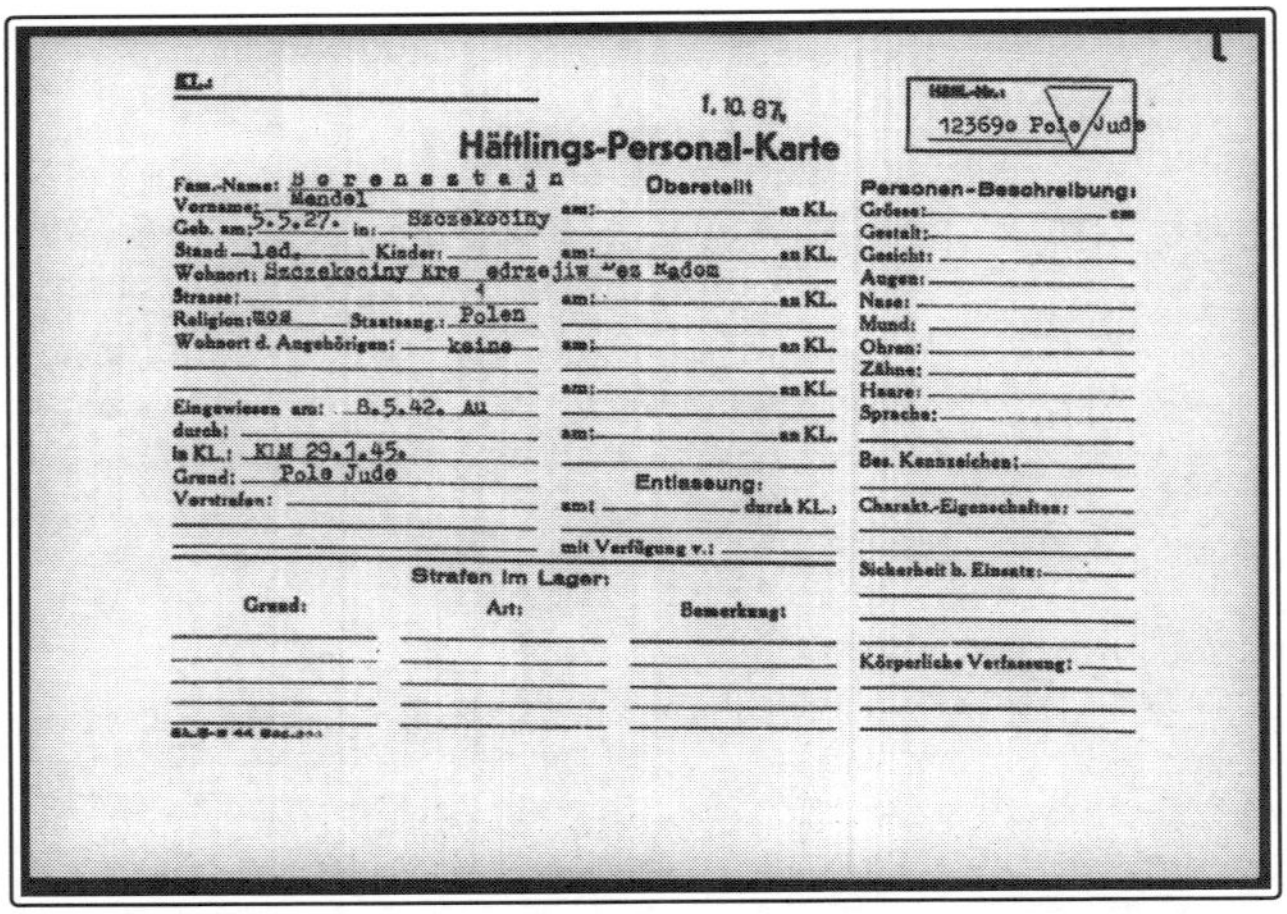

KL.:

1.10.87.

Häftlings-Personal-Karte

HGM-Nr.: 123690 Pole Jude

Fam.-Name: B o r e n s z t a j n
Vorname: Mendel
Geb. am: 5.5.27. in: Szczekociny
Stand: led. Kinder:
Wohnort: Szczekociny Krs. Jedrzejow Bez. Radom
Strasse:
Religion: mos. Staatsang.: Polen
Wohnort d. Angehörigen: keine

Eingewiesen am: 8.5.42. Au
durch:
in KL.: KLM 29.1.45.
Grund: Pole Jude
Vorstrafen:

Überstellt
am: an KL.
am: an KL.
am: an KL.
am: an KL.
am: an KL.
am: an KL.

Entlassung:
am: durch KL.:
mit Verfügung v.:

Personen-Beschreibung:
Grösse: cm
Gestalt:
Gesicht:
Augen:
Nase:
Mund:
Ohren:
Zähne:
Haare:
Sprache:

Bes. Kennzeichen:
Charakt.-Eigenschaften:
Sicherheit b. Einsatz:
Körperliche Verfassung:

Strafen im Lager:

Grund:	Art:	Bemerkung:

マウトハウゼンのナチ当局が作成した著者の登録カード、誕生日、出生地、婚姻関係（独身）、移送前の住所、アウシュヴィッツ到着日（1942 年 5 月 8 日）、マウトハウゼン到着日（1945 年 1 月 29 日）、マウトハウゼン囚人番号（123690）の記載がある。

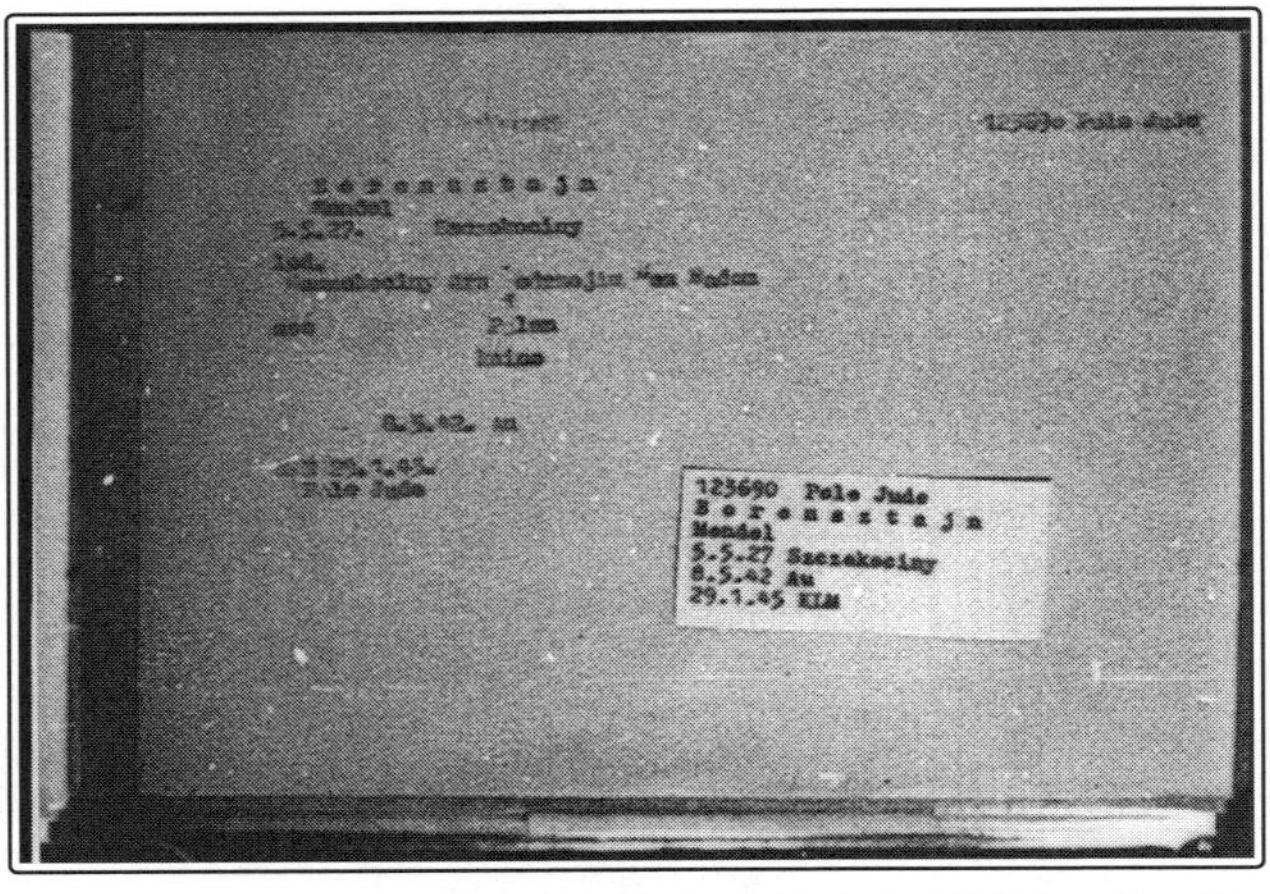

123690 Pole Jude

B o r e n s z t a j n
Mendel
5.5.27. Szczekociny
led.
Szczekociny Krs. Jedrzejow Bez. Radom
mos. Polen
keine

8.5.42. Au

KLM 29.1.45.
Pole Jude

123690 Pole Jude
B o r e n s z t a j n
Mendel
5.5.27 Szczekociny
8.5.42 Au
29.1.45 KLM

マウトハウゼンのナチ当局が作成した著者の別の登録カード。誕生日、出生地、婚姻関係（独身）、移送前の住所、アウシュヴィッツ到着日（1942 年 5 月 8 日）、マウトハウゼン到着日（1945 年 1 月 29 日）、マウトハウゼン囚人番号（123690）。なお、アウシュヴィッツ資料館の資料によると、メンデル・ボルンシュタインのアウシュヴィッツ強制収容所到着は、1944 年 7 月 31 日になっている。

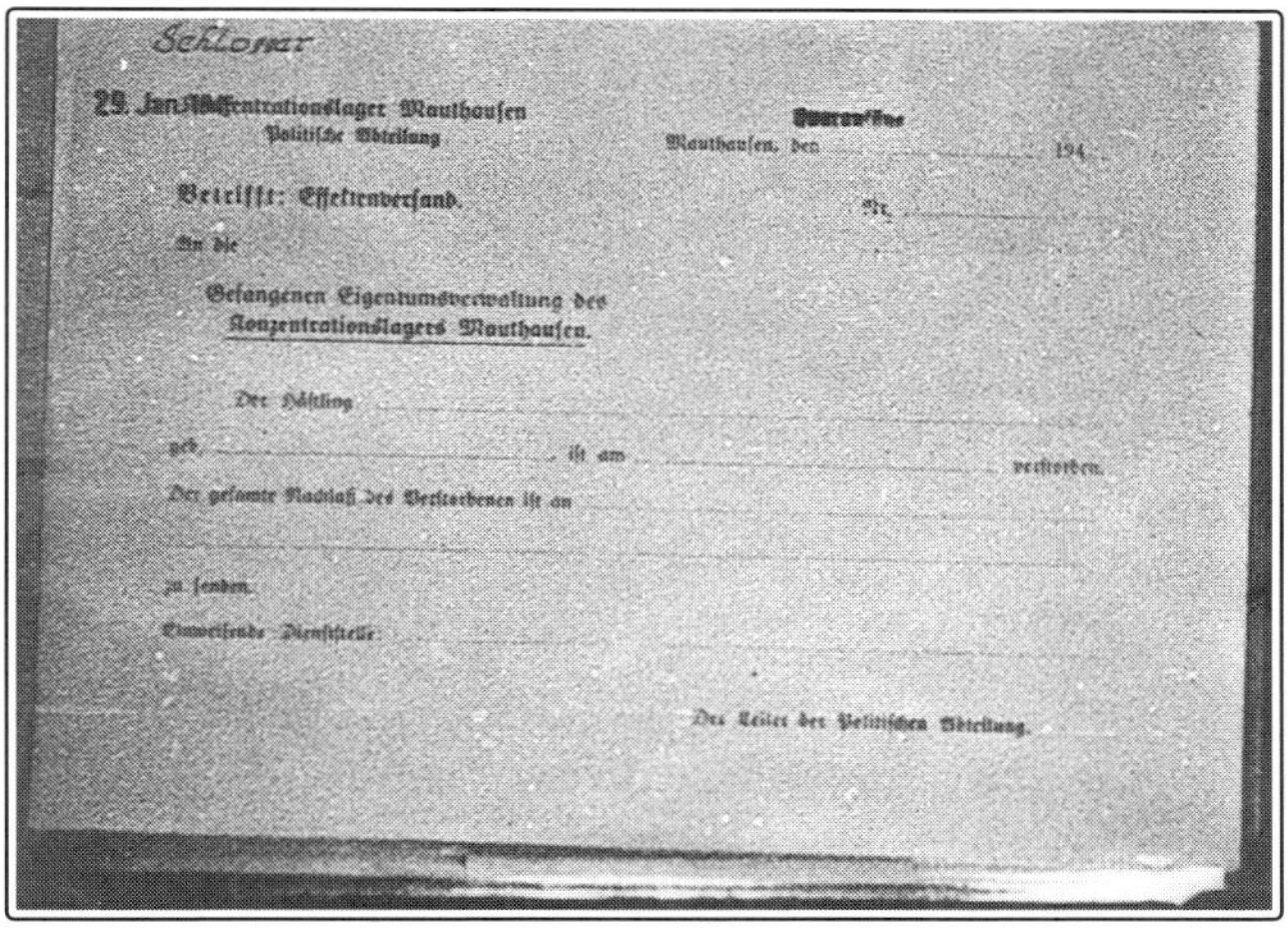

Schlosser

Konzentrationslager Mauthausen
Politische Abteilung

Mauthausen, den .... 194..

Betrifft: Effektenversand.

Nr. ....

An die

Gefangenen Eigentumsverwaltung des
Konzentrationslagers Mauthausen.

Der Häftling ....

geb. ...., ist am .... verstorben.

Der gesamte Nachlaß des Verstorbenen ist an ....

zu senden.

Einweisende Dienststelle: ....

Der Leiter der Politischen Abteilung.

別の登録カードの裏側。著者の職業を機械工（Schlosser）としている。

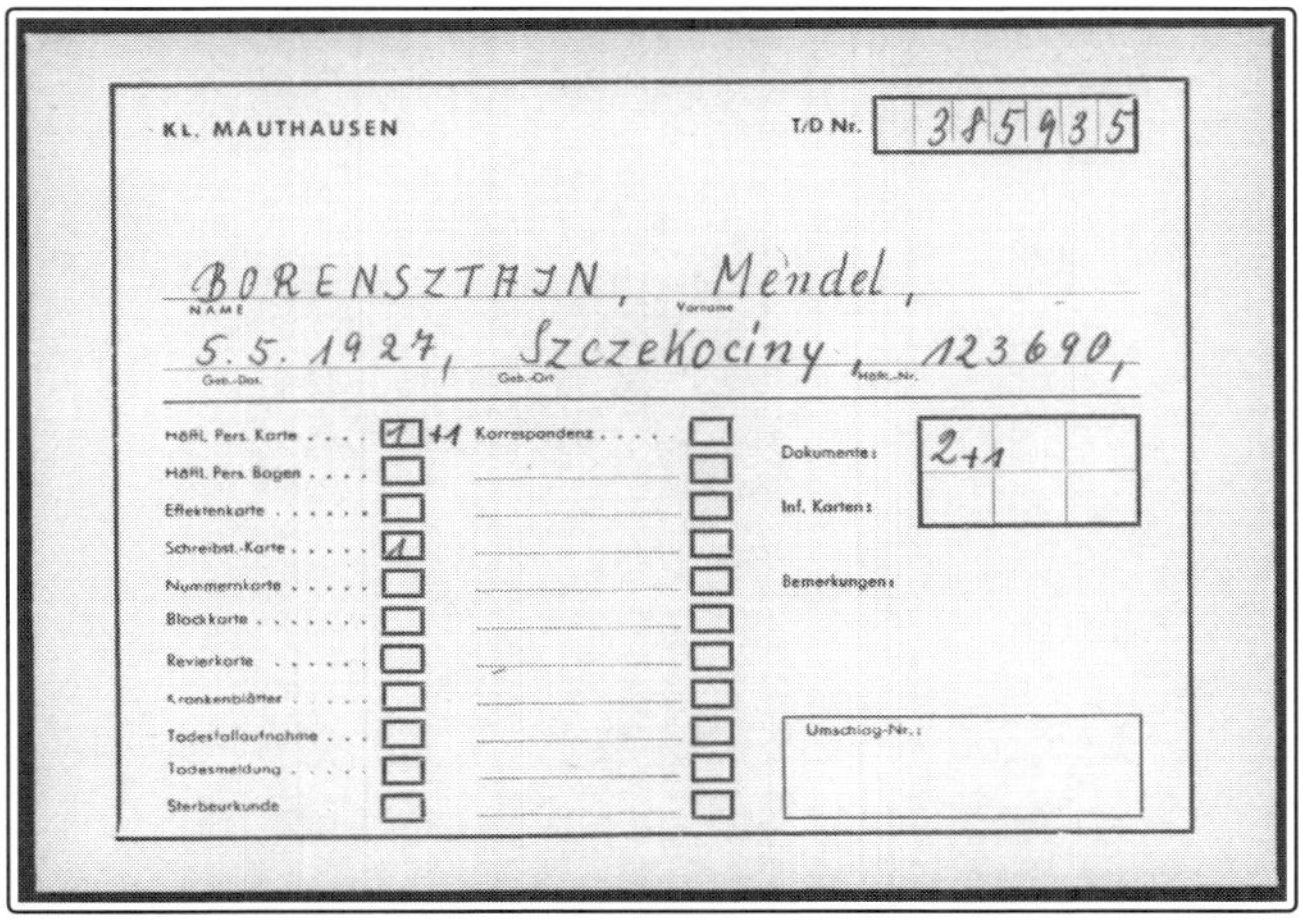

KL. MAUTHAUSEN

T/D Nr. 385935

BORENSZTAJN, Mendel,
Name — Vorname

5. 5. 1927, Szczekociny, 123690,
Geb.-Dat. — Geb.-Ort — Häftl.-Nr.

Häftl. Pers. Karte	1 +1	Korrespondenz		Dokumente: 2+1
Häftl. Pers. Bogen				
Effektenkarte				Inf. Karten:
Schreibst.-Karte	1			
Nummernkarte				Bemerkungen:
Blockkarte				
Revierkarte				
Krankenblätter				
Todesfallaufnahme				Umschlag-Nr.:
Todesmeldung				
Sterbeurkunde				

戦後、国際消息調査機関（International Tracing Service）が作成した著者メンデル・ボルンシュタインの登録カード。マウトハウゼンで作成された登録カードをベースにしている。

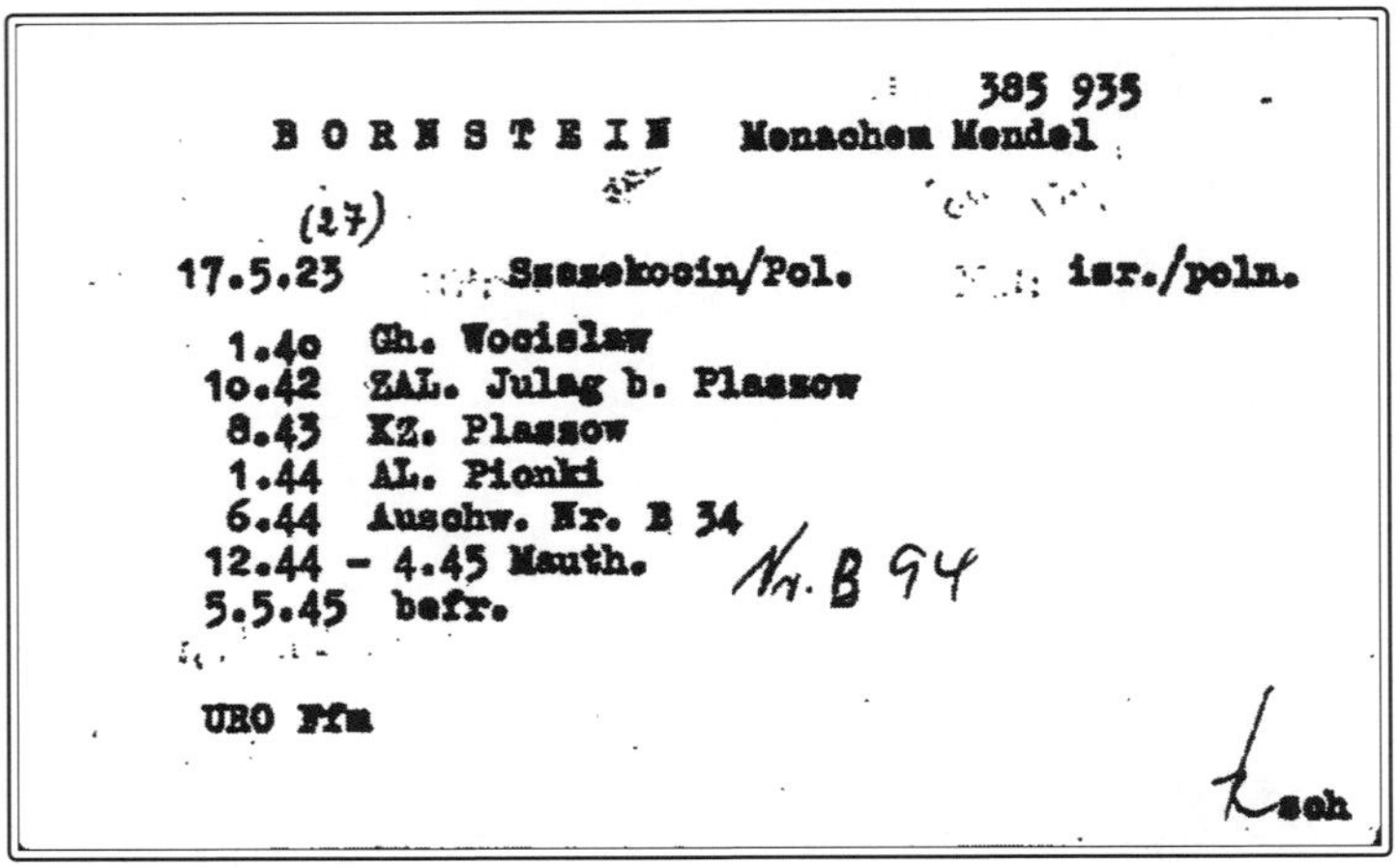
385 935

B O R N S T E I N　Menachem Mendel

(27)

17.5.23　Szczekocin/Pol.　isr./poln.

1.40 Gh. Wocislaw
10.42 ZAL. Julag b. Plaszow
8.43 KZ. Plaszow
1.44 AL. Pionki
6.44 Auschw. Nr. B 34
12.44 - 4.45 Mauth.
5.5.45 befr.

Nr. B 94

URO Ffm

Koch

戦後に関する追加の情報を求めて第三者団体が国際消息調査機関に提出した照合表記載の情報は、原資料がなければ書けない内容である（前述のように、イジク・メンデル・ボルンシュタインのアウシュヴィッツ強制収容所到着は、1944 年 7 月 31 日になっている）。

第九章　癒やされない心の傷

一九四五年五月五日、私はギュンスキルヘンでアメリカ軍によって解放された。これは物理的解放であった。私達は身も心も弱っていくなかで、解放者の到着を祈っていた。アメリカ軍の接近でドイツのＳＳ（ナチ親衛隊）達はやむなく逃走し、やせさらばえた私達は、生死の境で救出され、収容所から各種病院へ搬送された。長期療養を経て、社会復帰を目ざすのである。

しかしながら、私達は正常なごく普通の生活の意味が分からなくなっていた。こんな経験の後、私達にとって正常な普通の生活があるのだろうか。普通の生活とは何なのであろうか。そしてどこにあるのだろうか。私達はどこへ行けばよいのだろうか。

長い間待ち望んだ解放の後、現実感が少しずつ戻ってくるようになった。避難所に収容され、食べものも医療ケアも与えられ、恐怖と不安から解放され、麻痺、無感動の状態にある心が徐々に感応しはじめ、痛みを感じるようになった。真実が私達の頭と心に少しずつ届き、生き残った私達は、多くの者が家族と家を失い天涯孤独の身になった現実を実感し、苦しみだした。解放の瞬間は、自分だけは助かったという幸運を感じた。多くの人は解放の時が来るという希望をとうの昔に捨てたが、私達はその瞬間を目撃するために選ばれた、と思ったのである。時間がたつうちに、私達はそれが意味するものに気づき始め、多くの生き残りが、恐ろしい喪失感に苦しみながら自問するようになった。

しかしその問いに答えはない。途中で自分も死んだ方がましだったのではないか。自分は本当に〝幸運〟の名に値するのであろうか。早い段階で殺され、長期に及ぶ苦しみの体験をまぬがれた人の方が、幸運だったのではないかと。

私達は、どうにもならない複雑な気持ちをかかえこみ、虚無感におちこんだ。何をすべきか分からない。悪夢が襲う。そして苦い記憶がよみがえってくる。それも日を追って頻繁になってくる。これをどう処置していいか分からない。押さえつけるべきなのか。忘れるように努めるべきなのか。私達が受ける支援は、もちろん大変ありがたいのであるが、物質的支援と身体上の医療であり、崩壊した心のケアではなかった。私達は、専門的な心理療法を欠いていた。

脚力は回復し、間もなく自力歩行ができるようになった。しかし、心理的に情緒的には全く整理がつかず、一歩も前へ進めない。長い間抑圧されていた、経験に由来する恐怖、不安、困惑、ショックを洗いざらいさらけ出してしまわなければならなかった。その過程を踏んだ後に、ゆっくりとではあるが、有刺鉄線の向う側にあって監視のつかない生活を思いだすようになる。私達が共有する体験を話しあるいはペンで書き綴るのは、一種の追体験であり、この地獄を再び通過せざるを得なくなる、つらい作業である。しかしこれが、私達を救うカタルシス過程となった。なかには、比較的早い段階で過去と向き合うことのできる人もいた。しかし、私のような者にとっては、その過程に価値を見いだして過去と向き合ってよいと考えるようになるには、長い年月を要した。

少しずつ全体像が明らかになって、世界は、特定人種に対するナチ・ドイツの残虐行為を知った。これまで戦争は何度もあったし、悪意や憎悪は歴史にはざらに見られる。しかし、短期間にかくも大々的規模で特定の人間集団を抹殺しようとしたのは、これが初めてである。最初にして最後になってほしい。優越人種をもって任じる者どもが新秩序なるものを構想し、その実態に世界は直面することになった。この新秩序は、冷酷かつ残忍なルールをベースとしていた。それによると老人、病弱者、障害者に居場所はない。特定の文明集団、特に私達ユダヤ民族に居場所はない。健康でたくましい子供、幼児そして母親が一家もろともに死んだのは、戦争のためではない。彼らはねらい撃ちにされ、情け容赦もなくガス室へ送られ、焼却炉で焼かれたのである。人間が、壮大ともいうべき規模で大量殺害を意図とし、そのための高度かつ効率のよい方法の開発に腐心したのは、これが史上初である。彼らは体脂肪を石鹸に、毛髪をフェルトやマットレスに、皮膚を手袋に、そして骨灰を道路舗装用にしたが、人間が人体を製品の原料に使ったのも、有史以来初めてである、何の罪もない人々がその対象となり、数百万の命が地上から抹殺された。

私は、青年時代でも一番大切な時を失った。学問を続け、知識をひろげ自分の心身の発達に努力する機会を奪われたのである。勉強を続行できなかったのは、本当に残念であった。ナチスは私や同年配者のため別の未来を計画した。私の人生は、身体や精神、霊性のレベルにおいて極めて大きな退化を経験した。

私の心に打撃を与えた傷は、もっと複雑であった。私はヴェルスの病院で身体の回復措置をうけたが、心理療法を担当する専門の看護士がいたならば、身体的問題もさることながら、心理的問題は負けず劣らず深刻である、と判断したはずである。私のうけた深い心の傷は、浮上して私を悩まし、どうしてもかき消すことができなかった。左腕につけられた番号と同じように、脳裡にとりついて去らないのである。

心の傷は癒やし難い。私や私と同じ状況にある者を治すには、時間を戻すしか方法はない。過去を変え、数々の恐ろしい出来事を消去し、このような言語道断の恐怖の目撃者にならぬことである。かけがえのない家族を亡くした、あの喪失感は絶対に味わいたくない。私の愛する人々は、何の理由もなく、言語に絶する残忍なやり方で殺された。健全で穏かな人々が虐殺され、やせ衰え、死滅していく、目をおおいたくなる姿。人体を焼く異臭。飢えた人々が仲間の死体を食べる餓鬼道、悲惨な光景は目に焼きつき、異常体験は五感として残る。この体験の後、以前の心、気持ちに戻れるものであろうか。

あの頃、私達は未成年の子供であった。平和で安全なまわりの世界が崩壊し、生木を裂くように残酷にも家族から引き離され、家族と再会できるのか、家へ戻れるのか、そもそもこの先どうなるのか全く分からぬ世界へ放りだされた。そして、その世界は、焼却炉とガス室が稼働し、ユダヤ人同胞が抹殺され、焼かれていく所であった。私達の一番の身近な人達が同じ運命をたどるという予感に戦慄《せんりつ》し、目のあたりにする凄惨な状況のなかにありながら、残酷な結末が自分には及ばないことを懸命に祈る世界であった。人間の体がまさにボロ切れのようになり、ガスで殺された後は口をこじあけられ、金歯を抜かれてから焼却され、その骨灰は道路にまかれ、人に踏まれて土と化す。ショックだった。

そして私はたとえようもなく悲しかった。それが、ユダヤ教の教え、戒律と正反対の行為であったからだ。私達の古い平和な共同体では、親族や友人知人が死去すれば、悲しみをこらえながら死者を悼《いた》んで懸命に祈った。そしてその遺体は、埋葬前から埋葬過程で最大の敬意をもって扱われ、埋葬後もその墓を汚すことは絶対しなかった。

恐怖。それは私達につきまとって離れなかった。そしてそれと対をなすのが飢えであり、どこへ行ってもつきまとい、空腹感がやむことがなかった。次の瞬間自分がどうなるのか分からない。それも不安と恐怖のもとであった。次の瞬間まだ生きているのか、自分を苦しめる者が次に何をするのか分からない、毎日が不安であった。

表面的にみれば、私は幸運であった。ホロコーストの恐ろしい現実から解放され、衣食住に不足のない生活を築いた。結婚し子供そして友人にも恵まれた。しかし、誰か私に内面を見ることができるならば、私の苦悶がお分かりいただけるだろう。ばらばらに崩壊した内的世界をたて直す努力に比べれば、外面の世界で生活を築く行為など何でもない。外面の世界では確かに自分の生活を築きあげた。しかし内面の仕事はまだ完成に至らない。その見通しもない。心に負った傷は深く、終生私についてまわるだろう。

さて、私は家族に付き添われて、旅の主目的地シュチェコチニへ向かった。この小さいシュテーテルを離れたのは、十五歳の少年時代であった。私は全くの別人となって、ここを訪れるのである。私が家族と共に出て行ったあの悲しい日が、町を見た最後であった。町はどう変わったのであろうか。

一九三九年晩夏。それは終わりの始まりであった。秋はすぐそこまで来ていた。そして、秋とともに悲しい出来事が次々と起きた。日を追って戦争勃発の気配が強まっていく。一九三九年八月三十一日は、私の人生が劇的に変化する第一日であった。私達はそれを察知したのである。シュチェコチニで、自宅にラジオのある家は少なかったが、幸い我が家にはあったので、ずっとニュースを聞いていた。そして放送は段々気が滅入る内容になってくる。やがて、ドイツ軍の接近が伝えられるまでになった。私達はそれがどういう意味か知っていた。戦争が始まっており、ここが戦場になるということである。

私達は、「シュチェコチニのユダヤ人社会に周知徹底のこと」と前置きした、詳しい指示をうけた。ドイツ軍がシュテーテルに迫っている。その軍が通過中ユダヤ人は全員森に避難し、状況が安定してから戻るように、という内容であった。ドイツ軍は催涙弾を使用するので、窓には目張りをするようにという指示もあった。私達は指示どおりにした。そして、数日もすれば、事態が落ち着いて家へ戻れると考え、最低限の物を携帯して避難した。幸いなことにまだ温かい季節で、夜間に戸外で過ごし、あるいは地面に寝ても問題はなかった。私達が森へ持参したのは枕、毛布、タオルそしていくらかの食物だけてあった。

沢山の人が、真剣な面持ちで家を出た。避難所を求め一方向にぞろぞろ歩いて行く。家族持ちの多くは森に隠れた。表通りの住民とユダヤ人社会の大半は、一番危ないと思われる時に、町を出たのではなかろうか。私達は、明日どうなるか分からぬままに戸外で夜を過ごした。実際に森で寝た人はいないと思う。私達は心配した。何か起きたらしいのである。危険がせまっているような気配だった。戦車の走行音が遠雷のように響いてくる。軍靴の音もする。部隊が接近しているらしかった。私達は、ナチスがドイツとオーストリアのユダヤ人を虐待していることは、新聞やラジオで知っていた。しかし、私達は甘かった。もちろん、その時点でどうなるのかは分からなかった。想像を絶する、あれほどの恐ろしい悪夢が襲ってくるとは、夢にも思わなかったのである。

私達は木立の中に入って安心していたが、眠りはしなかった。やがて夜が明けた。昨日のような轟《ごう》音はなく落ち着いているようなので、父は姉と私に様子を見てくるように命じた。大人が出て行くのは危なかったのである。ユダヤ人の男性は、あご鬚《ひげ》を生やし、もみあげを長く垂

第二次世界大戦初期のシュチェコチニ。砲爆撃で破壊された建物を背景にドイツ兵と住民が立っている。右のポーランド人少女（現シュチェパンスカ・フロドロフ夫人）の証言によると、左のユダヤ人少女は写真撮影後殺害されたという。

らしている。その上外套のような伝統的衣服を着ているので、ドイツ兵には簡単に見分けがつく。裏を返せば容易にターゲットになる。私達は、残忍な迫害が続いていることを聞いていた。対象は主に成人男性であった。殴ったり蹴ったりした挙げ句、高笑いしながら戒律にかかわるあご鬚を切りとる。そして、その姿を写真にとる場合がよくあった。私の父は、典型的な正統派ユダヤ人の風貌であり、たちまち見つかって命を失う可能性があった。

　町はどうなっているのかと不安にかられながら、私は姉のリフカと一緒に森を出た。町の中心地に近づくにつれ、恐ろしい光景が見えてきた。子供の頃走りまわっていた通りに、死体が散乱していたのである。ほとんどユダヤ人で、至るところにごろごろ転がっていた。死体の集中していたのはセナトルスカ通りと教会のまわりであった。通りの家屋は、前日に見たのとは全く様子が違っていた。その多くは破壊されている。窓ガラスが道路に散らばり、黒いしみが点々とついている。ドイツ軍の投下した爆弾で、町はずたずたになり、家が燃えていた。ショックの連続である。私は息苦しくなってきた。

家に近づくにつれ、不安がつのってくる。そして、その姿を見て愕然《がくぜん》となった。悲しかった。無事ではなかった。温かい思い出のつまった我が家が、侵略者によって無惨に破壊されていたのだ。私達は彼らに悪いことは何ひとつしていないのに、この仕打ちである。一軒の店は完全に焼けていた。不幸中の幸いであったのは、テナントのライベ・ゴールドベルクさんが自分の靴店に、鉄製ドアをつけていたので、一階は燃えず、店内への延焼もなかった。それほど破壊がひどくないので、修理すれば住めると思われた。

ユダヤ人の家屋が略奪されていた。爆弾と火災でドアが切断された家に、沢山の人が勝手に押し入り、店や地下室の物品を盗んだのである。私達の家も略奪されていた。何十年も後になって、隣人のカジミエラ・ヴォイタジンスカが、私に当時の様子を語ってくれた。それによると、ナチスは略奪を黙って見ていただけでなく、カトリック教徒の住民に、ユダヤ人の店や家のものは何でも取れと、けしかけたという。町にユダヤ人商人の居場所がなくなったのは明らかであった。私の父は、状況を理解し、商品の販売はもはや不可能になったと判断した。この後、家に戻りカジミエラの母親のところへ行って、商品をどうぞと言った。盗まれたり破壊されたりするより、仲のよい隣人に取ってもらう方がずっとまし、と考えたのである。し

第二次世界大戦時のシュチェコチニ広場（リネク）

かし、カジミエラの母親はきちんとした女性で、途端に憤慨した表情になったり、「隣人の所有物を取ることなど、私には絶対にできません」ときっぱり言った。

大変難しい状況ではあったが、父をはじめ家族の者は、この略奪で悲嘆にくれたわけではなく、その悲しみも余り長くは続かなかった。このような大変な時に一家全員が無事であったからだ。

私は、町でこのような残虐行為が起きようとは夢にも思わなかった。私のような年頃の少年にとって、このような光景と経験は刺激が強すぎる。破壊された家屋、住民が先を争って地下室の物品を略奪し、表通りは人影もなく、至る所に死体が散乱している。黒煙があがり、戦車が走りまわる。物々しい空気である。その少年は、恐怖と不安と悲しみを胸に、様変わりした町の重苦しい雰囲気にの

第二次世界大戦時の爆撃で破壊された家屋とシュチェコチ二広場。丸で囲んだなかに屋根が吹きとんだシナゴーグと隣接するユダヤ人墓地の壁が見える。

みこまれそうであった。

この新参者達は、誰が招いたわけでもない。友好目的で来たわけでもない。のどかで美しい私達の町へ、勝手にしかも土足であがりこんで来たのである。これからどうなるのだろうか。もう私達の世界は終わりのどん詰まりに来たのだろうか。彼らはいつ出て行くのだろう。悪夢を見ているようだった。私達の平穏な生活が突如として終わり、私達の少年期は不自然な形で終わったのだ。

すべてが目まぐるしい勢いで変わった。変われば変わるものである。昔の懐かしい世界が文字どおり、ひっくり返ってしまった。おなじ町ではあるが、全く変わってしまった。住民ももはや同じではない。すっかり怖《お》じ気づいている。既に死んだ人もいる。もちろん、例外はあるが、そのうえに住民は敵と化して、隣近所の持ち物を略奪する者になった。あのナチの侵攻時、物理的環境も人の心も一夜にして変わった。逆転可能なのだろうか。私達の知るあの懐かしい空気のなかへ戻れるのであろうか。少年の心は千々に乱れた。

姉のリフカと私は、家から家を伝い、隠れながら移動した。表通りには戻りたくなかった。ドイツの戦車と軍用車がずらりと並んでいる。私達は、大変な事態になっていると考えた。町はもはや安全ではない。さらに、隣近所の住民が信用できなくなった。恐ろしい。がっかりする。私達は、親族や友人、そして馴染みの顔を探し続けた。みな大丈夫であろうか。数名の人に話ができたので森へ戻り、両親に見聞きしたことを報告した。両親は本当に驚いたようだった。それでも、町へ戻ることに決めた。森の中にずっと居続けるわけにもいかない。

数日後、状況がもっと落ち着いてきたので、私の父は大工を雇って、店舗の上に木造の仮設屋根をつけ、私達はここに住むことになった。仕方がない。新しい環境に適応せざるを得ないのである。

ドイツ人は、ユダヤ人協会の会長に、ユダヤ人家族のリスト提出を要求した。彼らは私達の生活をコントロールするようになった。毎日各家族から一名の出頭を命じるのである。勤労奉仕という名目であったが、シュチエコチニから逃げていないかどうかを確認していたのであろう。父に代わって私が出頭し、大抵農作業を手伝った。私の父に危険が及ぶのを避けたかったのだ。私達の小さな町でも、既に迫害が始まっていた。ドイツ人達は、ユダヤ人達のあご鬚を切っていた。目撃した人が何人もいる。このドイツ人達はユダヤ人の体など全然構わない。鬚を切るついでに、意図的に皮膚を切り裂いた。それで、もっと大きい満足感を得ているようであった。彼らは躊躇《ちゅうちょ》なく人を殺した。既に何名も犠牲者がでていた。私は、ナチスに目をつけられないよう、極力目立たないようにした。

この先どうなるか分からない。状況は段々悪くなる。このような状態で二カ月たった頃、三人のドイツ人が不意に我家へやって来た。あたりを見てまわった後、冷ややかな口調で、「良い店舗だな。あと八日だ。それまでにここから出て行け」と言った。この命令は本当に悲しかった。どこへ行けばいいのだろう。しかし、一体何なのか。両親が営々として築きあげたもの、私達が大切にしていたものを、何故手放さなければならないのか。子供心に理不尽に思えた。この命令は私達にとって衝撃的なニュースであった。しかし私の父は、「命あっての物種だ。命より大切なものはないのだから」と私達を慰めた。

彼らは既にユダヤ人用のゲットーをつくっていた。私達は住み慣れた家を出て、彼らが指定した三つの通りの小さい一画に押しこめたのである。そこは過密状態になったので、父は自分の生地であるヴォジスワフへ移った方がよい、と判断した。そこには、祖父から受け継いだ家があり、結婚してシュチエコチニへ移るまで住んでいたところである。そこならもっと安全かも知れない。私達はそう期待した。

この町を出る前、父は私について来てくれと言って、ある場所に連れて行った。大切なことを伝えておきたいという。父は、家族で私が唯一の生き残りになることを知っているかのように「この場所を覚えていてくれ」と言った。「ここに、写真を同封し家族で一番大切なものを隠した」。父は非常に深刻な顔をしていた。私はノドに何か詰まったようで言葉がでず、頭をたてに振った。そして、掘り起こすのが父で、すべて事もなく終わることを願った。人生も後半になって、私は父のことをずっと考え続けている。父は私達にあれこれ話をしたり見せたりしたが、もっと多くのことを知っていたのではないかと思うのである。

私達一家は、荷車一台に馬二頭を借り、思い出の一杯詰まった懐かしの我が家を手放し、愉快で楽しい日々を過ごした我が町を後にした。愛着のあるものを全部残したままである。悲しかった。万感胸にせまる苦難の旅立ちであった。いつ戻れるのだろうか。果たして戻ることができるのだろうか。私達の心は千々に乱れ、後ろ髪を引かれる思いではあったが、生きなければならぬという現実があった。命はなにものにも代えがたい。家族が一番大切であった。荷車に積んだのは日常生活に欠かせない必要最低限の品で、両親、姉と妹二名、弟そして私の計六名が乗った。時は一九四〇年一月、寒い冬の日であった。私が我が家に入ったのも、この時が最後である。

それから六十年の歳月がたった。家はまだあるだろうか。砲爆撃に耐えて、戦時でも無事だったのだろうか。誰か住んでいるのか。家財道具は残っているのか。残っているのなら誰か使っているのだろうか。さまざまな思いが渦を巻く。懐かしさもさることながら、不安と期待で大変緊張した。

シュチエコチニへ向かう途中、私達はレルフに立ち寄った。かつては、立派なユダヤ人社会が存在した町である。当地はポーランドにおけるハシディズム運動の中心地のひとつで、精神的指導者ラビ・ダヴィッド・ビーデルマン師の生地でもあった。今回私達が見たのは、ユダヤ人のいなくなった町であった。住民は一〇〇%キリスト教徒である。ビーデルマン師の眠る墓地の入口を見つけたが、そこは店舗の裏になっていた。大変驚いた。ダビデの星のマークがドアに残っているので、それと分かる。墓地は完全に消え去り、その跡地にはいくつも建物がたっている。悲しかった。聞くところによると、墓参りに来るハシッド達の便宜に供するため、ビーデルマン師の子孫がこの場所を買い取ったという。

私達はローソクを灯し、ここで祈りを捧げた。後味の悪いアウシュヴィッツ体験の後、その祈りで私達も慰められた。近くの小屋に、二〇〇〇年の歴史を持つミクベ（沐浴用の浴槽）を見つけた。かつて当地のユダヤ人達が、ユダヤ教の祝祭日の前にここへ来て、体を洗い清めたのである。今は使われていない。ほかの目的に使用されている。個人宅だが、コート掛け用のハンガーがまだついていた。

シュチェコチニにはミクベが一カ所、ユダヤ人墓地が二カ所あった。まだあるのだろうか。あるとしたら一体どうなっているのだろうか。町に近づくにつれ期待と不安で緊張してくる。そして、私達はそこに着いた。心臓の鼓動が激しい。二度とみることはないと考えていた所、私が生まれ育った所。幸せな思い出が一杯詰まった所。記憶やさまざまな思いがどっと押し寄せ、私は胸が一杯になった。私はその場所に立った。

第十章　郷里の現実に胸痛む

シュチエコチニ。私は自動車から降りた。そしてみんなで歩きだした。ほとんど確認できない。すべてがすっかり変わったように見える。市がたっていた広場へ行った。懐かしさがこみあげてきた。ポーランドの英雄コシューシコの記念像があった。改修されていた。像の向きが変わっている（調べれば分かるだろう）。本当に感動した。かつてはもっと静かで、のどかな場所だった。市がもはや開かれることはなく、近隣から沢山の人が集まって商品の売買をした光景は見られない。第一そのような場所がないのである。リネク（広場）は大変カラフルで騒々しくなった。自動車が絶えず走ってくる。広場が道路で真二つになっているのである。この広場のまわりにあったユダヤ人の家を探した。かすかだが身覚えのある店を数軒見つけた。まだ店舗として使われている。しかし、ユダヤ人の経営とは思えない。ユダヤ人の住んでいた古い壁の奥に、ユダヤ人はまだいるのだろうか。

私は自分の家を見たかった。通りかかった老人に、シエンキエヴィツァ通りについてたずねると、その人は「そういえば、昔そのような名の通りがあったなあ」と言った。「しかし、通りの名は変わりましたよ。さて、どこにあったかな。覚えていません」。私がその正確な位置を説明し、教会のある通りだから、見つけるのは難しくないはずとつけ加えると、老人は、それならすぐそこです、と案内役をかってでた。

しばらく歩いて表通りを右に曲がると、あった。あの教会があった。でも、まわりの風景はすっかり変わっていた。通りの建物はほとんど見覚えがない。外装が違っている。大きくて、もっとカラフルである。しばらく見渡していたら、分かった。我が家があった！　外観は全く変わっていた。通りはコシチェルナという名になっていたが、住居番号は変わらず、元の七番である。さまざまな感情が渦を巻いた。店舗もある。中に住んでいる人達も見える。私は店の前に立った。記憶がまざまざとよみがえってきた。

私達は最上階に住んでいた。広々とした部屋があった。ほかに別の出入口をつけた大きい部屋があった。通りを見おろすバルコニーがついていた。黒塗りの鉄製手すりで囲ってあり、そこには花や植物の鉢をかけることができた。しかし、この部屋は、私の両親が歯医者さんに貸していた。そこは、私達の住む部屋とは壁を隔てた隣にあたり、分厚いガラス窓がついていた。

歯医者さんの所の隣部屋は、私達のベッドが左側にあり、右の壁には棚がつくってあり、卸しの繊維製品が置いてあった。仕立屋向けの織物類である。ここから父が店舗へ持って行くのである。部屋の真中に織物を測るためのテーブルがあった。突きあたりの壁は、幅が五フィートもある大きいタイル製暖炉になっていた。下の部分が鉄格子になっている。そこから薪《まき》をくべるのである。一度火をつけると、あとは余熱で二日半は家中がぽかぽかと暖かであった。寒い冬の日には、人々がこの部屋に駆けこんで来て、ピカピカに磨いた真っ白なタイルを見ながら、暖炉に手をかざした。その光景が今でも目に浮かぶ。

居間は両親の寝室兼用で、全体的に細長く左の壁にはキャビネットが二つ、その間にベッドが二つあった。右の壁は大きい窓で、三枚のガラス窓がついていた。台所に通じる入口の横には大きい鏡があった。ちょっと前向きに傾斜しており、それで頭の天辺からつま先まで自分の姿を見ることができた。そういえば鏡の前には、直径二五センチほどの丸いストールが三つ置いてあった。花瓶を置く棚もあった。そして部屋の中央に鎮座するのが長い楕円形の食卓で、椅子が十二脚置いてある。食卓はものすごく堅い木質で、ナイフで刻もうとしても刃がたたない。平日には、花柄模様の厚手のテーブルクロスがかかり、シャバット（安息日）と祝祭日には、私達は白いテーブルクロスをひろげた。食卓の真上には、天井から真鍮《しんちゅう》製のどっしりとしたランプがぶら下がっている。これが部屋の明かりであった。

私には記憶がある。細かいところまで覚えている。目をつぶると、当時の様子がありありと浮んでくる。部屋そして家財道具の姿、形、手ざわりと色合い、そして大まかなサイズまで記憶している。私の心が写真にとったかのようである。あの日、私達は、すべてを手放さざるを得なかった。あの日、私達は、愛着のある思い出の家財道具一切を住み慣れた我が家においたまま、強制的に退去させられた。

私の母と長姉サラは、よく屋根裏部屋に行った。階段をのぼるギシギシする音は、今でも私の耳に残っている。二人はそこにのぼって洗濯物を干し、乾いたら下へおろすのである。洗いたての洗濯物の匂い。着換えるとき、屋根裏特有の匂いと麦わらの匂いが、ちょっぴりした。麦わらが保温材としてそこの床に敷かれていたのである。

階下には上と同じ部屋数があり、一部は店舗になっていた。しかしここには借家人が住んでいた。ライベ・ゴールドベルクさんは、靴、毛皮、布地のほか雑貨品を扱っていた。ほとんどの家にミシンがあったので、沢山の女性客で賑《にぎ》わった。大抵布地を買い求める。シーツやベッドクロス用である。当時娘が結婚する時は、母親が手縫いで仕上げ、嫁入り道具として持たせたものだった。

その家はとても大きく、広々としていた。人が集まるにはもってこいの広さである。安息日明けの土曜日の夜、よく結婚式がここで開かれた。友人知人の多くが、結婚式の披露宴を開きたいので何とかしてくれ、と私の両親に頼みこんだものだ。当日になると、ドアを全部開いて、部屋をぶち抜きにする。広々とした空間ができて、沢山の招待客が押しかけた。音楽家や喜劇役者が呼ばれ、客人達をもてなす。弦歌《げんか》さんざめき、会場にどっと声が上がる。足を踏みならし、木の床が鳴る。グラスやフォークのチーンという響き。そして、御馳走の匂いが鼻をくすぐる。私は今でも、バイオリン弾きの名前を覚えている。ライベル・パシュテツキさんといった。
母屋の隣が木造家屋で、表側はハイム・ヨセフ・ラファエロビチさんの未亡人が二人の娘と一緒に住んでいた。私達は賃貸料を取っていなかった。彼女が払うのは税金だけである。八百屋を開き、家族を支えるため懸命に働く姿が、今も目に浮かぶ。裏側は、ダヴィッド・ツッカーマンさん夫妻に貸していた。ここも大きい部屋で、息子と三人暮らしで、ツッカーマンさんは一部を店舗に使い、靴の上の部分をつくっていた。当時ユダヤ人達の間では、商いが最も一般的な生活手段であった。

この家の背後は現在どうなっているのだろうか。裏庭はずっと先の細道までひろがっていた。そこには、馬と馬車用の木戸があった。緑色に塗った美しい木造の門で、ほかに小さい潜り戸がついていた。この裏庭には木造小屋が二つあり、倉庫として使われていた。そこには、毎年スコット（仮庵祭）に使うスカーもあった。天井のない仮設小屋で、雨が降れば手で動かして屋根をつけた。それで、雨の日でも裏庭にでて、そこで食事ができた。

借家人のゴールドベルクさん一家とは、安息日にはいつも一緒に食事をした。一張羅を着こんで私達がテーブルを囲む。白いテーブルクロスの上には銀器がおかれ、ローソクが灯っている。おいしい御馳走が並び、焼きたてのハラー（安息日のパン）をいただく。私の父は、マラガ産の白など極上のワインを持ってくる。奇妙な話だが、私はその頃卓上に並んだ皿すら覚えているのである。非常に薄手の陶器で、縁のまわりに三本の金色の線がついていて、大変しゃれていた。スコットの時は、私達子供がここに集まり、食事は家族全員で食べた。現在ここに居る人達も、庭のここに集まって楽しいひとときを過ごしているのであろうか。

私の記憶は極めて鮮明で、細部まで覚えている。私が生まれ育ったこの家、雨露をしのぐ私の住宅が、別人に占拠されてしまった。そしてその人達は、本当の所有者に何が起きたのか知りもせず、あるいは別段気にすることもなく、のうのうと暮らしている。私はこの事実を受け入れられない。写真は爆撃や砲火をまぬがれて残っていないのだろうか。私は、後に残した家財道具などの物にそれほど関心はないが、私の家族の写真は大変貴重で、自分の宝である。私は、ここを去ったあの日、何も持ち出さなかった。

もう一度奇跡が起きないだろうか。父の蔵書の一冊が戻ってきたように、一枚でも私の手元に返ってこないだろうか。戦後二十年ほどたって、妻の甥《おい》が訪ねて来た。その日は大変感動的な日となった。甥のドゥディ・シルバーシュラクは超正統派のメディアタレントで、昔から古本収集が趣味であった。特にユダヤ教関連の古書を集めていた。ある日、ラビ・イエダイア・ベンアブラハム・ベデルシ著の『世界の審理』(*Behinat Olam*)を手にやって来て、その本を私に渡すと、第一頁を指した。ヘブライ語の手書きで「地とそれに満ちるものは神に属す」とあり、ヨセフ・ハノフ・ボルンシュタイン蔵書と書いてあった。

私は言葉がでなかった。この本をしっかり胸元に抱いたまま、何が起きたのか、一生懸命理解しようとした。まさか父の蔵書がシュチェコチニからイスラエルへ渡り、家族唯一の生き残りの私の元へ到達したわけではないだろう。この本には、あとひとつ胸が一杯になることがあった。私の長男ヨッシ（ヨセフ）は、父の名をとってそう名付けたのだが、もちろん祖父に会ったことはないが、手書きのサインが祖父のに、そっくりなのである。この本が届いたとき、ヨッシは十代で、既に書き方のクセがついていた。それが両方のサインがぴったり同じである。私がアメリカへ行くとき、何ものにも換え難いこの贈物を、イスラエルのヨッシの家に

ラビ・イエダイア・ベンアブラハム・ベデルシ著『世界の審理』（1883 年版）の第 1 頁。著者の父ハノフ・ヨセフ・ボルンシュタインの蔵書、本人のサイン入り。

残すことに決めた。本はそこに属すると確信したのである。

一枚でもよい。家族の写真が欲しい。私は自分の願望を押さえることができなかった。懐かしい親兄弟の顔をもう一度どうしても見たい。私の思いはつのるばかりであった。私達の家には、沢山の写真はなかったはずである。当時、写真技術がそれほど発達していなかったので、写真撮影は余りポピュラーではなかった。多くは望まない。一枚でも充分である。シュチェコチニを離れる前に父が私に教えた場所がある。そこを考えたが、何十年もたった今、探しまわったところで意味があるだろうか。

どの位そこにいたのか分からない。さまざまな思いが渦を巻く。しかしどうしてよいか分からない。私は、自分の家族の家の前で茫然として立ち尽くしていた。しばらくして私は隣家の庭に行ってみようと考えた。小学生の頃級友だったカジミエラのところである。町の住民から彼女がまだ健在であることを聞いていた。門を通って庭に入った。何も変わっていないように感じた。庭に面した建物も昔の面影がある。そして、あのリンゴの木があった！　私はあたりを見まわしながら、少年の頃遊んだ所を子供達に教えた。そして、枝から落ちたリンゴを食べた思い出。豊かで楽しい日々を過ごしたあの頃。私達は思い出のつまったのどかな生活を、ここで送ったのである。

突然ドアが開いて、年配の女性が出てきた。そして私達の方をじっと見ている。怪訝《けげん》な顔をしている。案内役のトマシュが私のことを説明した。しばらくは何のことか分からないらしかった。しかし彼女は気づいた。「ボルンシュタイン！」。本当に驚いた様子である。まさかという表情だったが、段々私が隣の息子であることを、はっきり認識したようである。そう、私が一緒に庭で遊び、教室では同じベンチに座った級友である。彼女の記憶は完全によみがえり、私は自分が過去から一気に戻ったように感じた。彼女は非常な興奮状態におちいり、信じられない、信じられないと何度も言った。彼女は私達を招じ入れた。暖かく歓待してくれたが、感情が高ぶっている様子がありありと伺えた。私達は、競い合うようにして、共通の思い出を語り合った。ここでどうした、あの時はこうだったと話が尽きない。そして、とうとう子供の頃の歌を二人で歌い始めた。自分でも驚いたが、自然に口ずさんでいた。覚えていたのである。

しばらくして、私は決心して「私の家を見られるだろうか。中に入れるだろうか」と彼女にたずねた。「聞いてみますから、ここに居てちょうだい」。私の家族は、カジミエラの人柄にうたれた。数分後、戻ってきた彼女は、こちらからどうぞと裏木戸を通って、私達を案内した。私は中に入った。思い出の私の家である。懐かしさと苦しさが入りまじって、複雑な気持ちであった。しかしそこは、私の古き良き家とは似ても似つかぬところであった。私達は、地下室に行った。ここなら原型をとどめていると思ったのである。よく似てはいるが、確信はなかった。恐らくたて直されたのだろう。この地下室は古いものの上につくられたと思われた。本当にがっかりした。そして、家人がついてまわり、私は居心地が悪かった。気分が萎《な》えてしまって、家人にものをたずねる気分も失せた。私達は家を出た。

気の滅入る経験をした後、カジミエラの息子クシシュトフが、少し元気のでることをしてくれた。息子さんは、町役場の助役で、町の資料室訪問をアレンジし、必要書類の取得を手伝うと言った。まだ時間があったので、私達は引き続き町を見てまわることにした。私はシナゴーグとユダヤ人墓地を見たかった。しかしその前に私が通学した学校へ行った。校舎は元のところにあった。改装してあったが、私には容易に確認できた。私達は校舎に入った。

私達は六歳の時入学し、午前中はユダヤ教の教えを学ぶヘデルで勉強し、午後に急いで公立小学校へ行った。そして、二年生から逆の日課となり、午前中は公立で学び、午後はユダヤ教の教師のもとで勉強した。当時は週六日の通学で、私達は土曜日も学校に行かなければならなかった。土曜日は安息日であるから、信仰心のあついユダヤ人家庭の子弟は、通学できない。そこで学校側が便宜をはかってくれた。教育と知識レベルに差をつけてはならないというので、土曜日は体操と実技の日とし、ユダヤ人の児童は学校に行かないことになっていた。

公立学校には、素晴らしい先生達が揃っていた。熱心で辛抱強く、やさしい教師ばかりで、子供達は大変なついていた。一年生の時の先生の名は今でも覚えている。女性教師で、ムレコフナという名であった。教室では細長い二人用の机で椅子も二人掛け。私は最初からカジミエラと一緒であった。机には、インクを入れる穴がひとつ付いていた。文房具入れは、現在のものとは違う。鉛筆、定規、コンパスのほかに羽根ペンが入っていた。当時はこれをインクにちょっと浸して書いていた。

校内では、授業中ユダヤ人とカトリック教徒の児童は一緒に二人掛けの椅子に座り、二つの集団に分けられることはなかった。差別する空気は全くなく、仲良く勉強したのである。全体的にいえば、ユダヤ人の子供達が多くの科目で優れていた。といって、それがねたみやそねみの元になることはなかった。子供達は全員が友達であり、互いに助け合った。うちに来ないかと誘われて、一緒に家で宿題をよくやった。

私は大抵の科目が好きだったが、特に体育と歌唱が大好きだった。体育なら何でも好きであった。私達はよくバレーボールをやった。大きい球を相手のコートに打ち込む。真剣になって勝負をした。私は球技が得意中の得意で、両方のチームから勧誘され、ひっぱりだこだった。私は算数も大得意で、先生が計算間違いをすると、ためらわずに指摘した。級友達が問題が分からずふうふういっていると、先生はきまって私を指名する。黒板で計算するのだが、いつも訳なく解けた。そして、級友達に解き方を説明するのである。警察官の娘が友達であることは前に触れたが、私は彼女に算数を手伝い、彼女は得意科目の地理で、私を手伝ってくれた。

両親は、私達子供の登校前に毎朝ベーグルを用意してくれた。焼きたてほやほやの香ばしい匂いは忘れない。何となく気分が悪く学校に行きたくない日もある。しかし、ベーグルの匂いがすると、憂鬱な気分も吹っとび、包みを手にいそいそと学校に行くのであった。体調が悪い時だけ欠席し、家にこもった。冬になると、昼食の時間に、できたてのラトケが私達のところに運ばれてきた。ジャガイモをすり潰して作ったパンケーキの一種で、教室に漂うあの匂いはまだ記憶に鮮明である。おばさんが、大きいフライパンと包丁を持って、学校へやって来る。そして、切り分けて生徒一人ひとりに渡す。食べる時はまだ温かく、私達はおいしくいただいた。そのおばさんは、私の両親と特別の契約があり両親が毎週お金を払って、この仕事をしてもらっていたのだが、おばさんは、煮豆も持って来た。白の生地に黒い斑点のある非常に大きい豆だった。シュチェコチニを離れてから食べたことがない。あちこち探したが、どこにもない。

先生の家庭訪問は、どこでもそうだが、家族にとって大変名誉なことで、安息日や祭日の時の訪問となると、大騒ぎして準備し、御入来に備える。いざ先生が来ると、両親は万事粗相のないように気を配り、誠心誠意もてなす。就学前の子供達は、ただならぬ気配を察して恐れ入り、部屋で息を殺している。当時教師はそれほど偉大な存在で、大いに尊敬されていた。

私は勉強が大好きであった。公立学校とヘデルの二本立て学習は、容易なことではなかったが、私はどうにかやり遂げた。自慢ではないがクラスの優等生で、非常に成績がよかった。私は好奇心旺盛で、どのような環境下でも、新しいことを学びたいと思っているし、事実そうしてきた。勉強に年齢は関係ないと思っている。

一九八〇年代、私達が一家でアメリカへ移ったとき、私は英語をしゃべれず、簡単な挨拶用語しか知らなかった。当時私は五十七歳であったが、年齢が障害になることはなく、到着して数カ月後には、日常会話に不自由しなくなった。水泳を始めたのは七十歳を過ぎてからである。意志あれば道あり、が私のモットーである。ギュンスキルヘンで救出されたとき、医師達が「私達は君の命を救えない」と言った。あの悲しい診断を今でも覚えている。私の前途にはさまざまな試練が待ち構えていたが、私はくぐり抜けて来た。

イスラエル国防軍で勤務についているとき、私には沢山の任務があった。私は、デュラ、エリヤフの基地司令であり、ベイト・リド所在部隊の隊長であった。任務とそれに伴う責任は多くあり、日々多忙であった。しかし私は、自分の重要な仕事を誇りとし、あらゆる努力を払って任務を遂行した。毎日、自分の署名入りで命令を出す。容易な仕事ではなかった。命令もあれば勧告もうける。連日多忙ではあったが、私は高卒者達と一緒に微生物学の講座をうけることに決めた。私と高卒者のギャップは途方もない位大きかった。出身環境と経験がまるで違う。彼らはのびのびとして屈託がない。極めて精神が安定している。私達生き残りは、家族と家を失い、基本的権利を否定され、自分で自分の心と体をコントロールする力を奪われ、恐怖、不安、屈辱そして飢餓に打ちのめされてきた。彼らにはその経験が無い。

この高卒者達は、全員がヘブライ語を流暢にしゃべり英語も堪能である。私は少し劣等感を抱いた。私は教育の機会を奪われ、一番大切な成長期を、ナチの収容所にぶちこまれ、強制労働で過ごした。その頃、私のまわりにいるこの若者達は、自分の意志で教養を身につけているのである。

私は国防軍の兵士となり、やがて戦闘で負傷して第一線の勤務が無理になった。実は最初から〝人の命を救いたい〟とずっと考えていたので、人事異動の際どの部門を希望するのかと聞かれ、傷ついた人を治療する部門への配置と答えた経緯がある。注射と採血では、いつも私のところに長い行列ができた。注射針を刺されても全然痛くないという話が伝わって、私のところに並ぶようになったのである。

この技術をどこで身につけたか。彼らが知れば驚いたことだろう。私は、アウシュヴィッツでシュペルバー医師と働いている時に、身につけたのである。痛くない、うまいと感謝されるようになったが、すべてこの医師のおかげである。捕囚の身にあるユダヤ人医師が、死ぬ事態から奇跡的に救われた同じ境遇の人間に、強制収容所で人の命を救う医療の基本を教えた。そしてその人間は、その後も何度か死の危険にさらされ、死線を越えて、ユダヤ民族発祥の地でその知識を駆使する。私はそこに象徴的意義を汲みとった。アウシュヴィッツでは、ユダヤ人というだけで虐待され死を宣言された人々がいた。怯《おび》えきった顔、やせて骨と皮ばかりになった体。私はその肉体に注射針を刺した。ここでは、ユダヤ人の軍隊をつくり、建国間もないユダヤ人国家を守る健やかでたくましい青年達を助けている。神の摂理は人智の及ぶ所ではない。私がこの技術を使うのは、これが最後の機会とはならない。やがて時がこれを証明する。

患者が感謝しているのを見ると、私は本当に満足した。これはある程度自信にもつながった。しかしながら、軍隊時代専門職場の試験をうける段になると、気おくれがした。まわりの受験者達は、きちんとした教育をうけ、才能を伸ばす環境を整えた両親の家がある。私にはこれが全部欠けている。私は独りであり、自分を支え助けてくれる人は、一人もいない。私を励まし自信を与えてくれる人がいない。長い間勉強していない。私の知識は、ほかの受験生と比べものにならない。私は、自分の劣等感を克服するにはもっと時間がかかった。

しかし、気おくれはあったが、私の決意は固かった。仕事と勉強に追われる日が続いた。医師が講義をする時は、一語一句も聞きもらさないように緊張して聴いた。落第の不安はいつもつきまとったが、それを払拭すべく勉強に励んだ。やがて成績発表の時がきた。全部ＡとＢであった。大変驚いた。まさに感謝感激である。私は、すっかり上気して、座ったまま免状を眺めていた。遂にやった。言語を知らず高卒の経歴もないのに合格した。笑いがとまらない。しかし、そのうちに涙がでて、頬を伝って流れた。喜びを分かち合う人がない。帰りを待ってくれる両親、誇らかに免状を見せる親はいない。

それでも、私はこの成績に勇気百倍し、もっと頑張ろうという気になった。自信もついた。私はこの後すぐ運転免許の取得をめざして、教習をうけることに決めた。教官は救急搬送のレッスンも行なったので、おかげで私は〝救急車運転〟の資格を得た。以来私は、運転手自身が体調がすぐれない時は、自分で患者兵を搬送するようになった。

私は、二つの免状を取得した段階で、勉強をやめなかった。これを足掛りにもっと上へ進もうと考えたのである。自信もついた。可能な限り講座に参加、教程を順に取っていき、遂にこの職種では最高レベルに到着した。地位と給料があがるにつれ、自尊心もついてきた。役割と責任も増す。私は、医療委員会に出席し、患者兵に関する沢山の書類を作成する身になった。医師が来診できない時は、患者兵を診断し処方を書く権限も与えられた。私の処置に不満な人はいなかったし、私に対する扱いはよく、大変信用された。頑張れば必ず結果はついてくる。自尊心がつくし勇気もでてくる。これが私の学んだ人生訓である。私はまだ独りであったし、過去の重荷を背負っていたが、精神的には安定していた。私は新しくエネルギーを注入されたように感じ、この新しい国イスラエルに住むうちに、段々と落ち着いてきた。

シュチェコチニで最初に通学した学校には、特別の思いがある。私の心に永遠に残る。さて、私達は、宗教施設つまりシナゴーグ、ミクベそしてユダヤ人墓地へ向かった。この小さな町では、すべてが至近距離にあり、すぐに行ける。しかし、あるべきはずのそのシナゴーグが無い。私の目の前にあるのは、屋根のない建物で、建設中らしく柵で囲まれている。倉庫のように見える。戦時中砲爆撃で破壊され、跡地に別の建物を建てたのかと思った。

そのうちに住民達が集まってきた。私達の訪問ニュースが、あっという間に広がったのである。住民達は、これが昔のシナゴーグであると言った。私は、住民と建物を交互に見ながら、「いや、これはシナゴーグではありません」と答えた。私には確信があった。シナゴーグには丸窓がついていた。目の前の建物の窓は長方形である。私の記憶に間違いはない。しかし住民達はシナゴーグであると言い張る。「一九八〇年代には穀物倉庫として使われていましたが、現在、個人所有になっているのです」。ショックだった。私は両手で顔をおおって泣いた。何ということだろう。あんなに端麗なシナゴーグであったのに。

かつてそこは、ポーランドでも有数の美しいシナゴーグのひとつであった。小さな町にしては規模が大きく、国中に知られていた。会堂の中は荘厳の気がみなぎっている。真正面にビマー（祭壇）があり、その中央にアロン・コデシュ（トーラーの巻物を安置した聖櫃）がある。床は大理石。数段は高いところにある。黄金のラッパを吹く二人のケルビム（天使）を左右に配し

第二次世界大戦前のシュチェコチニのシナゴーグ

て、さまざまな装飾が施してある。ビロードのカーテンは色鮮やかで、十戒が黄金の文字で書かれていた。壁も見事であった。海に棲《す》む巨大怪獣レビヤタン、そして水牛が描かれている。

当時十一、二歳の少年であった私には、この絵が実に生々しく、生きているように見えた。会堂の中に独りでいることを想像すると、ゾッとした。しかし、この絵を見ていると、私と友人達はなるほどなあと思うのであった。私達の宗教ではメシアの到来を約束している。その時のお祝いの御馳走で、これだけ大きければ全員に配るだけの肉があるな、と思った。アダムとイブの木を描いた絵もあった。天井には、雲、星そして太陽が描かれ、大空を思わせた。実に豪華絢爛《けんらん》。私にはどう表現していいか分からない。

同じシナゴーグの内部、正面にビマー（演壇）と聖書の巻物を安置したアロン・コデシュ（聖櫃）。

同アロン・コデシュの近接写真。覆いのカーテンは、ポーランドの英雄コシューシコが闘争支援を感謝してシュチェコチニのユダヤ人社会に寄贈したもの。

シュチェコチニ・シナゴーグのアーチ型天井

2004 年現在のシュチェコチニのシナゴーグ跡

女性用の入口は、少なくとも四〇から五〇フィートは高いところにあり、礼拝に来る女性は、祈りを先導し、あるいはトーラーを朗読する先唱者の姿を見ることができた。席も別で、女性用にはそれぞれ祈祷書を置くスタンドがついていた。子供の頃、女性席にいる母親をよく確認しようとした。見上げてキョロキョロ探すのだが、見つからない。そのような思い出もある。

シナゴーグに段々近づいて行く。そして会堂に入る。会衆は荘厳の気にうたれ、粛然とした気持ちになる。子供心にシナゴーグは見上げるような高さで、大きく見えた。子供だけではない、建物とその内部の装飾にみんなが感動した。私達はそこに集まり、そして礼拝した。ユダヤ教の祝祭日の時、一週を通して集まることもある。無論各安息日もそうである。会堂の中は静寂そのものである。先唱者はピンカス・トライマンさん。美声の持主で。朗々と歌いトーラーを読む声に、みんなが聞き惚《ほ》れた。ローシュ・ハシャナー（新年）からヨム・キプール（贖罪日）に至る大聖日の期間中、もっと厳かな儀式があって、私達は、聖日を迎えた喜びにみちあふれ、清らかな聖歌に耳を傾けた。私は、この重要聖日にはここで歌った。友達のフィシェル・シュチベルマンと一緒に合唱団に入っていたのだ。ヨム・キプールとローシュ・ハシャナーには、いつも歌をたのまれた。

これが昔と同じ建物とはどうしても見えなかった。礼拝の場所を倉庫にするとは、一体どういう神経なのだろう。この町の住民は信仰心の篤い人達である。彼らは自分達の教会を尊重し大切にしている。彼らは何故私達のシナゴーグを保護しなかったのか。シナゴーグは市民の財産でもある。神に祈る礼拝の場所であるだけではない。それは歴史的建造物でもあるのだ。家族の表情も暗かった。驚きを隠せない様子である。私達は中に入って見ることに決めた。そして一歩足を踏みいれると、険悪な空気を感じた。歓迎されていないのである。作業員達は私達を怒鳴りつけ、すぐここから出て行けと命じたのである。非常な敵意である。私達は本当に身の危険を感じた。ヨッシが出て行く前に素早く数枚の写真をとった。会堂内の改修工事は相当進んでいたが、ビマーの場所は残り、それと確認できた。ショックだった。悲しかった。しかし、私はまだ知らなかったが、最悪の事態が私を待ち構えていた。

町には新旧二つのユダヤ人墓地があった。古い墓地はシナゴーグに隣接し、新しいのはもっと規模が大きく、町の中心から一キロ程離れたレロフスカ通りにあった。ピリカ川の水車小屋の近くである。水車は動力源として使用され、コッペル・コッペロビッチさんは、その持ち主ということで町の有名人だった。シナゴーグの傍に立ってあたりを見まわした。墓石はない。しかし、このあたりであるのは間違いない。見当をつけたあたりに近づくと、衝撃をうけた。

私は古い墓地の上に立っていたのだ。墓石はない。フェンスもない。その代わり、家が一軒そして公衆便所がひとつ立っている。しばらくは口がきけなかった。余りのことに何と言ってよいか分からない。私の母方の家族はここに埋葬されていた。長年この町に住んできた何百人というユダヤ人が、ここで永遠の眠りについたのである。その遺体の上に便所を建てるというのは、一体どのような了見なのか。醜悪きわまりない。

ユダヤ人墓地にたてられた公衆便所、シュチェコチニ　2004 年

住民達は、私達が信じたくないことを言った。一九八〇年代町の当局が、近くのバス停を利用する旅客用に、この便所を建てたそうで、個人宅は「町のある実業家のもの」と誰かが言った。仲々の家屋である。信じられなかった。そして、私がどうしても聞けないことを代わりに言ってやるという風に「この家を建てる時に、沢山人骨を掘りだしたんですよ。連中はその人骨をどこかに捨てましたがね」と付け加えた。追い打ちをかける言葉だった。

私が自分の目で確認しなかったら、どうしても信じられなかったであろう。場所はほかにも沢山あるだろうに、選りに選って、死者が眠る墓の上に何故公衆便所を建てたのか。墓地内には墓石が一杯ある。墓地の外にはいくらでも空地があるのに、わざわざ何故ここを選んだのか。死体が埋まる墓地の上に住むとは、一体如何なる神経の持ち主か。誰が死体を掘り起こし、ゴミのように捨てたのか。何でこのようなことができるのか。

惨めであった。心が萎えてしまった。カジミエラと会って少し元気がでたのに、その力も抜けてしまった。せめてミクベの残骸でもないか。そう思った。シナゴーグの裏の通りに位置するはずである。しかし、その場所を確認できなかった。ここでもいくつかの建物がつくられ、見分けがつかない。分かったのは三年後である。ヨッシが何度か現地を訪れ、ダヴィッド・リヒト氏の協力で、正確な場所を確認したのである。当時リヒトは、シュチェコチニ生き残りユダヤ人協会の会長であった。沐浴用の浴室の上に、新しい建物が建てられたようである。しかし、建物の持ち主達は、胡散《うさん》臭そうに睨《にら》みつけ、「ここには何もない。家は古い廃跡の上に建てられたものだ」と言って、中へ入れてくれなかった。

悲しかった。声もでない。私は力なく車に乗った。新しい方の墓地を調べることにしたのだ。もうあきらめていた。ほかの宗教施設の破壊を見た後であり、彼らが残していてくれれば、奇跡だと思った。車で数分、その場所に着いた。私の判断のとおりであった。工場が建っていたのである。墓石などどこにもない。コンクリート製の墓石が数千あったが、この町から消滅するなど考えられない。破壊されてしまったのであろうか。

新しい墓地には、私の親族達が葬られている。遺体が同じような扱いをされたのではないか。そう考えると身震いした。私が八歳の時、私達は愛する祖母エステル・ラヘルをここに葬った。私は大変祖母になついていた。祖母も私を可愛がった。死去するまで私達と一緒に住んでいた。二年後、今度は姉のハンナ・ファーゲルが亡くなった。十七歳だった。死因は丹毒。足傷から連鎖球菌が入って悪化したのである。両親が私達子供を連れて、祖父とおじさん達の墓参りに来たこともある。それぞれの墓を清掃し、天国の霊のために詩編を読んだ。私はよくここへ来て祈りを捧げた。町の人や父の友人の葬式にも参列した。厳粛な式である。それが、全部墓ごと破壊されてしまったのである。永眠の地であるはずのここから人骨が掘り返され、どこかに棄てられた。

この町には、キリスト教徒の古い墓地が一カ所ある。極めて保存状態がよく、手入れが行き届いている。後に私達はこの事実を知って、もっと納得がいかなくなった。私達の文化の根こそぎ破壊を開始したのは、ドイツ人達だった。それは知っている。しかし、ポーランド国民、キリスト教徒、私達の隣人達がその抹殺計画を継承し、完遂させたのである。これを目のあたりにしたとき、私は本当につらかった。

戦前私達は互いに良き隣人と信頼し共存していた。何がこうなったのだろう。この人達に何が起きたのであろう。彼らは私達の家を奪った。砲爆撃で破壊され、住む所がなくなった。町からユダヤ人は一掃され、その空家をちゃっかり取ったということだろう。それはそれとして、私が絶対に許せないことがある。彼らは、私達の聖なる宗教施設を適切に管理するどころか、情け無用とばかりに汚し、破壊してしまったのだ。私は言葉を失った。少し休みたかった。何をどうしてよいか、まだ分からない。しかし私は、絶対にこのままにはしておかない。子供達も賛成してくれた。ヨッシはすぐに行動を起こすことを決め、「町長に会う必要があります」ときっぱり言った。

「墓地をこんなにするなんて、本当に恐ろしいことです」突然背後で声がした。「町長のところに抗議すべきですよ」。振り向くと、ひとりの老婦人が立っていた。彼女の言葉は私達の観察を裏書きするもので、私はこれでふんぎりがついた。「ここを全部掘り返して、人骨を、ほらあそこに積みあげたのです」。老婦人は一画を指さした。「あそこに長い間放置したままで、頭骸骨がごろごろ転がっていました。みんな知っていますよ。沢山の人が見ているのですから」。古い墓地の場合と同じように、その後人骨はどこかに棄てられたのだろう。そのうちに老婦人が、実はうちの息子も子供の頃ここに来て、頭骸骨をおもちゃにして遊んでいた、と打ち明けた。私の理解の域を越える話であった。

老婦人と話をしているうちに、新旧両墓地の土地が、同じ人の所有になっていることが判明した。縁起でもないこの人の名を耳にするのは、この日二度目である。この人は二つの墓地を買い、新しい墓地は掘り返して更地にし、その上にガラス工場とセメント工場を建て、古い墓地には、公衆便所の横に住居をつくったという。そして私達は愕然《がくぜん》となる話を聞いた。その前にここに畜殺場があったというのである。

老婦人は、家に九十歳になる父親がいると言い、戦争前後の状況をこと細かに覚えているので、聞いてみたらどうですか、と自分の家へ招いてくれた。家に行くと、父親は惚《ぼ》けかかった老人で、とりとめがなかった。それに、いきなりヨッシを指さして、「この人は警察か」と言う始末である。落ち着きがなく、動揺している。これ以上いるとますます興奮するようなので、話を打ちきり、少しがっかりしてその家を辞した。

しかし、この老婦人は、町に墓石がまだ残っていると言い、その場所を教えてくれた。「墓石の大半は、破壊家屋の再建用資材として使われました。道路の舗装用に使われたものもあり、あちこちで見ることができます。ご案内しましょう」。通りがかりの所で、ひとりの男性が、墓石を一基見せてくれた。保存状態はよい。見ていると胸が一杯になった。数百年の長きにわたって何千人ものがユダヤ人が住んできた町。その痕跡を示す人工物が墓石一基とは、何ということであろうか。

この墓石を手許におきたいと言うと、その人はどうぞ答えた。礼を言って歩きだすと、ヨッシが突然立ち止まった。困惑した表情で路面を見ている。近寄ってみると、あった。墓石である。歩道の敷石になっていた。掘りだしてよいかと尋ねると、その人はうなずいた。丸味を帯びた楕円状のマツエバー（碑）の形状から、すぐ判別できたが、裏側にヘブライ語の文字があった。あたりを見まわすと、あった！　歩道の一画に墓石が敷きつめられていた。私達は掘り起した。ユダヤ文化を継承する活気ある社会が、この町に存在した。この墓石が唯一の残存物である。私達はこの貴重な石数基を持って、ここを離れることにした。ヨッシとツビカが慎重にバンへ積みこんだ。ますワルシャワのガイドの家へ持っていき、当面そこに安置してもらっている間に、イスラエルへ運ぶ手段を検討しよう。私はそう考えた。これ以上冒瀆《ぼうとく》されるのは堪《たま》らないという気持ちだった。

戦後初めて訪れた出生地で、破壊されたユダヤ人の墓石を手に涙する著者、シュチェコチニ　2004 年

車に積みこんでいると、ひとりの若い女性が近づいて来た。「それが終わりましたら、どうぞ私の家へいらして下さい。家にもいくつか保管しています」と彼女は言った。歩いて数分のところだった。案内されて家に行くと、一瞬棒立ちになった。何と墓石が積みあげてあったのだ。「何年も待っていました。ユダヤ人のところへ戻したいのです」。彼女はそう説明した。私達はその数に大変驚いた。大半は折れたり割れたりしているが、それが何でどのような目的に使われたのか、一目瞭然であった。私は茫然として立ち尽くしていたが、我に返って一個手にとった。大事に抱えて、涙をぬぐいながら、文字を読みとろうとした。驚いた。両眼に涙あふれて〝泣く〟とある

ではないか。私はその時理解した。私がここに来たのは何故か。何故六十年間待たなければならなかったのか。私は、無限の悲しみに泣くシュチェコチニのユダヤ人達の涙が、私の両眼に流れているのを感じ。彼らの涙が私をここへ呼び、シュチェコチニのユダヤ人が全員殺されたことを、世界に向かって告げさせたのである。ホロコーストで殲滅《せんめつ》され、戦後ここへ来た者達によって、その記憶を抹殺されたのであると。

私達は予定を変えた、これを全部持っていくことはできない。思案していると、考えがひらめいた。聞くと、ほかの物置場にもあるという。女性の名をエヴァといったが、集めて保管していてもいい、と言ってくれた。冒瀆はもう御免である。それと同時に、町のユダヤ人社会を追憶する何かをしたい。私はそう考えていた。

しかし、その前にやるべきことがあった。町の行政当局者と是非会っておきたいのである。町長のヴィエスラフ・グリクナー氏は、大変驚いた。なにはさておき、私達の関心の持ち方にまずびっくりしたのである。「イスラエルから沢山の人がお見えになる。生き残りの方とその御子孫です」、「目的は資産の回復です。あなたは立派な家をお持ちでしたな。ところがあなたは、墓地とシナゴーグのことしかお話にならん」。町長は私に向かってそう言った。

「私には住む場所があります」。私の答えははっきりしている。「しかし、本件については、このままにしておくわけにはいきません。宗教施設を破壊するなど論外です。大変ショックです。私達は同じ所で同じ空気を吸って生きていました。そこは、私達が共有する過去に所属するのです……あなたは、この町の首長として正しい命令をくだす責任があおりでしょう。公衆便所をすぐ撤去していただきたい。御決断をお願いしたい」と私は言った。

町長は、何と答えてよいか分からないらしかった。困惑しているようである。町長は、このような政策をとったのは私達ではないと言って、前の共産政権を非難し、「公衆便所は一般の住民に使われているし、家は個人の所有です。私には何もできない。お帰りになった方がよろしい。そのままそっとしておいて下さい。私はお役には立てません」と答えた。

私の息子が町長をさえぎって言った。「そこがキリスト教徒の墓地でも、同じことが起こり得るものでしょうか。いかがでしょう」。町長は口をへの字にして肩をすくめ、両手を広げた。「あなたの御両親の墓の上に公衆便所が建てられたら、どうでしょう。どんなお気持ちになられるでしょうか」ヨッシが重ねて聞いた。

核心をついた質問であったが、何の変化ももたらさないようであった。町長は、何もできないと繰り返すばかりである。悲しみは増すばかり。私達はすっかり憂鬱になった。これでは埒《らち》があかないようである。町長は溜め息をつき、「あなた方の前にもユダヤ人達が何人も来て、公衆便所について文句を言いました。しかし、皆さん同じですな。帰ってしまうと、それっきりです」と言った。私達も同類と言わんばかりである。

公衆便所が墓地のあったところから撤去されるまで、心が静まることはない。町長の言葉でふんぎりがついた。警告せざるを得ない。「いざこざは起こしたくありません。しかし、解決策を提示していただけないのなら、私達の方で解決策を考えざるを得ない。別のチャンネルを通しましょう。メディアにも働きかけます」私は町長にそう言った。

私達は暗い気持ちで町役場を出た。こう無視されては収まりがつかない。私達は、理解の域を越えるようなことを言っただろうか。非常識な要求だろうか。御遺体がまだ残っているところに、糞尿をまいているのである。それを中止するのは、いけないことなのか。御遺体がどの帰属社会のものかで、扱いを違えてよいのか。他宗教の信徒の御遺体なら、ぞんざいに扱っていいのだろうか。宗教によって差をつけてよいのだろうか。

ここで見聞きしたことには、本当に驚いた。私の先祖の聖なる御遺体に対する、そしてまたこの町のユダヤ人社会全体に対する、恐るべき行為。シュチエコチニの今日的状況には胸が痛む。しかし、私はそれでくじけたわけではない。気力を無くしたのではない。私は段々と自分の使命を認識するようになった。そして、何をなすべきかを念頭におきながら、将来のことを考え続けた。この間違いを正さなければ、自分の気持ちが収まらない。私の家族は、私を助け支持してくれるだろう、私は独りではない。私は重大決心を胸にして、この町を去った。向かう先はヴォジスワフ、私の父の郷里で、両親と姉妹達に別れを告げた地である。

第十一章　「お前らの神は今どこにいる?」

私は一九四〇年一月にヴォジスワフへ移った。その時、両親、次姉と妹そして弟のヤコブが一緒であった。兄のシュロモは既に結婚し、妻と一緒にキエルツェに住んでいた。姉のサラも同じで夫と一緒であった。姉のハンナ・ファーゲルは数年前に死亡していた。

ヴォジスワフは、よく組織化されたゲットーだった。もちろん、ユダヤ人中心の社会である。何の保障もない戦時生活である。私達は、厳しいこの現実を受け入れなければならなかった。毎日生きるだけで精一杯の生活である。店に行って好きなものを好きなだけ買うことは、もはやできなかった。ドイツがすべてを統制管理し、店に行っても商品がほとんどない。最低限の配給物が置いてあるだけである。乳幼児から老人まで、それぞれの配給量が決められ、各家庭に配給券が配布されている。家庭では、家族の構成人数分の割当てしか買えない。パンと牛乳が主であるが、たまにほかの乳製品を入手できた。最低限であっても、食物があるだけでも幸いであった。本当に飢えてくると、食物に対する態度が変わる。私達はパンを買うため、夜遅くまでパン屋の前に並んだ。疲れきった人々が長い行列をつくる。全員が「神様、どうかうちの分までありますように」と祈っている。長い間待って自分の番が来たら、パン棚が空っぽではたまらない。困難な時代ではあったが、私達は乏しきを分かち合って暮らした。

私達は特定地域内での生活しかできず、そこを離れることは許されていなかった。何をするにもどこへ行くにも、ゲットー内での行動に限定されていた。私達は、檻《おり》のなかの動物と同じで、いつも監視され、違反すれば処罰される存在であった。私達はいつも頭の中で、今日はどこへ行けばよいのだろうと、考えていた。店と礼拝の場所を探すのである。私達に多少なりとも生きる力と希望を与えるのは二つ。端的に言えば食物と祈りであった。ナチスは規制を段々と強めていった。

ある日私の父が、悲しいニュースを持ってきた。「彼らは貴重品を供出せよと言っている。二週間以内に出せとのことだ」。信じられなかった。ユダヤ人社会が私達の所有する金、宝石その他の貴重品を集め、それをドイツ当局に差し出さなければならないのだ。その期間を過ぎて、まだ隠し持っていることが分かれば、厳罰に処するということであった。

私の母は、これで精神的にすっかり参ってしまった。母は、いざという時に備えて、いくらかの金を貯えていた。もっと後に、どうにもならなくなった場合に、使うつもりであった。金貨を持っていたので、安心感があったのだが、それもなくなる。一生懸命に働いて貯えた金貨というだけのことではない。確かに、生命が危険に瀕している状況下では、お金など役に立たない。しかし、母には別の大切なものもあった。ナチスの強欲なる手は飽くことを知らず、お金に代えられぬものも奪ったのである。結婚式の贈物、それはユダヤ教の伝統的休日であるシャバットと祝祭日の時両親が使用した銀器類である。例えば、父がワインを入れ、その日を聖別するために使ったキドゥーシュ（聖別）用の銀杯、そして母がシャバット入りなどを祝福して灯した銀の燭台。いずれもそれは単なる物ではない。私達の神聖なる宗教生活の一部である。今や、それすらも差し出さなければならないのである。私の父は、ほかのユダヤ人家庭の家長と同じように丈夫なキャンバスバッグに入れると、余計なことを言わず、黙々として供出場所へ持って行った。

その頃私達は、ナチスの真の意図を理解していなかった。この供出が、私達から貴重品を奪い安心感を破壊するだけのものではなかったのだ。それは、伝統、習慣を含むユダヤ民族の文化抹殺の一過程であった。当時私達は先の見通しがつけられなかった。まだ初期段階であったのだ。私達は、事態はもうすぐ正常に戻る、と希望的観測をしていた。人々は第一次世界大戦を想起した。このドイツ人達は、世界有数の文化と芸術を生み出した国の出身であるとはいえ、数世代前の人間とは比較にならぬ性格の持ち主であった。当時私達は知らなかったが、間もなく経験を通してその本性を知るのである。

ゲットーの住民は、命じられるままに、かけがえのない貴重品の数々を差し出した。このようなことは全く違う目的で貯えてきたものは言うに及ばず、聖日に使うメノラー（七枝の燭台）などさまざまな祭器も、ナチスのところに持っていかなければならなかった。女性達は、夫や両親から贈られた装身具を出した。母から娘へと代々伝えられてきた宝飾品も多い。それぞれに家族史があるのだ。外面上は、供出については誰も抗議しなかった。私達にとって命が一番尊いのである。しかし内面的には、私達の心は何もかも奪い去る残酷な仕打ちに泣いていた。

私達は、行動の自由が制限されたなかで暮らしていた。規制は段々厳しくなる。そして、一九四二年秋になった。この町には知人がいないので、私達子供にとっては、ほかの家よりも生活がもっと大変であった。

当時ここにいたのは、私と弟のヤコブ・ヘルシュ、次姉リフカ・ジスラそして妹のイタ・ゴルダである。私達は、馴染みの町シュチエコチニが懐かしかった。私達の家がある、ドイツの侵攻まで平穏に暮らしていた郷里が、恋しくてならなかった。いつも思うのは、あの町のことであった。何が起きているのだろうか。友人や隣近所の人達は元気だろうか。こちらより生活が厳しいのだろうか。我が家はどうなるのだろうか。ドイツ人達が住みついて、私達の家財道具を使っているのではないだろうか。町への思いはつのるばかりであった。

私の父は、ここヴォジスワフで生まれ育ったので、環境には馴染みがあった。しかし、家長として家族全員の安全を守るという重大責任があり、行動にそれがにじみ出ていた。自分の郷里といっても、ユダヤ人社会を囲いこむ刑務所になったわけで、さぞかし辛かったであろう。ユダヤ人社会は、ポーランドのどの都市や町でも、一般社会から切り離され、侵略者ドイツの敵として囲いこまれていた。全く理解できないことであった。私達はほかの人達と同じように、シュチエコチニで静かに暮らしていた。それが何で悪い。このようなひどい仕打ちをうけ、人類の極悪人として扱われるようなことを、何かしたであろうか。

一九四二年秋、ユダヤ暦の重要祭日が始まる前であったが、父が大変難しい決断をした。私と弟ヤコブの命を救うため、二人を別のところへ移すことにしたのである。この町における私の生活はこれで終わった。


レルフとシュチエコチニを訪れて幻滅した後であり、ここも大同小異の状況になっているだろうと、余り期待していなかった。父の出身地、最悪の事態になる前に家族が一緒に肩を寄せ合った最後の地を、見たかっただけである。

私達はこの町に来た。そしてシナゴーグに立ち寄った。惨憺《さんたん》たる状態にあった。悲しかった。無数の雑木が行く手をさえぎり、雑草が生い茂っていた。壁の一部は今にも崩れそうである。二年間のゲットー生活で、私達はよくここに来て祈りを捧げた。その記憶は鮮明である。戦争があり、ゲットーに押し込められ、生活は段々と困窮していった。それで信仰生活が断絶したわけではない。むしろ多くの人々がこれまで以上に神と向き合った。神を信頼し、あるいは恐怖、あるいはまた怒りを抱いて祈ったのだ。何故かくも厳しい試練をうけなければならないのか。理不尽な扱いに正当な理由があるのか。そしてこれがいつ終わるのか、彼らは理解したかった。この場所、人々が祈りを捧げたこのシナゴーグが、残骸となり果て、別の感懐もあってその姿を見るのは大変つらかった。私の家族に見舞った最大の悲劇のひとつが、ここで起きたのである。

戦後何年かたって、私は既に結婚してイスラエルに住んでいたが、シュチェコチニ・ユダヤ人協会の会合に出席するようになった。場所はテルアビブ南東のホロン市。ここに記念碑が建てられ、年に一度の追悼記念日にシュチェコチニの生き残りが集まるのである（生き残りのひとりアブラハム・シュヴァルバウム氏の提唱で、記念碑はホロンの墓地に建てられた。同氏は初代協会長でもあった）。一九五〇年代、この会合で、生き残りのひとりと話をしたとき、重大なことが判明したのである。この人はヴォジスワフのゲットーにもいた生き残りだった。大変つらい話がある。やはりお伝えしなければならないと決断したと言って、当時の模様を語ってくれた。

それは、一九四二年九月二十一日のヨム・キプールの時に起きた。私が弟ヤコブと一緒にここを出て間もない頃である。シナゴーグでの礼拝中であった。ラビでもある私の父が、コール・ニドレイの祈りでトーラーの巻物を手にしているとき、突然数名のナチスが乱入し、金切り声をあげて、礼拝者達を侮辱した。

「この男達はあなたのお父上のところへ真っ直ぐ進んで行き、いきなり頭を撃ち、射殺したのです。そして父上のあご鬚《ひげ》をつかみ、会衆に向かって〝ヴォ・イスト・ダイン・ゴット・イエッツ？〟と怒鳴りました（お前らの神は今どこにいるのだ、の意である）」。私は耳をふさぎたくなった。心臓が苦痛で、ねじ曲りそうであった。

私は自分の世界が足元から崩れるように感じた。しっかりしろ。私は自分に言い聞かせた。最後まで聞きたかった。

「それから、この男達は会衆に向かって無造作に弾を数発撃ちこみました。ここで皆殺しにする手間はかけませんでした。当時既にトレブリンカ[注1]移送が手際よく進められていたからです」

悲しくて苦しかった。しかし、私は、詳しく知っておく必要があった。「その後どうなったのでしょうか。その男達は父の遺体に何をしたのでしょうか」私は自分が震えているのが分かった。「遺体は今どこにあるのでしょうか」。彼の言葉は私を突き刺した。「どうか、それ以上聞かないで下さい。これ以上は知らない方があなたのためです」

その言葉で心が萎《な》えた。真実を知れば、私は完全に打ちのめされてしまったであろう。やはり知らない方がいいのであろうか。しかし、この事件が起きて随分時間がたった今でも、あの時話してもらったこと、それ以上聞かない方がよいと忠告されたことが、私の頭から離れない。当時私は、愛する父に代わって外に働きに出た。父を守るためである。それには理由があった。そのとおり、ひときわ目立つのが父のあご鬚である。あのあご鬚で父は一目瞭然、ユダヤ人であることが分かった。あの暴君どもは、あご鬚に目をつけて殺したのではないか。私はこのような考えに襲われ、身震いする。

あちこちから迫害の話が私達のところにも伝わってきて、大変悲しかった。愛する父は最後まで毅然《きぜん》としていた。危険であることが分かっていながら、私達の最も大切な聖日に宗教上の戒律を守り、行事を中止するようなことをしなかったのである。私は、この厳しい事実を伝えてくれた人に感謝しながらも、震えがとまらなかった。この恐ろしい出来事は脳裡から去らず、さまざまな想像が次から次と湧いてくる。父の遺体はどうなったのだろうか。母や姉、妹

ヴォジスワフ・シナゴーグのアロン・コデシュ（聖櫃）跡に立つ著者と四人の子供達。ここで著者の父がナチに殺された。ヴォジスワフ　2008 年

に何が起きたのだろう。家畜運搬用貨車に詰めこまれ、トレブリンカへ移送されたと思うが、その前に正確な情報は伝わっていたのだろうか。悩ましい疑問が次々と湧いてくる。答えはない。そして私は、答えをださないでおこうとした。知ればもっと苦しむと思うからであった。

弟ヤコブと私がヴォジスワフで両親と女きょうだいにさようならを言ったのが、今生の別れであった。弟からの手紙は本人が生きているという最後の証であった。音信が絶えたことから、弟と叔父に何が起きたのか推測できる。私の母と姉、妹は、家畜運搬用貨車に詰めこまれ、ヴォジスワフのユダヤ人約三〇〇〇名と共に、トレブリンカで抹殺されたと考えられる。後年分かったことであるが、この移送は、シュチエコチニのゲットー解体と時間的に同じ頃であった。この町のユダヤ人達も、手際のよい事前計画に従って組織的に処理されたのである。[注2]

ユダヤ人個々人にとって、ヨム・キプールは一年のなかで最も重要な特別の日、と考えられているが、私の人生ではもっと深い意味を有する日となった。親族の住んだシュチエコチニとヴォジスワフのユダヤ人社会が解体され、住民が移送の上抹殺されたのは、このヨム・キプールの時期であった。私の愛する父が意義ある儀式の最中に命を失い、シュチエコチニの父の友人、親族そして隣人達が近くの鉄道駅まで歩かされ、家畜運搬用貨車に詰めこまれてトレブリンカへ移送されたのも、このヨム・キプールの時であった。まだある。私が射殺対象者として選別され、射撃をうけた末に、生き長らえることができ、白衣を着せられたのも、ヨム・キプールの時だった。その後私はアメリカのハリスバーグ市へ移り住んだが、当地のシナゴーグでコール・ニドレイの祈りの時は、私がトーラーの巻物を捧げ持つことを会衆に求めた。このようにして私は愛する父とつながり、父に代わってあの時の祈りを象徴的に完結させている。

家族への思いはつのるばかりであった。戦争が終わってからすぐ、私は安否を知ろうと奔走し続けた。私は、あの暴虐非道の日々のなかで、一片の希望を持ち続けた。それは家族との再会の夢であった。理解の域を越える数々の状況展開のおかげで、私は生きのびることができた。これが運命のめぐり合わせであるとすれば、家族のなかでほかに誰かが、同じめぐり合わせで生き残ったかも知れない。それを変えたのは、やはり時間である。結局自分だけが生き残ったこと、そしてその事実は変えられないことを知ったのである。心の奥底では、それで納得しているわけではない。これまで私は、自分で成し遂げたことが多々あり、さまざまな支えをうけてきた。それには感謝している。しかし心では孤独である。

救出された私は、オーストリアの病院で療養生活を送った。生存者収容キャンプの医師達は絶望的な診断をくだした。しかし病院でうけた治療のおかげで、骨と皮ばかりのやせ細った体にも肉がつき、やがて退院できることになった。退院後私は、番号ではなく名前を持つ人間とは何かを、少しずつ学習していった。メンデル・ボルンシュタインが再び誕生したのである。自分に名前があるという事実。私はそれが当たり前であることを認識した。私には、まわりの静かな落ち着きのある声が心地よく、心が洗われた。それは、憎悪や威嚇《いかく》の怒声ではない、普通の声である。ほかの人達には自然で当り前のことを、私は自分の日常のなかに取り戻していかなければならなかった。それも一挙にではない。これまで夢なら沢山見た。そしてことごとく微塵《みじん》に砕け散った。私は、それが夢ではなく現実であることを、ひとつひとつ確かめながら、慎重にも慎重を期して、社会復帰をはかった。

それは、恐怖でおどおどせず、習慣的になっている過剰な警戒心を抱かない、普通の生活である。私はまわりの人々を信頼することを、再度学ばなければならなかった。まわりの人々が本質的な殺人者であり、いつ攻撃してくるか分からない。そのように考える習性になっていたのである。他者を信頼することを学ぶと同時に、私は新しい世界に独りで対応する学習過程にあった。少なくとも生き残ることはできた。これからは、頼れるのは自分だけという自立心を身につけ、先祖を引き継ぎ、家に断絶がないように、自分で新しい家族をつくっていかなければならないのである。

時は一九四五年。私はシュチエコチニのことを考えていた。私の家は多分無くなっているだろう。しかし、私の家族が生き残っているとすれば、一体どこに居るのだろう。当時、私を含めユダヤ人生き残りは、さまざまなＤＰキャンプ（離散民収容所）に収容されていた。私が収容されたのはミュンヘンのキャンプである。そこからどこへ行くのか自分で決めることができた。

戦争が始まろうとする頃、私の父はパレスチナ移住を願っていた。私は、それが最も可能性のある私の家族の行き先、と考えた。ほかの多くの生き残りと同じように私はそこへ行こうと決めた。ポーランドへ戻りたいと願う者はほとんどいなかった。そこは、人生最悪の経験をした地であり、私達の資産など恐らく残っていないだろう。兵隊達は、私達をまずイタリアへ連れて行き、そこからパレスチナへ運ぶと言った（注、戦時中編成されたユダヤ旅団の兵隊）。そのための心構えが必要であった。私達は、ヨーロッパで生地を奪われ、ユダヤ人が権利を主張できるのは、世界でそこしかなかったが、当時パレスチナはイギリスの委任統治下にあり、移住数が厳しく制限されていた。私達は非合法手段で、行かなければならないのである。しかし、当時、私達はまだゆっくりしたリハビリ過程にあったのではあるが、特に面倒とは考えなかった。

このような経緯で、私は一九四五年夏にイタリア北部の都市モデナに到着した。そこからほかの生き残りと一緒にノナントラへ運ばれた。そこに私達のためにキブツがつくられていた。私達はそこをノナントラ・キブツと呼んだ。私達は見知らぬ同士であったが、全員ユダヤ人の生き残りであり、互いに経験を分かち合い、身近な存在になるように務めた。私達は、英軍のユダヤ旅団の管轄下におかれ、その指示に従っていた。将兵は本当に私達を気遣い、よくしてくれた。これまでの苦しみを埋め合わせようと懸命で、現実の世界のポジティブな面を体験させてくれたのである。

私達をもてなすための娯楽プログラムもあった。すべて細心の注意を払って準備されていた。ほとんど毎日のように外出があり、映画、コンサート、あるいは観劇に連れだしてくれた。歌謡祭やダンスパーティもあった。イタリアの映画館と劇場の中はなかなか豪華で、デザインや装飾を見るだけでも楽しかった。私はこのようなものを見たことがない。イタリア各地の観

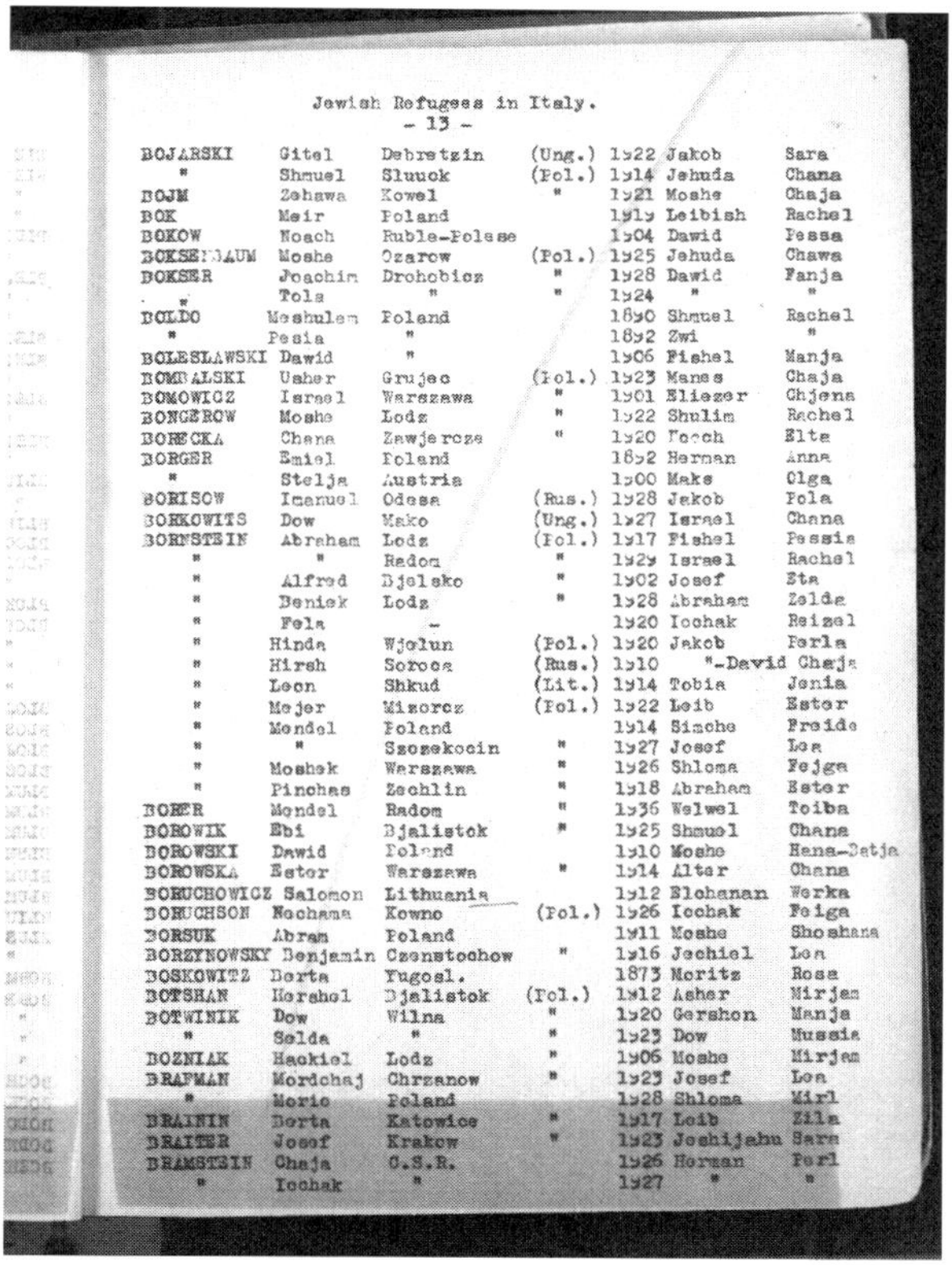

Jewish Refugees in Italy.
- 13 -

BOJARSKI	Gitel	Debretzin	(Ung.)	1922	Jakob	Sara
"	Shmuel	Sluuck	(Pol.)	1914	Jehuda	Chana
BOJM	Zehawa	Kowel	"	1921	Moshe	Chaja
BOK	Meir	Poland		1919	Leibish	Rachel
BOKOW	Noach	Ruble-Polese		1904	Dawid	Pessa
BOKSENBAUM	Moshe	Ozarow	(Pol.)	1925	Jehuda	Chawa
BOKSER	Joachim	Drohobicz	"	1928	Dawid	Fanja
"	Tola	"	"	1924	"	"
BOLDO	Meshulem	Poland		1890	Shmuel	Rachel
"	Pesia	"		1892	Zwi	"
BOLESLAWSKI	Dawid	"		1906	Fishel	Manja
BOMBALSKI	Usher	Grujec	(Pol.)	1923	Manes	Chaja
BOMOWICZ	Israel	Warszawa	"	1901	Eliezer	Chjena
BONGEROW	Moshe	Lodz	"	1922	Shulim	Rachel
BORECKA	Chana	Zawjercze	"	1920	Feoch	Elte
BORGER	Emiel	Poland		1892	Herman	Anna
"	Stelja	Austria		1900	Maks	Olga
BORISOW	Imanuel	Odesa	(Rus.)	1928	Jakob	Pola
BORKOWITS	Dow	Mako	(Ung.)	1927	Israel	Chana
BORNSTEIN	Abraham	Lodz	(Pol.)	1917	Fishel	Pessia
"	"	Radom	"	1929	Israel	Rachel
"	Alfred	Bjelsko	"	1902	Josef	Eta
"	Beniek	Lodz	"	1928	Abraham	Zelda
"	Fela	-		1920	Icchak	Reizel
"	Hinda	Wjelun	(Pol.)	1920	Jakob	Perla
"	Hirsh	Soroca	(Rus.)	1910	"-David	Chaja
"	Leon	Shkud	(Lit.)	1914	Tobia	Jenia
"	Mejer	Miszorcz	(Pol.)	1922	Leib	Ester
"	Mendel	Poland		1914	Simche	Freide
"	"	Szczekocin	"	1927	Josef	Lea
"	Moshek	Warszawa	"	1926	Shloma	Fejga
"	Pinchas	Zechlin	"	1918	Abraham	Ester
BORER	Mendel	Radom	"	1936	Welwel	Toiba
BOROWIK	Ebi	Bjalistok	"	1925	Shmuel	Chana
BOROWSKI	Dawid	Poland		1910	Moshe	Hena-Betja
BOROWSKA	Estor	Warszawa	"	1914	Alter	Chana
BORUCHOWICZ	Salomon	Lithuania		1912	Elchanan	Werka
BORUCHSON	Nechama	Kowno	(Pol.)	1926	Icchak	Feiga
BORSUK	Abram	Poland		1911	Moshe	Shoshana
BORZYNOWSKY	Benjamin	Czenstochow	"	1916	Jechiel	Lea
BOSKOWITZ	Berta	Yugosl.		1873	Moritz	Rosa
BOTSHAN	Hershel	Bjalistok	(Pol.)	1912	Asher	Mirjam
BOTWINIK	Dow	Wilna	"	1920	Gershon	Manja
"	Selda	"	"	1923	Dow	Mussia
BOZNIAK	Hackiel	Lodz	"	1906	Moshe	Mirjam
BRAFMAN	Mordchaj	Chrzanow	"	1923	Josef	Lea
"	Moric	Poland		1928	Shloma	Mirl
BRAININ	Berta	Katowice	"	1917	Leib	Zila
BRAITER	Josef	Krakow	"	1923	Joshijahu	Sara
BRAMSTEIN	Chaja	C.S.R.		1926	Herman	Perl
"	Icchak	"		1927	"	"

イタリア所在のユダヤ人難民リスト。戦後すぐに作成され、氏名、出生地、国籍、両親の名前が記載されている。メンデル・ボルンシュタインの名は本リストの中程にある。

光旅行に連れて行ってもらったこともある。半年ほどのイタリア滞在で、基本的なイタリア語をしゃべれるようになり、ひとりで買物に行けた。イタリアの歌も数曲習い、今でも覚えている歌がある。過去数年の恐ろしい体験の後、私達は少しずつ自由に行動して生きていく術を学び、生還を果たした世界の美を味わうことができるようになった。すべてが新鮮でカラフル、モダンで美しく見えた。

しかし、何をおいても第一に学ばなければならなかったことがある。それは食物に対する態度である。私は満腹感を随分長い間味わうことができなかった。何もかもおいしく、滋養があるように思えた。長期に及ぶ飢餓状態の後、私は味というのをあらためて知った。一日三回の食事であったが、ここはイタリアである。よくパスタを給せられた。それまでの六年間は水のようなスープと固いパンだけの生活であった。その後であるから、食物はどのタイプのものでも、実においしく、天与の滋味のように思える。そして、どの食事でも、その量の多さに驚いた。私達のなかには、まごまごしていれば盗まれるとばかりに、両手で食物をかこみ、むさぼり食らう者もいた。もちろん、夢が遂にかなったという気持ちで、しみじみと味わいながら食べる人もいる。私達は、自分に認められた自由を味わい、少しずつそれに慣れ親しんできた。新しい人生の始まりを肌で感じ始めた。

ある日、スピーカーで私の名前が呼ばれた。「メンデル・ボルンシュタインに面会人あり」という。それを聞いた瞬間の興奮は、生涯忘れないだろう。最初私は自分の耳を疑った。ここは慎重でならんといかん、落ち着けと自分に言い聞かせた。本当に自分だったか。私の名前

著者の友人ファイベル・トライマン。シュチェコチニの出身でホロコーストの生き残りであった。

だったか。私とすれば……家族のなかに生き残った者がいて、探しに来たのではないか。ヤコブか？姉それとも妹？心臓がどきどきする。不安と期待感が交差する。私は面会所へ走って行った。部屋に入ると、そこには、ファイベル・トライマンが待っていた。シュチェコチニ出身の旧友である。軍服を着用し、英軍所属旅団の記章をつけている。私の興奮は少しずつさめていった。失望した。がっかりである。もちろん、戦前の平和な時代から顔馴染みの同郷人に会うのは、嬉しい。しかし、家族の誰かに会えるのではないかと期待をふくらませていたので、落胆の方が大きかったのである。

ファイベルは、私に会えて大変喜んでいた。私をしっかり抱きしめ接吻した。満面に笑みをたたえている。彼は外に出ようと言う。外出許可をとると、レストランへ連れて行ってくれた。そこで私にチョコバーを数個買ってくれた。積もる話が山ほどある。私達は数時間も座りこみ、戻ることのない過去の思い出を語り経験を分かち合い、そして泣いた。

ファイベルは、ショシャナ・キルシエンツヴァイクの住所をくれた。シュチェコチニ出身で私達の友達である。大半の人がそうだが、彼女も家族でただひとりの生き残りであった。既にイスラエルにいるという。

ファイベルは、「彼女に会って見たまえ、何か有力な手掛りを持っているかも知れないよ」

と言った。

面会人が家族ではなかったので、最初は失望したが、ファイベルに会えて本当によかった、少し元気がでてきた。にわかにふくらんだ期待感の埋め合わせにはならなかったが、このように孤独な時に旧友に会えたのは、やはりありがたかった。心の慰めになった。数年後私達はイスラエルで再会した。その時ファイベルは、私に証人になってくれと言った。結婚の予定で、証人としてケトゥバ（結婚契約書）に署名し、本人が独身者であることを証明するのである。


さて、私達はパレスチナ行きの準備を続けた。毎日兵隊が、網の上を歩く方法、見つからずに船内へもぐり込む方法を教えてくれた。兵隊の大半は銃を持っており、射撃法も私達に伝授した。危険防止のため、銃弾は木製のいわゆる擬製弾である。私はどの訓練も好きで、すぐに上達し、そのうちに私がグループをひとつ受け持ち、網を使った乗船法、網の上の歩き方、そして銃の射撃動作、担銃及び立銃の動作を教えた。銃の分解、掃除、組立ても教わった後、私はすぐにハガナー（パレスチナ・ユダヤ人社会の自衛組織）の教官になり、パレスチナ到着までその任にあった。

英軍は、ユダヤ人離散民のパレスチナ行きを制限していたので、私達は探知されないで乗船し到着する方法を、繰り返し訓練された。私達は船の〝非合法積荷〟なのである。正規の輸送物件は鶏であった。私は一日千秋の思いで出港の時を待った。一刻も早く沿岸に到着し、聖地イスラエルで新しい生活を始めたかった。如何なる障害があってもくじけない。そんな気持ちだった。

待ちに待った時が遂にきた。私達は約束の地に向かうことになった。全員が歓喜した。私はイタリアのジェノバ港へ運ばれた。そこには、エンゾ・セレニ号が待っていた。旅団は英軍から、鶏一二〇〇〇羽の輸送証明をもらっていた。その鶏はこれから到着するという。追加物件の私達は一〇〇〇名を超えるが、隠れているのだ。そのうち約四〇％は、ロシアのパルチザンとして戦ってきた者で、戦闘には熟練の技を持っている。もちろん武器の使い方はお手の物で、英兵に捕まった場合の対処法も心得ていた。真っ暗闇のなかで私達は乗船し、船倉に入った。狭苦しいうえに、過密状態である。ハンモックが三段重ねでつられていた。何かの用事で上段の者が昇り降りする時は、中、下段の人は、場所を少しあけてあげなければならない。そしてその用事は大抵が嘔吐であった。ほとんどの人が船酔いに苦しんだが、私自身は平気の平左であった。

出航して一日か二日たった頃、船が着岸した。全員下船という。一体どうしたのだろう。二週間以上はかかるといわれたのだ。全員が驚いた。「もうイスラエルに着いたのか？まさか！」と互いに言い合った。

私達は、静かにゆっくりと下船した。あたりを伺うと、ついこの間出航したところではないか。失望した。もう行けないのではないか。そんな恐れが頭をもたげてきた。この後状況説明があった。英軍の監視が極めて厳しいという。沿岸地帯で船舶の動きをモニターしているので、危険すぎて行けない。強行すれば恐らく捕まったということだった。幹部達は安全第一とし、次の機会を待つことに決めた。私達はいらいらしながらキャンプで待機した。出発は時間の問題。もう誰にも止めさせん。誰にも私達の夢を奪うことは許さん。そんなことを考えて、沈む気持ちを引き締めた。数日後出航が決まった。「総員乗船！」の号令がかかり、船は再び岸をはなれた。私達を待つ新しい地へ向かうのである。神よ、今度は私達を失望させないで下さい。私達はそう願った。

中断しなかった。私達は航海を続けた。刻一刻とイタリアは遠くなる。私達を止める者がいませんように。私達は祈った。毎日給せられる食事は、いわば軽食級であった。朝は温かいポリッジ（おかゆ料理の一種）。セモリナというパスタ用の小麦粉を原料とし、甘味がついていた。あとは昼夜兼用でクラッカーと鰯《いわし》の缶詰が出た。しかし、ここでも沢山の人が船酔いに苦しんだ。朝のポリッジで吐き気をもよおすのである。私は幸いにもおなかをこわすことなく、航海に耐えた。考えることは新天地での生活である。正しい決断であったとは思ったが、新しい土地、新しい言語のもとでうまくやれるのかと、多少の不安もあった。後にしつつある世界にも自然と思いがいく。ポーランド、オーストリアそしてイタリア。いずれも、今日まで自分の人格形成にかかわりのあった地である。

特に出生の地シュチエコチニが、たまらなく懐かしい。郷愁で胸がしめつけられる。愛する家族と共に過ごした平和な少年時代。私達の夢と希望が無惨にも引き裂かれる時まで続いた、のびやかで屈託のない幸福な日々。すべてが懐かしい。順調にいくかに見えた道は、制御不能となり、進退きわまった末に現在の状況となった。私は、新しい現実と向き合わなければならない。世の中は変わったが私も変わった。私が家族から引き離され、想像を絶する残忍非道の扱いをうけてただひとりの生き残りとなり、二十一歳にしてパレスチナへ向かう途次にある。あの懐かしい時代に私がこうなると誰が想像し得たであろうか。

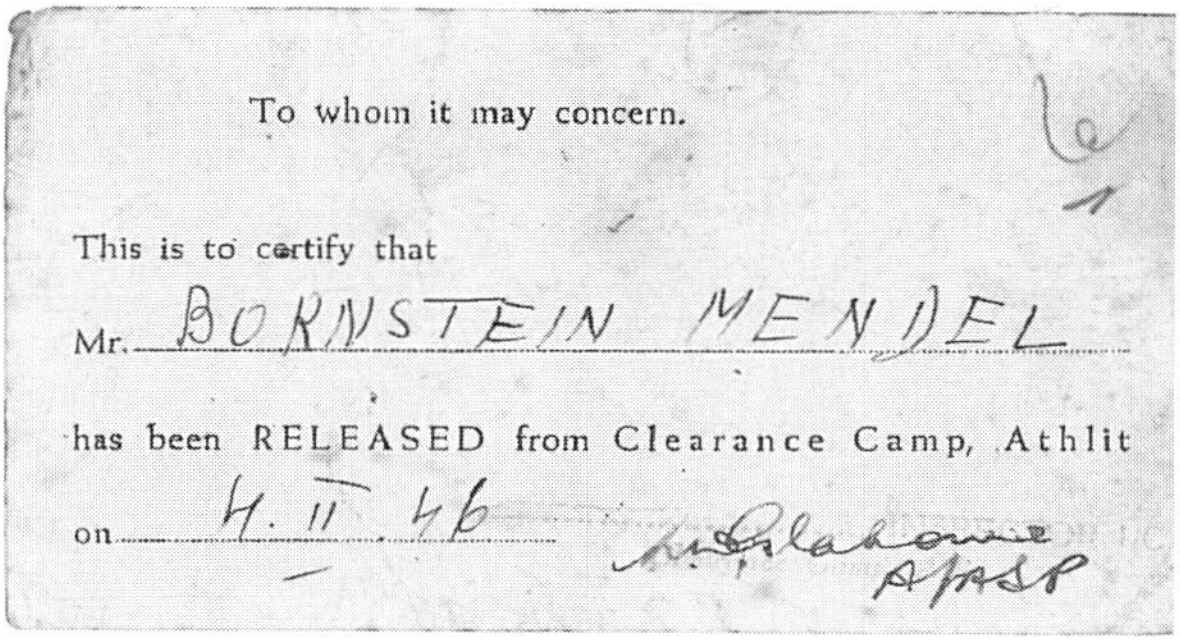
To whom it may concern.

This is to certify that

Mr. BORNSTEIN MENDEL

has been RELEASED from Clearance Camp, Athlit

on 4. II. 46

著者メンデル・ボルンシュタインのアトリート抑留キャンプ出所証明、パレスチナ　1946 年

私達は、二週間半かかって約束の地に到着した。ハイファであった。船内に歓喜の渦が巻く。私達は、自然にヘブライ語の「ヘベヌー・シャロム・アレイヘム」を歌い始めた。私達はあなた方に平和をもってきた、の意である。波乱万丈の末に、とうとうここへ到着したのだ。心から歌った。しかし、計画どおりにはいかず、英軍によって抑留される破目になった。英兵達はパルチザンに携帯武器の海中投棄を命じ、私達にオレンジをくれた。連れて行かれたところが、アトリートの抑留キャンプである。英兵達は親切であった。目的地へ遂に到着したという高揚感があったので、やっと取り戻した自由を再び奪われ拘束されているとは思っていなかった。しかし私達は、ある意味では捕囚の身であった。幸いなことに条件、環境がよ

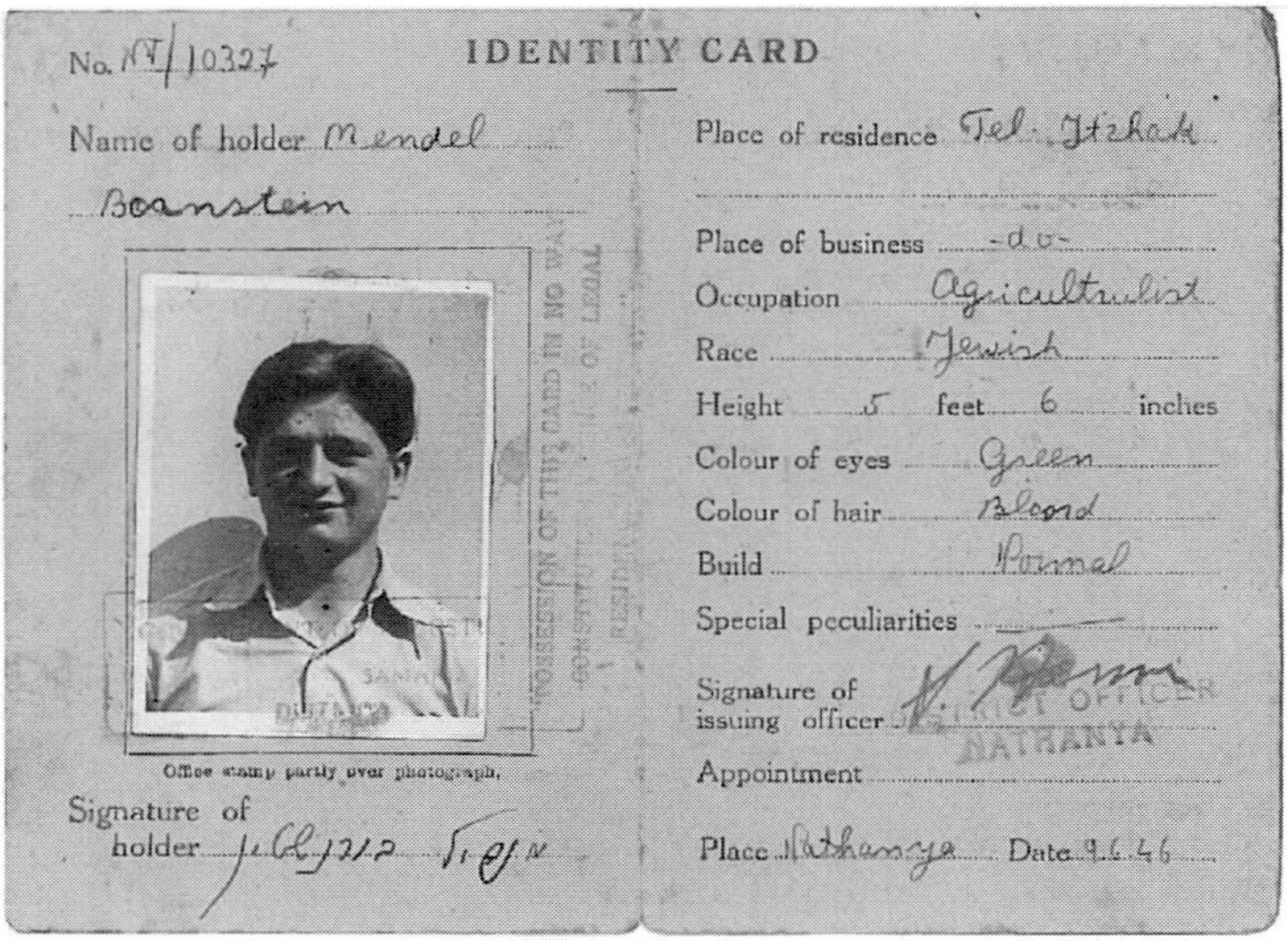
No. NT/10327
IDENTITY CARD

Name of holder Mendel Boanstein

Office stamp partly over photograph.

Signature of holder

Place of residence Tel Itzhak
Place of business -do-
Occupation Agricultrulist
Race Jewish
Height 5 feet 6 inches
Colour of eyes Green
Colour of hair Blond
Build Normal
Special peculiarities
Signature of issuing officer
DISTRICT OFFICER NATHANYA
Appointment
Place Nathanya Date 9.6.46

著者の身分証明書、英パレスチナ委任統治政府、1946 年

く、安心感があった。虎視《こし》眈々《たんたん》として私達を狙う者はいないのである。

英軍は、午後一〇・〇〇時、就寝を義務づけていた。しかし、なかにはそれを守れない者もいた。映画を観たりして町でもっと遊びたいのである。発覚して面倒なことになるのは避けたいので、私達は不在者のベッドに一工夫した。毛布を丸め枕と一緒に人の形にしておく。幸いなことに英兵は厳重なチェックをしない。盛りあがったベッドを算《かぞ》えて、それで点検終わりであった。かくして、お楽しみ中の友人達はお仕置きをまぬがれた。私達は、イタリアでの共同生活で親しくなり、全員が友人となった。ユダヤ機関による給食はきちんとしていた。私達は食事の時によく歌った。全員揃ってここに来

たのだ。私達の目の前には聖地がひろがっている。私達は、早く社会に出たくて、うずうずしていた。抑留期間は二週間といわれていたので、私達はその分のカレンダーをつくり、毎日残りの日数を算えて暮らした。バツ印をつけた日が段々増えてくる。私達の期待感もたかまった。国外追放にはならないことが分かっていたので、精神も高揚した。

遂にその日が来た。私達は最後の日付にバツ印をつけた。そこへユダヤ機関から数名の職員がやって来た。私達をいくつかのキブツへ移すのである。彼らは私達を面接し、行き先と仕事の希望を聞いた。私は現在のパレスチナについては何も知らない。私の知識は聖書で学んだことに限定されている。いくつかの都市名は知っている。第一に浮ぶのはテルアビブである。それで私がそこへ行きたいと言った。そこで紹介してくれたのが、ナタニヤ近郊のエベン・イエフダに近いテル・イツハクである。

ユダヤ機関の職員は、「メンデル、心配するな。君はもうイスラエルにいるのだ。私達のキブツに行くんだよ。君が必要とする物は、何でも支給される。そこでは、半袖シャツにショートパンツ、玉ネギを添えてパンを食う。それでハッピーだ。君はこれからキブツのメンバーになる。したがって仕事を探す心配はない。言葉も教える。万事うまくいくよ」と言った。それで私はすっかり安心した。これまでの経験がある。なにものにも動じないと私は自分に言いきかせた。

私達は三人一組でテント生活を送った。仕事はバナナ園での農作業で、キブツメンバーのメイル・ルビンスキと一緒に働いた。本当に好人物であった。スプリンクラーのパイプの移動と組立て、灌漑、剪定《せんてい》などが主な作業で、灼熱の太陽のもと懸命に働いた。夏の日差しは燃えるようである。私はこのような気候に慣れていなかった。とにかく暑い。ポーランドの夏は、もっとマイルドだった。キブツ住民の大半はやはりホロコーストの生き残りで、イーディッシュ語を話した。私はまだヘブライ語を習得していなかったので、助かった。ほとんどの人が大変友好的であったが、ひとつだけ残念な思い出がある。日常生活上の諸問題を討議するため、時々キブツで会合が開かれる。ある時私が、生活上の改善案を提案した。キブツのメンバー達にとって善かれと思ってのことだった。

役員のひとりが私を睨《にら》み、そして「よく聞け、生まれたての仔犬は吠《ほ》えない。分かったか」と言った。私はトゲのある言葉に驚いた。善意から言っただけなのに、このような扱いを受けるのは腑《ふ》に落ちないが、年功序列のルールに従った。ある程度の期間ここで生活した者にだけ、発言が認められていたのだ。

小さいごたごたがありはしたが、私達は愉快に生活した。私達は自分達の聖地で働く農夫である。食物、衣類が支給され、洗濯のサービスもあった。そして何よりも私達は自由の身であった。侮辱されたり威嚇されたりすることはない。飢えることもなければ死の恐怖におびえることもない。もちろん私達は全員が心の傷を負っていた。しかし私達は前に向かって進んだ。未来は、日一日と明るくなっていくようであった。まわりの人々は親切で、そこには、温かい雰囲気があった。陽光はさんさんとふり注ぎ、とにかく明るい。そして、私達は新しい社会の建設に邁進《まいしん》していた。このような環境にいると、心の傷の痛みも忘れる。ここで親友もできた。エリシャ・ロザニ、モーシエ・クレシュニカー、イシャヤ・ラビノビッツ、ダヴィッド・ラビノビッツなどである。一日の労働を終えると、自然に集まってくる。そして、一緒に近くを散歩したり談笑したりして、愉快なひとときを過ごす。私達は、新天地で自由を大いに謳歌した。

私は、ここに来て間もなくして、ショシャナ・キルシェンツヴァイクに手紙をだした。イタリアでファイベルが教えてくれた人物である。数週間後返事がきた。ラアナナの自宅へ是非いらっしゃい。夫婦でお待ちしている、シャバットを一緒に過ごしましょうという文面である。驚いたし、嬉しかった。元気がでた。同じ出身地の人と会えるのは楽しみであるし、家族の消息を知っているかも知れないという期待感もあった。

問題は、ラアナナへどうやって行くかである。ヒッチハイクをしようと幹道に出た。金曜日の朝、道路わきに立った。英軍の軍用トラックが次々に通過する。そのうち一台がとまってくれた。ラアナナでも同じことをやった。そしてすぐにキルシェンツヴァイクの家に着いた。夫婦は「早速来ていただいて光栄です」と言って歓迎してくれた。私を客として招いて本当に嬉しそうだった。私も夫婦の歓待に感動した。

シナゴーグでの礼拝、三度の食事の時の厳かで清らかな雰囲気、そしてシュチェコチニ出身者の顔、私は家族の家へ戻ったような気分を味わった。

両親そして兄弟姉妹と祝ったシャバットの記憶がよみがえり、懐かしさで胸が一杯になった。母が長姉と一緒につくった料理。おいしそうな匂いにつられて、ちょっとつまみぐいしたくなる。金曜日の朝から調理が始まり、シャバット入りの頃には、家中に御馳走の香りが漂っている。平日に簡素な食事が続いただけに、シャバットの御馳走は格別である。早く食べたい。香りが鼻をくすぐる。我慢が出来なくなって、つい手が出そうになる。しかし、それが大変難しい。長姉のサラが見張っているからである。シャバットのケーキの味見をさせてと懇願しても、サラはなかなか、うんと言わない。大いに失望するが、仕方がない。ぐっとこらえて待つのである。

金曜日のシャバット入り直前の、あわただしい雰囲気も忘れられない。用事を全部すませて、全員が小走りで家路につく。女性達は最後の買物をすませ、調理も終える。家の中はきれいに清掃し、家族全員のシャバット用衣服を揃える。私達子供は、チョーレント（安息日用のユダヤ料理、シチュー）入りのポットを抱えて、パン屋さんへ走る。なかには生の豆、大麦、ジャガイモそして肉が入っている。これを一緒に煮込み、温めておいてもらうのだ。土曜日にいただく伝統料理である。どの家のポットも似たり寄ったりである。土曜日の朝両親に命じられて、私達が、調理済みのチョーレントを取りに行くが、見分けがつくように目印をつけておく。でも、おかしいことに、同じ目印をつけたポットがほかにあって、とんだお笑いになる場合が往々にしてあった。それで大騒ぎにすることはなかった。子供達はちゃんと躾《しつ》けられており、相手が大きいポットを選ぶよう、互いに譲り合った。

日が落ちる前、シャマシュ（シナゴーグの管理人）がユダヤ人の家に来て、ドアをノックして聖日が始まると注意してまわった。シャマシュは、ユダヤ人経営の店にも行って、早く店を閉めるように促す。安息日には働けない。しかし、信仰心の篤い商人達は、当時町のユダヤ人は大半が正統派であったから、その点はよく心得ていて、一時間半前に店を閉めていた。一方、土曜の夕方になると、キリスト教徒の買物客が、ユダヤ人経営の店舗に詰めかけ、じれったそうに待つ。そして待ちかねた人達が、ドアや窓をどんどん叩き、「もう開けていいよ。空に星が三つ見えるよ！」と開店を促す。ユダヤ教の伝統によると、夜空に星が三つまたたく時が一日の始まり、つまり安息日の終わりである。

安息日は毎週必ず来る。それでも金曜日の夕暮れは、いつも厳粛でお祝いの雰囲気があった。家は、ぴかぴかに磨きあげられる。チリひとつない。平日は、あちこちが乱雑で、散らかっている。子供が沢山いたり、部屋の一画が作業場であるから無理もない。しかし、金曜日の夕方になると、部屋はぴしりと整理整頓され、光り輝いている。安息日入りの夕方、厳かな空気のなかで私達はテーブルに着く。さまざまな模様のついた優雅な皿がテーブルに並び、私達はその皿に盛られた特別の御馳走をいただく。週のなかで最高の時が、この夕方である。

私達少年は、ミクベで体を洗い清めた後、父と一緒にシナゴーグに行く。礼拝を終えると、互いにシャバット・シャロームと挨拶をかわし、聖日を寿《ことほ》ぐ喜びとすがすがしい気持ちにみたされて、急いで家路につく。そこは小さなシュテーテルで、どこも至近距離圏にある。大きくなると、私達子供同士は、安息日明けの行事オネグ・シャバットのために集まり、定例の礼拝が始まるまで、祈りや合唱で数時間を過ごした。自然と清らかな心になり、至福感につつまれる。

金曜日の夜、シナゴーグから戻ると、母は既にローソクを灯し、食卓を整えて待っている。これから聖日の食事が始まるのだ。父は子供達を祝福する。男児女児のために特別のシャバットの祈りがあるのだ。父は私達の頭に自分の手をおき、息子達はエフライムやマナセのように娘達はサラ、ラケル、リベカ、レアのようになりますようにと、神に祈る。いずれも聖書に名高い人々である。この祝福の後私達は、〝シャロム・アレイヘム〟の歌を合唱する。私達は、平和の天使の訪れを歓迎する。ユダヤ教の伝統によれば、天使が、聖なる安息日のために、神の御許から来る。そして次週にも同じ安息日をもたらす。そこで私達も、次回が良き安息日になるよう、清く正しい方向に用意万端整えておく。そして、待ちに待った食事が始まる。食卓には美しい銀器がおかれ、ローソクの火で美しく輝く。食物規定のため、肉料理と乳製品は別々の皿にのせる。父は、ワインとパン（ハラー）を祝福する。パンは、ほかのユダヤ人主婦を同じように、いつも安息日入りの前に焼きあげておく。私達は食卓を囲み、祈りそして歌う。正気あたりに満ち満ち、私達の心も、おおらかで清らかな気に満たされる。両親と私達兄弟姉妹は、食卓を囲んで家族全員が一同に会する喜びにひたる。父と共に誦《しょう》する祈りの言葉、美しく整えられた食卓、そしてこの日のために着用する特別の晴れ着。このすべてが安息日を聖別し、喜びと愛に満ちた雰囲気をかもしだす。

安息日入りの夕べは、いずれも感慨深いが、私の人生で特に忘れられない安息日が、二回ある。第一は、一九三〇年代の初めで、私の祖母エステル・ラヘル・レンチナーが死去した時である。祖母は孫達を大変可愛がり、人生の正しい道を教えさとす人であった。毎年、過越し祭の前に、屋内の修繕に乗りだす。台所を修理し、壁の穴をふさぐことはもちろん、新しい色に塗り直し、美しい模様をつける。祖母は一年中家族の世話を焼いた。衣服の破れを繕い、ボタンをつける。洗濯もやればアイロンがけもやる。そして、手際よくぴったりたたんでタンスにしまう。おいしい料理を作ってくれたし、時間さえあれば、いつも孫達の相手をしてくれた。話し上手で、滑稽な話を沢山してくれて、孫達は腹を抱えて笑いころげた。しかし、祖母は真面目な話ももちろんする。人生訓である。正直でなくちゃ駄目。人を愛する心を持ちなさい。愛をもって戦いに勝ちなさい。「誰かあなたに石を投げたら、あなたはパンを投げ返しなさい。忘れちゃ駄目よ」祖母は私達にこう言い聞かせた。

祖母は六十七歳の時、死の床についた。金曜日の夕方である。「私の孫達、みんな愛しているよ。健康で立派に成長するよう、心から願っているよ。みんなの将来に祝福がありますように」。これが祖母の最後の言葉であった。私達は深い悲しみにつつまれた。そして人を思いやる祖母の温かい人柄をしのんだ。

二回目は、一九三七年のあるシャバットの食事の時である。それは、私達の平和な生活が終わり、死の訪れを予兆する日であった。もちろん当時私達は正確には分からなかった。父が新聞をとりあげ、私達に読んでくれたのである。それは、ヨーロッパ情勢とドイツのユダヤ人迫害に関する記事で、私達は慄然《りつぜん》となった。どうしてよいか分からない。ユダヤの民がこれまで何度も迫害され、私達の信仰や伝統そして生命が絶滅の危機に何度さらされたか分からない。

私達は聖書から学んで知っている。再び迫害の時が来たように見えた。どれほど深刻になるのか知らなかったし、その事態にどう対応すべきか判断もつかなかった。

「ラビのところへ行って相談しよう」父が決めた。「家と家財道具を全部売り払って、パレスチナへ行った方が賢明かも知れない」。父がそこまで言うのなら、余程深刻な事態に違いない。私達はそう思いながら、黙って座っていた。

しかし、ラビは反対であった。思いとどまらせたのだ。「ここがあなたの居場所だ。ここコポーランドに居てこそ、神に与えられた使命を守ることができる」ラビは父に言った。ラビの意見によると、ユダヤ人にとって居場所はポーランドしかない。当時パレスチナは、信仰は二の次のシオニスト住民が多数派を占め、世俗社会の性格が強い。父は、ラビの意見を受け入れ、動かぬことに決めた。

二年後戦争が勃発した。その時点になると、行先はもうどこにもない。その日暮らしになってしまい、あと一時間生きのびるにはどうすればよいかを考えるだけになった。私達に未来はないように見えた。

キルシエンツヴァイク夫妻の招待は嬉しかったし、夫妻と過ごしたひとときは大変楽しかった。私は、清らかな宗教的雰囲気と家族のぬくもりを味わった。安らかで温かい。しかし同時に私は、私の家族そしてみんなと一緒の生活が恋しくてならなかった。あの時代が戻ってくることはないと分かっていながら、懐かしくそして苦しかった。家族がどうなったのか。全然分からないまま独りになってしまった。私は不足を言うまい、我慢しようと考えた。ショシャナの夫ダヴィッドは大変な好人物で、金銭的な支援をすると言ってきかなかった。返済のあてがないのに借りるわけにはいかない。しかし、彼の思いやりは本当にありがたかった。

月日はたった。私は、新しい環境、新しい世界に適応しようと懸命に働いた。肉体的にはとてもたくましくなった。恐れるものは何もない。私はそう感じていた。内面的にはまだ極めてもろかったが、現実と正面から向き合おうとした。戦争が勃発し、私は温かい場所から引き離され、独りになった。その状況で私は自分の人生を築いていかなければならない。少年時代には夢や希望が沢山あった。状況が変わった今、くよくよしても始まらない。すべてを忘れて、最初からやり直さなければならない。未来にむかって慎重に第一歩を踏み出す。私は覚悟を決めた。

新天地で二度目のローシュ・ハシャナー（新年）を迎える日が近づいてきた。キブツを出ようという考えが、日増しに強くなってくる。新年の一週間前、私は四人の友達エリシャ、イシャヤ、モーシエそしてダヴィッドを訪れた。

「聞いてくれ」と私は言った。「キブツの生活は、私達にはとても良い。生活に何の心配もない。衣食住全部供給される。無いのは金だけだ」。みんな真剣に聴いている。この男は一体何を言いたいのか、と思っているのだろう。「ここに十年いや十五年に居たとしよう。その時も今と同じものを手にしているだろうし、同じ所に居るだろう。家があり、畑もあれば、機械や自動車もある。もちろんシナゴーグがあり、キブツメンバーとして豊かな生活だろう。しかし、全部キブツのものであり、自分の財産は何ひとつない。そうだろう」

四人はしばらく考えていたが、そのうちのひとりが、「君はキブツを出たいのか」とたずねた。「そうだ。確かに挑戦的だが、やってみたい」私はきっぱりそう答えた。

モーシエは、私の考え方をフォローしていたようである。彼自身が先にこれを考えていたのかも知れない。「メンデル、私の姉夫婦に話をしてもよいよ。二人はラマト・ガンに住んでいるのだが、私達がユダヤ機関から支給されるベッドを保管してくれるかも知れん。それはそれですむだろうが、それからが大変だよ。何か目あてはあるのか」

みんなが堰《せき》を切ったようにしゃべり始めた。それぞれ自分の意見を一斉に述べている。私は、静かになるのを待って言った。「私達はほかのキブツに一時滞在だってできる。モーシエの姉さんが保管に同意してくれれば、気軽になるから大いに助かる。友達はあちこちに沢山いる。祭日には是非家に来てくれと言うよ。祭日を友達のところで過ごした後、本格的に職探しを始める、神の御加護で職は見つかる。まずは行動しなければ、物事は進まない」

期待感がふくらんでくる。私達はわくわくしながら、早速計画を練った。私達はトラックを一台借りた。キブツは心よく貸してくれた。運転手もベッド運搬に同意した。少しずつ前に進みだしたのである。キブツを出るとき、書記局の人達が「キブツのドアはいつも開いている。外で問題が生じ行き詰まったら、いつでも戻って来てくれ。もちろん、幸運を祈るよ」と口々に言った。

私達は、その言葉を聞いて嬉しかった。うしろ盾ができて安心した。これでリスクは少しは軽減されたように思えた。勇気百倍。私達は祭日が始まる直前に出発し、キブツ・エイナットおよびキブツ・ギバット・ハシュロシャへ向かった。私達は心よく迎えられ、素晴らしい時間を過ごした。

私達は、祭日の終わりを待たず、祭日の期間をぬって職探しを開始、ラマト・ガンの通りを歩きまわった。店やレストランをしらみ潰しにあたったが、「先週来ていたら仕事があったのに」とか「来週来てくれ。その時なら仕事があるかも知れん」などと、さまざまな口実で断られ、大いに失望した。

それでも私達はあきらめなかった。粘りが必要なことは分かっている。誰も職探しは簡単と約束したわけではない。決心をする段階で考慮に入れたことである。私達はギバタイムに移動し、ここで職探しを再開した。そして、すぐタイル工場を見つけた。忙しそうである。仕事が沢山あるように思えた。当時床のタイル張りが段々と一般化しつつある頃で、需要が増えていた。私は、エリシャと一緒に工場の中に入った。工場長を含め作業員は全部イエメン出身者であった。あたりを見渡すと事務室がある。オーナーに会おうとそこへ行った。

「私達はポーランドからの移民です」と説明を始めると、オーナーは話をさえぎり、「え、ポーランドから？　私もポーランド出身だ。名前はシュトゥシナーです」と自己紹介した。

偶然にも同じ出身地で驚き、嬉しくもあったが、それで仕事が約束されるわけではない。「私達は強制収容所の生き残りで、仕事を探しているところです」。私は説明を続けた。

「きつい仕事だよ。こっちへ来たまえ」。オーナーは私達を案内した。

「この仕事には慣れています。ギバット・ハシュロシャで働いていました。あそこでは、タイルも作っているのです。試用でもいい、チャンスを下さい。一週間の試用期間でどうでしょうか」私はオーナーにせまった。

オーナーは、私をじっと見て「分かった」と言った。そう聞いて私は本当にほっとした。「しかし君だけだ。明日から来たまえ。まずは試用だね」

試用期間付きで仕事をもらえたのは私だけであったが、それでも成果第一号というわけで全員が大変喜んだ。これが第一歩である。どんな状況下でも助け合う気持ちに変わりはなく、しばらくは仕事があるのは私だけあったが、自分の収入を全員で分かちあった。私達は兄弟同様であった。今の時代では、家族のなかで、あるいは兄弟姉妹の間でもしっくりいかない例は、稀ではない。私達は肝胆《かんたん》相照らす仲であった。工場ではよく働いたので、優秀作業員と認められ、しばらくすると、あとひとり雇用してもよいという話になった。私達は、エリシャを推薦することに決めた。オーナーが最初にクギを刺したように、きつい仕事であった。しかし、私達は覚悟していたし、それに強健であった。セメント袋の荷おろしからタイル製造まで、私達は仕事を軽々しく扱わず、懸命に働いた。工場長は大変親切な人で、私達が投げやりの仕事をしないことを認め、作業要領を教え、さらに作業量に応じ割増しをつけてくれた。生産はあがるし、私達の収入も増えた。

一方、私達のキブツから数名の友人が、連絡してきた。彼らもキブツを出て、独立しよう

イスラエル国防軍の衛生兵時代の著者
イスラエル、1950 年代

としていた。私達はよく集まって、経験談を交換した。そして彼らのおかげで、アパートがみつかった。時間は多少かかったが、少しずつ前途が開けてきた。そして全員が職につき、アスベストをたっぷり使ったアパート二間で、共同生活を始めた。不足を言えば限りがない。私達は手にしたもので愉快にやろうと考えた。イタリアで友人になった人々の許を訪れ、一緒に安息日を過ごすこともあった。そのうちにほとんどの者が結婚した。私達は合同で歌い、あるいは踊り、築きあげつつある人生を楽しんだ。

一九四七年十二月、私は徴兵され、建軍過程にある軍に入隊した。入隊手続の時、名前を変えたらどうかと言われた。メンデルという名は随分古くさい。もともとディアスポラの名で、イスラエルでは使われていない、改名したらどうかという。私自身はそのような受けとめ方はしていない。この名前は、両親から与えられ祖父の名を継いだもので、不服など全然なかった。軍の係は、有名な作品に登場する人物を連想し、メナヘムという名を提案した。「屋根の上のヴァイオリン弾き」で有名な、イーディッシュ文学の泰斗ショーレム・アレイヘムのつくりだした人物メナヘム・メンデルである。仕方がない。私はメナヘムへの改名に同意した。しかし友人達の間ではメンデルで通した。私は新しい名前が好きではなかった。メンデルは、古い世界と結びついている。名前を選んだ両親そしてその由来である祖父と結び合っている。私は、イジク・メンデルとしてシュチェコチニに生まれ育ち、ホロコーストの時代ナチスによって単なる囚人認識番号B－94となった。そして今、一兵卒のメナヘム・ボルシュタインとして生まれ変わり、新しい人生を歩みだすのである。

注1　ヤド・ヴァシェムの調べによると、抹殺を専門にするトレブリンカ収容所は、一九四二年七月二十三日の稼働開始から解体される翌年秋まで八七万のユダヤ人を殺害した。

注2　複数の資料によると、二つのユダヤ人社会——シュチェコチニ一五〇〇名、ヴォジスワフ三〇〇〇名——の移送は、一九四二年九月十六日から二十五日にかけて実施された。シュチェコチニの生き残り達は、一九四二年のヨム・キプール入りの前日であったと証言している。これから、移送が一九四二年九月二十日であったことが分かる。

第十二章　国を守る誇り

私達の基地はシルキンにあった。そこで防衛術を習った。父祖の地解放が私達の究極の目的である。武器が到着すると、それが即教材になる。指揮官達はこれを使って、分解、掃除、組立てを私達に教えた。野外訓練もやった。手榴弾の投擲《とうてき》法も練習した。その後すぐ実戦配備になり、比較的小規模の戦闘に投入された。最初の行動がローシュ・ハアインのミグダル・ツェデクで、そこにある採石場を深夜に爆破した。

私はすぐに班長に任命され、訓練担当になった。私の地位は指揮官レベルで、隊を指揮する身分である。私はどの任務も最善を尽くし、完璧を期した。私は、自分の新しい母国を守る者のひとりであり、それを誇りとした。しかし、状況は不安定で、特に私達のような生き残りにはつらかった。ヨーロッパで憎悪、残虐行為、殺戮を散々目撃し体験した後、私達は聖地に来て新たな危機に直面した。しかし私達にとって、それは一種の浄化、再生過程であった。今や我々は、自分達、そして同胞の住む自分の国を守る機会を与えられたのである。

私達の多くはここに来た後、生き残りではない人々から、批判された。迫害されたのに何故戦わなかったのか。迫害者の意のままになったではないか。屠所《としょ》に引かれる羊の如しではなかったか、と彼らは主張した。私達がおかれていた環境を全く知らないで、そういうことを言われ、私達は深く傷ついた。絶滅計画が如何に巧妙に練られて実施されたのか、分からないのだ。私達がいたのは閉ざされた環境で厳しい監視下にある。私達をまず直撃するのは飢餓である。体は衰弱し判断力と意志が奪われ、本能だけとなる。日常的に虐待され威嚇《いかく》され、自分の一挙足一投足が死に直結している。彼らは恐怖心を叩きこむ。体はますます衰弱し、家族の身を案じつつも、明日の我が身がどうなるか分からず、神に一片のパンを願う。このような状況下で、人間は生存本能の域を出なくなる。番犬、銃口、監視塔の背後にいる冷酷きわまりなき支配者。その支配者はいつでも私達を殺せる立場にいた。それが現実である。私達は、一九三九年に巨大な死の工場に入った。如何に多言を弄《ろう》して詳細に記述しようとも、私達が経験したこと、私達が自分の目で見たことは、正確には説明できない。言語に絶するとは、このことである。

そして、私達が屠所の羊ではないことを証明する時がきた。私達は、自分自身だけではなく、私達の新しい住家とその住民を守るために、戦うことができるのである。私達の役割は変わった。私達は、このように重要な任務につくことを、誇りに思った。全員が自分の軍務を真剣に考え、与えられた任務を果たそうと懸命に頑張った。

私は、間もなく第一〇師団第五旅団に配属された。私は第一線の兵士で、一九四八年の独立戦争であらゆる任務についた。テルハショメル、ロッド、ラムラ、クファル・サラメ、アラブ村クファル・サバ、カクンタントゥーラ等々、さまざまな地域で戦った。私は銃をとる兵士であると共に、分隊を率いる指揮官でもあった。私は自分が強くたくましくなっていくのを感じた。恐れるものは何もない。いつも私は全力投球で任務を遂行した。アラブ人は各種火砲と爆弾で私達を攻撃したが、負けそうになるとすぐ手をあげた。

一九四七年のある戦闘の時だった。私は兵力十人の分隊を率いて、アラブの村にいた。射撃が続く。私達は特に一定方角から激しく撃たれた。ひとり果敢な射手がいるらしかった。突然私に考えがひらめいた。私は部下達に「今からあることをやる。それには君達の助けがいる。気をつけてよく見ててくれ」と言った。そして機を見て丘にとりつき、弾の飛んでくる方に向かって、這いあがって行った。接近した。私は、射手の動きを伺っていたが、ほかの方を見たすきに背後から襲いかかった。部下達もすぐあがって来た。私達はこの射手を捕虜にした。小隊長は私のことが大変自慢で、その時に分捕ったパラベラム（連射銃）を私にくれた。この話は私達の機関誌に紹介され、私は英雄のような扱いをうけた。

私は積極果敢に行動し、国のために尽くした。その私をさえぎるものは何もない。私は一九四九年の戦闘まで任務につき、戦い続けた。ところが、ある時の戦闘で左腕を負傷した。

重傷であった。さらに破片が左眼の近くに当り、顔面も重傷である。しかし視力は失っていなかった。私は、アフリカ出身の専門医による整形手術を約束されたが、手術をしてもらう時間がない。そのうちに顔面の傷が気にならなくなった。左腕の方は摘出手術をうけ、摘出された弾は記念にもらった。完全に回復した。ところが、隊長が「すまん」と言った。「法により、戦闘員はＡ１級の者でなければならない。君は、非戦闘員の任務にしかつけない」。私は大変失望した。

私は、恥しいと思った。戦士である自分を誇りにしていたのだ。こんなに早く終わるとは、本当に情けない。私はこれを落第と受けとめた。戦う兵士という自分の地位は絶対放棄しない。私の信念はそんなに固かったのだ。ところが、今や私は、新しい任務を探さなければならなくなった。

かくして、私は予防医学のコース受講を決意した。一九五〇年代は、沢山の人が聖地へ移住した時代である。沢山の移民が、アデン、イエメン、アルジェリア、モロッコそしてチュニジアからやって来た。ヨーロッパからも沢山来た。ハンガリー、ルーマニア、フランス、ベルギーそしてポーランドからの移民である。入国手続き上、疫病伝染防止の一環として、検血が義務づけられていた。かくして私は、ロッド空港に派遣され、一カ月半にわたって、移民の指から採血し、血液検査をした。移民は、数カ月テント生活を送ると、蚊とシラミに悩まされ、苦情を呈するようになる。予防医学隊の隊長は、私にその駆除任務を与えた。私は完璧を期すため衛生兵の一団を徹底的に訓練し、消毒機材を携行して現地へ向かった。

移民を見ていると、戦時中の収容所生活が、まざまざと甦ってくる。シラミがどういうものかよく分かっている。私は何年もシラミとつき合ってきたのだ。最初ナチスは駆除しようとした。しかし、戦争後半になると、彼らは完全に放置した。ここでは、移民は大変良い待遇をうけている。テントは臨時であり、移民用に建設中の家屋が竣工次第そちらへ移ることになっている。政府は、精一杯努力して、許容できる基準の生活環境を整備した。それでも、害虫駆除作業をしていると、あの頃をどうしても連想してしまうのであった。

その頃私は、デュラ基地の医務室勤務で、シブロニ医師と一緒であった。話をしていると、医師がポーランドのキエルツェ出身であることを知った。思わずはっとした。もしかして、私の家族の消息を知っているのではないか。キエルツェは、シュチェコチニとは違う。小さいシュテーテルではないのだ。それでも何かの手掛りでもあればと考えた。医師が何も知らないことはすぐ分かった。しかし、私の父の姉ラヘル・ゴールドブルムに近い人であった。ラヘルの娘、私からみれば従姉のローラとデートしていたという。医師の知る限りでは、ホロコーストに生き残り、ベネズエラへ移住している。医師は、彼らの会計士とまだ連絡があり、彼らの住所を聞いてくれた。私は自分の幸運が信じられなかった。親族のひとりが生き残っていることが分かっただけでなく、連絡の機会すら与えられたのである。本当に嬉しかった。

私はすぐローラに手紙を送った。会計士からもらった彼女の兄ダヴィッドの写真を同封した。長く待つまでもなかった。返事がすぐきた。ローラは大喜びで、二人の娘と夫を伴ってイスラエルへ会いに来るという。そして私達は再会した。戦後一番感動した経験であった。親族のつき合いは一時的なものに終わらず、その後もずっと続いた。ローラは一九八二年に死去したが、それまで毎年イスラエルに来てくれた。二人の娘はそれぞれ結婚し、アメリカへ移住した。一人はガンの専門医、あとひとりは心理学者として病院に勤務している。

私は数奇なめぐり合せに心から感謝している。シブロニ医師との出会いである。私を息子同様に可愛がってくれたうえに、働きやすい作業環境にしてくれた。見捨てられ天涯孤独の身という気持ちがなくなったわけではないが、ひしひしと迫る寂寥《せきりょう》感が少しずつ薄れ始めたのは、医師のおかげである。医師によって私は親族と再会した、それも、私が家族の生存をあきらめていた頃であったから、余計嬉しかった。

一九五〇年代、参謀本部直轄部隊の移動が決まった。場所が変わることなど夢にも考えたことがない。私は新しい環境に慣れ、そこの居心地がよくなっていた。ある日私に転任命令が来た。しかし私に選択の余地はない。移設地の整備に、衛生隊の誰かが必要である。整備期間は二カ月で、その間どこそこで勤務しておれという話であった。軍隊に否応はない。しかし私は、渋々と命令をうけ入れた。ここでは、私は調理場、食堂、倉庫そして医務室の衛生管理者である。隊員の栄養管理も私の管轄であり、誰でも私を知っていた。私は自分の職務の重要性を肌で感じていた。私がいなくなれば、ここはどうなるのだろうか。新しい職場に多少の不安があったが、こちらの方も心配であった。

二カ月後、いそいそとツリフィンに戻る準備をしていたら、ダフニ隊長が、「君、君はここに残るのだ。心配するな」と言った。ショックである。浮かぬ顔をしているので、隊長は「大丈夫だ、悪いようにはせん」と安心させた。かくして私は、自分が退役する一九六八年まで、この部署にいた。当初軍当局は私の退役の決心を受け入れようとしなかった。

私は人事担当者達にかけ合った。「どうか分かって下さい。まだ若いうちに軍を離れたいのです。少年時代からこれまで、ずっと命令、指示のもとで生きてきました。私は普通の少年期を経ていません。私は少し埋め合わせをしたいのです」。かくして私は、予備役協会のメンバーになった。

私は、自分の私生活にもっと重点をおくべき時がきた、と感じた。人生経験なら充分すぎるほど経験した。私はそれなりに感謝しているが、これからは別の人生を歩みたいのである。軍隊勤務は、多事多難まさに波乱万丈の時代で、喜びも悲しみも一杯味わった。戦闘時の恐怖、敗北と戦友の死は悲しみと後悔にうちのめされ、勝利すれば歓喜した。そして、ユダヤ人国家の防衛と国民を守る任務に誇りを持った。

一九四七～一九四八年の内戦時[注1]、アラブ側がエルサレム・テルアビブ幹道を封鎖し、エルサレム包囲環を形成した。そこで実施されたのが、ナフション作戦（一九四八年四月三～十五日）である。封鎖線を突破して、エルサレムのユダヤ人社会に食料と水を届けるのが目的であった。補給隊は、武装軍用車に護衛されてエルサレムに向かうので、その経路の確保が私達の任務であった。山中の要所に銃を持って布陣し、警備するのである、補給隊は実に長大で、テルアビブからエルサレムまでほとんどつながっていた。警備についていると、分隊長が来てくれという。私は救急箱を持って分隊長の装甲車に乗った。のろのろと進んでいると、急に目の前にアラブのトラックが現れた。こちらよりずっと大きいトラックで、力まかせに私達の車を路外へ押しだそうとする。心臓が早鐘を打ったようになる。恐ろしかった。私の人生で一番長い時間のように感じた。ところが、分隊長が奇跡的にトラックを押しのけたのである。そのトラックはドブにはまり込んでしまった。通り抜けた私達は、息をしずめながら、トラックが消え去るまで見守った。危険で難しい任務は成功裡に完了し、私達は聖都の同胞達と合流、彼らを助けることができた。成功した喜びはひとしおで、私は自分の任務に誇りを抱いた。

この後、国内全土が戦乱にまきこまれ、国民は状況に一喜一憂し警戒心をつのらせた。独立戦争が終わった後も、敵がいつ攻撃してくるか分からない。緊張が続いた。しかし同時に国民は、極力平常な生活を送ることに努めた。

一九六七年の春の終わり、軍で私が休暇をとれる順番になった。待ちに待った休暇で、私達家族はいろいろ計画を練っていた。私は妻と子供達を車に乗せ、待望の休暇を過ごすべく出発した。ところが、スピーカーがお知らせを流し始めたのである。緊急事態のため休暇はすべて取り消し、兵士は全員勤務地へ戻り以後の指示を待て、といっていた。本当にがっかりした。妻と子供達を正視できなかった。

彼らの顔に失望の色がありありと出ている。何でまた、と言わんばかりの表情である。この休暇旅行はもうできないだろう。家族全員がそう思った。しかし私には任務がある。国を守る国民の義務は充分承知している。私は現在の状況が分かっていた。国は、まわりを敵に囲まれ、今まさに危機的事態にあるのだ。私は新しい故国に尽くす決心をしている。如何なる苦難に遭遇しようとも、そう決心したことに全く悔いはない。私の決意はそれほど固い。自分の献身のせいで家族が不満な結果を我慢することのないよう願った。私の一番の宝は家族である、家族を守る。窮地に追いこまれる事態にならないようにする。それが私の責任である。

一九六七年の六日戦争時、私は家族を案じて、恐怖心すら抱いた。それは、エジプト、ヨルダン、シリアを相手とする戦いであった。当時イスラエルは、アラブ四カ国に包囲され、威嚇されていた。相手は、ソ連製の最新兵器と毒ガスを装備するプロの正規軍である。

今にも攻撃されるような状況下で、私は特に乳幼児を持つ母親達を哀れに思った。「赤ん坊には、どうやって防毒面をつけるのですか」。我が子を案ずる母親達は心配顔でよくたずねた。「防毒マスクで、赤ん坊が死ぬこともあります。装着法にはくれぐれも注意して下さい」。私は、母親達がこの経験をしなければならないのかと思うと、気の毒でならなかった。ホロコーストで多数の女性、子供、乳児が殺された。この悲劇は私の脳裏に焼きつき、心の傷として残っている。耳をふさぎたくなるような、恐ろしい話はいくらも聞いた。母親が見ている目の前で、乳児が火中に投げこまれ、家の外であるいは移送貨車で殺された。我が子の死を無理やり見せられた母親も、その後殺された。私は、一番弱い人々に対する理不尽な行為が、再び始まる恐れを肌で感じた。冷静に考えれば、このようなやり方で女子供を狙い撃ちにするとは思えないが、記憶は生々しく、恐怖心が強かった。

レビ・エシュコル首相は、やむにやまれぬ状況でなければ、行動にでるまでもないと約束していた。私達はそれに希望を託して生きていた。しかし、ヨルダンがエジプトと軍事同盟を結んで状況は急展開し、遂に戦争が勃発した。双方は非常な損害をこうむった。国民は家にこもり、ラジオに釘付けとなって、戦闘のニュースを聞いた。医務室の電話は鳴り通しである。両親、妻、親族が、自分の子供や夫、あるいは親族、友人の安否を気遣い、電話してくるのである。

私は皆の気持ちが痛いほど分かった。私は命令に従い、話せる範囲内で詳しく説明し、心配する家族を落ち着かせた。幸いなことに、偉大なる勝利の日がきた。私はイスラエル国防軍（IDF）の勤務に誇りを抱き、気持ちがたかぶった。国防軍は信頼を裏切らず、国と国民の安全を守ったのである。六日戦争後、国民は大いなる至福感を味わった。人々は路上で抱き合い、踊り歌い、そして歓喜の声をあげた。世俗派で押し通してきた多くの人が、勝利に神の介在を見て、信仰心をとり戻したのは、この時である。それは、私達の国に起きた、まことにユニークな出来事であり、私達の心もそれに感応した。「イスラエルの王ラビンよ、[注2]永遠なれ！」こんな歓喜の声が至るところで聞かれた。国防軍の首席ラビであるゴレン師は、西の壁（嘆きの壁）でショファール（雄羊の角笛）を吹鳴して、聖所の回復を祝福した。

この戦勝は全世界が注目した。多くの人が国防軍の勇戦敢闘を賛えた。国防軍参謀本部では、数カ月後に特別遠足を実施して勝利を祝った。私達国防軍幹部職員が、軍用の大型トラックを連ねて、ネゲブ砂漠と死海を巡ったのだ。

食事は簡単にすませ、夜になると警戒兵を配置して地面にごろ寝した。このようにして数日間を砂漠で過ごした後、私達は目的地に来た。シナイ山である。ここには聖カタリナ修道院がある。いくつかの言語で書かれた古文書を含め、沢山の蔵書がある。外部から電気、水そして食糧が供給されている。私達は使用人とその族長計一一〇名（注、ベドウィンと思われる）と十名の修道士に会った。修道士は長いあご鬚をつけてガウンをまとい、私は郷里のハシディズムのハシッドのことを思いだした。

野宿の旅で疲労しているため、全員登頂という厳しい命令はなかった。なかには麓にとどまった者や途中で引き返した者もいる。歩数にすれば、三〇〇〇歩、中継地から頂上まで三時間の登山行である。三〇〇名で登り始め、脱落せずに残った者が三十名であった。私はそのひとりである。三日間の荒野の旅はきつかったが、山頂をめざさぬなどとは一瞬たりとも思ったことはない。一番乗りか、誰かとトップを争うつもりであった。ところがである。ゴールまであと三〇メートルというところで、背後で声がした。「メナヘム軍曹、待て、待ってくれ！」シュムエル・エイヤル少将であった。「すまんが、一番乗りを私に譲ってくれ」。私は御大の要望にこたえるのは名誉と考え、旗を振りつつ後に従った。シナイ山山頂でとられた写真は、当時を偲ぶよすがになった。写真を見ると、荒野を行く私達の高揚した気持ちが伝わってくる。

私は、自分の国と国軍に誇りを抱いた。さらに、今度の戦争の結果についても、神の御業を感じる。しかしまた、悲劇があり、犠牲者の苦しみがある。ナチ政権の手による残虐行為と虐殺の後すぐに、再び殺し合いが起きた。どうしてこうなるのか、私には理解できなかった。世界は教訓を学んでいないようである。私達は、平和とは程遠いところにいるのである。私達ホロコーストの生き残りは、ヨーロッパでひどい目に会い、再び死の淵に立たされた。再び私達は、不安定で危険な状態におかれた。イスラエルが相手を圧倒し、全国民が至福感を味わった。しかし私達には、それが一時的なものであることが分かっていた。敵は領土の返還を要求し、イスラエルはそれに応じた。しかし返還は解決に結びつかず、待ち望んでいた平和は来なかった。私は祈っている。世界に戦争など不要である。誰も苦しむ必要はない。不安と恐怖のなかに生きる必要があろうか。ここは大事な特別な土地である。既にここでは多くの血が流れている。もう沢山ではないか。合意が成立し、調和ある世界が来ることを心から祈っている。

私の軍隊勤務は、人生の根幹を形成した。私の人生を変え、私のサバイバルに意志を与えた。さまざまな支えによって、私は生き残った。私には借りがあると考えるようになった。世界と人類にお返しをしなければならないと考えている。そして、今現在、友情を築く事業に着手している。もちろん戦闘で人命が失われた。そして、一定の不安定と不安はまだある。しかし、私が強制収容所で体験した恐怖とは比較できない。私は一兵士として愛され、軍での仕事も評価された。私は、如何なる任務も尻込みせず、与えられた命令を拒否することもなかった。命令は命令である。自分の好き嫌いで決めるものではないし、軍隊勤務で難しいことも多々あったが、それで軍を辞めようと考えたことは一度もない。

私には強い思いがある。自分がヨーロッパで経験したようなことが、ここで起きてはならないのである。新しい故国に尽くし、国民を守ることが、生涯をかけた私の任務になった。ホロコーストの悲劇と苦しみの後、世界にはまだ戦争があり、各地で戦闘が続いている。まことにつらい。私には受け入れ難い。私達ユダヤ人は、安全、平穏に暮らすことができない。イスラエル現代史には何度も戦争が起きた。私は、重大戦闘に歩兵として戦い、あるいは衛生兵として戦場で行動した。苦戦したこともある。国家が生存の危機に見舞われ、多くの犠牲者がでた。しかし、感動の時もあった。私達は、誇りを抱き、存続していく力と勇気を得た。

ＩＤＦ（イスラエル国防軍）は、さまざまな困難に遭遇し、危機的状況に直面してきたが、それでもＩＤＦに対する私の信頼は揺るがない。その意思決定を信じてきた。私は、ＩＤＦの守る国にあって、安心感を抱くことができる。この小さい土地は、数千年間も戦争と外部からの侵攻に住民共々苦しんできたが、私達ユダヤ人に帰属する唯一の地であると考える。強制収容所で虐待され、辱めをうけ、人間以下の扱いを受けて生きのびた私は、誇りある兵士となった。

任務を積極果敢に遂行するのみならず、私は軍隊生活の改善に腐心した。

私の主任務のひとつが、兵士の献血管理であった。これは容易な仕事ではない。大抵の人は血を取られるのが厭《いや》である。大半の兵士は、献血すれば気絶し、悪くすれば死ぬと考え、恐る恐る医務室へ来た。「心配するな。時々献血すると、血液の循環がよくなる。君達の血液が活性化する。数週間もすれば、血液量は元に戻るよ」。私は率先して範を垂れるようにした。隊員達が見守るなか、私は悠揚《ゆうよう》迫らぬ態度で横になり、注射器に血をとってもらう。三〇〇CCで採血が終わると、私はにこにこ笑いながら立ち上がり、やおらカップを手にとって、コーヒーをおいしく頂くのである。負傷兵には輸血が必要で、その方の需要が大変大きかった。しかし、私のデモンストレーションにもかかわらず、自らの意志で献血に応じる隊員は極めて少なかった。

私は、解決策をいろいろ考えた末、一計を案じ、隊長のダフニ・アハロン中佐の元へ行った。中佐は、職務柄タフで学究的な両面を併せ持つとみられていたが、部下が自分の才能を発揮して任務を果たせば、必ずそれを評価し、功績として認める軍人であった。私は、中佐の部下として働くことを誇りにしていた。

「状況はよろしくありません。隊員が積極的に参加してくれません。手を打つ必要があると思います。そこで私に提案があります」私はそう切り出した。そして、「献血者には各回毎に一日の休暇を与え、本人ないしは本人の家族が一年以内に負傷すれば、三単位の輸血を受ける権利を認める」と、提案骨子を説明した。

隊長そして参謀本部も私の提案を受け入れた。効果はすぐに出てきた。私は引き続き隊員の恐怖感軽減に努め、献血週間の時は真っ先に採血してもらった。イスラエルの兵士は、入隊時功績表をもらう。これは一種の人事考課表で、規律、任務遂行度等が評価項目であり、上官が評価する。献血も考課項目のひとつで赤文字で書かれ、私の考課表は両面がこの赤マークで一杯になった。

　私はほかにもいろいろ提案した。採用されたものも多い。この献血改善策は一例にすぎない。食料品の使用および保存については、沢山指示をだし、新鮮な食材の供給と賞味期間切れ食品の扱いに万全を期した。定期的に検査を実施したが、ある日ゴミ回収室を点検していると、ゴミ袋にパンが詰めこまれているのに気づいた。新鮮なパンである。どう扱えばよいか思案していると、別の機会にパンの行方が判明した。ひとりの男が、そのゴミ袋を小型トラックに積み込んでいるのである。

「そのパンをどうするのですか」と私はたずねた。

「私のキブツの家畜用です。金を払って引きとっているのです」。その男性は驚いたようで、私をまじまじと見た。私が何故このような質問をするのか、判じかねるという表情である。私は何と答えてよいか分からず、相手を見たまま立ち尽くした。新鮮なパンをゴミ袋に放り込み、家畜用にするとは何事か。有効利用のつもりだろうが、信じられない行為である。

「私も将校でね。この間除隊したばかりだ」。男性はそうつけ加えた。

　その声で我に返った私は、何か口のなかでもごもご言って、現場を離れた。どうすべきか。軍が新鮮なパンをどんどん捨てているのである。世界には、いやイスラエルにも飢えている人が沢山いるのに、食べものを大切にする気持ちが全然ない。私はすぐ隊長に面会を求めた。

「隊長。何とも理解し難い状況があります」。私は自分の目撃したことを説明し、ダフニ・アハロン中佐に直談判した。「私は、強制収容所の生き残りです。そこでは、カビの生えた一片のパンを夢に見るほどした。一片で死期が少し先送りになる。それほどの宝だったのです。今でもこの国には飢えに苦しむ人がいます。食べものをこのように扱うのはまっとうではない。何年も飢えに苦しんだ自分は、黙って見過ごすわけにはいきません。新鮮なパンをゴミ回収室に入れ、棄てたり家畜のエサにしたりするなど、一体どういうことですか」

アハロン中佐は最後までじっと聴いていた。そして「そうか。国防軍の規定によって、隊員一人当りの支給量が決まっている。なかにはうちの基地食堂で食事をしない者もいる。パンよりほかの食品を好む者もいる。あれやこれやでパンが余るということではないか」と答えた。

ここでは、特別会計でほぼ週に二回パーティが開かれていた。参加者は肉料理とソーセージを注文している。そこで私は、パンの量を減らし、その代わり肉を増やして、昼は増量した肉料理を中心とする給食にしたらどうか、と提案した。そうすれば、ここでの食事が励行されるだろうし、食物の無駄もでないだろう。

嬉しいことに私の提案は受け入れられた。パンの投棄で腹が立つこともなくなった。その上に私は、改善提案の報奨で少額ながら金ももらった。意外だった。今でも食料に困っている人が多い。食べもの、特にパンに対する正しい態度を考えていただけで、金品など期待していなかったのである。

無駄使いを散々やった後に、やっと真価に気づく。あるいは当り前として扱い、失って初めて価値が分かる。不幸なことだが、事例は多々ある。パンに対する私の思い入れは、ほかの人に比べ格段に強い。どんな味だったか、それすら忘れ、一片のパンを夢見るだけの時もあった。プワシュフ収容所では、パン数個のため危うく殺されるところであった。解放後食料品の量に慣れるまで、長い時間を要した。食べものの量と種類が余りにも豊富で驚いた位である。すっかり忘れていたのである。何十年も時間がたっても、私の成人した子供達がよく冗談に、「お父さんの手作りサンドイッチのサイズは、口を大きく開けるまでもない」と言った。何年も飢餓状態を経験した。飢えた人々が雑草を口に入れ、同胞の死体すら食べるのも見た。私自身、三〇キロ以下の体重となり、あばら骨がつき出た状態で生死をさまよった。人々が食べものに文句を言い、あるいはまだ充分に食べられるものを平気で捨てるものを見ると、悲しくなるし、許せない気持ちである。

女性兵士の扱いについても、問題があると思った。男性隊員と違って、女性隊員はホテルに収容されていた。組織上よくないと思うし、ホテル居住には莫大な金がかかる。まわりを調べてみると、未使用の空地があることが分かった。パン問題のすぐ後であったが、私は再び隊長にかけあった。

「隊長、今からお話するのは、私の職務分掌《ぶんしょう》にはないし、専門分野でもありませんので、拒否されるかも知れません。しかし、話だけでも聴いて下さい」。私は切りだして、女性隊員の官舎問題に触れた。「空地があります。軍の所有です。女性隊員用に木造宿舎を建てたらどうでしょうか。勤務上からみて便利で極めて都合がよいし、建設費は年間のホテル代ですみま

イスラエル国防軍の除隊証明表紙

す。木造ですから建設に時間がかかりません。耐久性もあります」

隊長は、考えさせてくれ、よければ本部に上申すると約束した。結局提案が認められ、宿舎の建設が決まった。嬉しかった。私はみたされた気持ちになった。隊長も嬉しそうで、今度も報奨がでると言った。

見返りなど期待したことは一度もない。まわりの環境を改善したいという気持ちがあるだけだ。いつもその気持ちに押されて行動する。私の提案が受け入れられ、生活のなかに導入されて人々の役に立つ。それを見るだけで充分であり、報奨は喜ばしい話に違いはないが、自分には副次的なことである。全体のためを考え、考えたことが具体化され生活に役立てば、それで私は満足であった。それと同時に、その行為で成果がでることによって、私は自尊心を回復し自信もついてきた。

人間は努力によって違いが生じる。軍隊のなかで、私はこれを学びとり、深く信じるようになった。人間は、まわりの環境を改善する機会を手にして、それぞれ生まれている。私達は沢山の機会に恵まれている。私の自主的提案で導入された軍隊内の改善は、私自身のアイディアから生まれた。私は面倒くさがらずに問題として捉えて改善策をだし、それが上司達の助けで実現したのである。私には終生変わらぬ心構えが

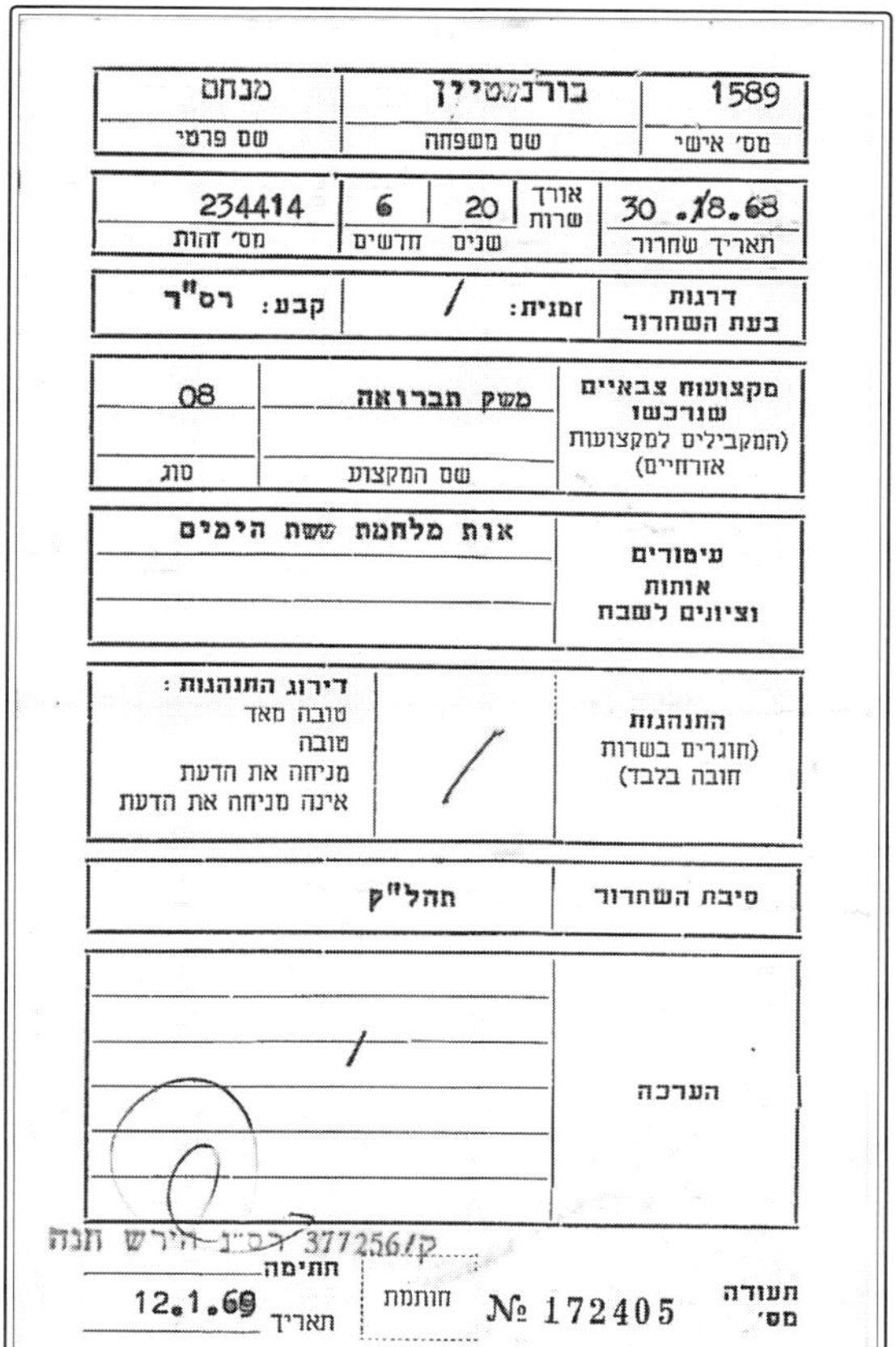

מס' אישי	שם משפחה	שם פרטי
1589	בורנשטיין	מנחם

תאריך שחרור	אורך שרות	מס' זהות
30.8.68	שנים 20 חדשים 6	234414

דרגות בעת השחרור — זמנית: / קבע: רס"ר

מקצועות צבאיים שנרכשו (המקבילים למקצועות אזרחיים) — שם המקצוע: משק תברואה; סוג: 08

עיטורים אותות וציונים לשבח — אות מלחמת ששת הימים

התנהגות (חוגרים בשרות חובה בלבד) — / — דירוג התנהגות: טובה מאד, טובה, מניחה את הדעת, אינה מניחה את הדעת

סיבת השחרור — תהל"ק

הערכה — /

ק/377256 רס"ן הירש חנה

חתימה

תאריך 12.1.69

חותמת

תעודה מס' № 172405

同除隊証明の内容

ある。人々を助け奉仕しようとする意欲、悪いところは改善し不正に対して敢然として立つ。より良き世界を築くため貢献したい。そんな気持ちが私にはある。

注1　一九四八年五月十四日のイスラエル独立まで、当地は英委任統治領で、アラブ解放軍等が侵攻してきた。イスラエル独立後アラブ正規軍が侵攻した。

注2　イツハク・ラビン（後に、首相）は、六日戦争当時、国防軍の参謀総長で、軍の最高リーダーであった。「イスラエルの王」とは、聖書の黄金時代を築いたダビデ王にまねた表現。

第十三章　生き残りの気概

再訪の旅は終わりに近づいた。

私の生まれ故郷シュチエコチニへ来る前に抱いていた逡巡《ためらい》を考えてみる。まだ自分のなかに残っているが、訪問は後悔していない。私には愛する家族がある。私を励まし、道中支えてくれたのは家族である。つまり、私の旅は、この時を得なければ、実現し得なかったと思う。そして私は、破壊の跡と荒廃を見た。それは、生き残った者が果たすべき責任、任務を発見する旅でもあった。

今は亡き人々、語ることのできなくなった人々のために、何をなすべきか。汚された死者は冒瀆《ぼうとく》され平安な眠りにつけない。私はその魂の叫びに導かれて、ここへ戻って来た。私達は問題を放置しない。公衆便所が撤去され、シュチエコチニにユダヤ人社会が存在したことを物語る記念碑が建つまで、安閑として過ごすことはない。ユダヤ人墓地は破壊され、墓石は砕かれ、あるいは散乱した。正しい補償は、散乱した墓石を使って記念碑とすることである。

シュチエコチニには数千名のユダヤ人が何百年もキリスト教徒と共に居住していた。それを記憶するのが、私達の義務であると思った。ほとんどの人が既に社会の存在したことを忘れ、全く知らない世代もでている。墓石は墓地から移され、建設資材として使われた。道路の敷石にされ、日々踏みつけられている墓石も多い。死者は家族によってユダヤ人墓地に葬られ、その伝統が何百年も続いた。しかし、その墓地は掘り返され、人骨は散乱、ゴミのように扱われ、そして捨てられた。これでは死者は浮かばれない。安らかな眠りにつくどころの話ではない。代々続いてきたユダヤ人社会は、物理的に抹殺されたのみならず。その歴史と思い出もほとんど消え去った。当時を知る古老もいなくなり、恐らく数年後には町の記憶からなくなってしまうであろう。

私はシュチエコチニを去る。今度も私のなかに変化が生じた。余りの惨状に私はうちのめされた。悲しかった。しかし同時に私に力が湧いてきた。私は誓いをたてて、この町を去った。人間は状況を変えることができる。私はそれを確信する者のひとりである。家族のことを考えると、さまざまな思い出が交差し、感情が激しく揺れ動く。今回の旅で私は兄弟姉妹の出生届けの写しを得た。私には、かけがえのない宝である。彼らに墓石はなく、存在したことを知る手掛りもなかった。私の記憶の中にしかない。この出生届には父の署名が付いている。子供が生まれる度に、証人一名を伴って役場へ行き、届けを出したのである。これは、自分の大切な兄弟姉妹が存在した事実を証明する。

私の長男ヨッシは、国に戻ると手紙を書き始めた。重要任務の開始にあたり、関係者に支援と調停を求めたのである。真先にシュチェコチニ町長に手紙を送った。ナシの礫《つぶて》である。それで、世界ユダヤ人会議などの重要機関や、ポーランド大使やポーランドのマカルスキ枢機卿などの要人達に支援を求めた。なかなか返事が来ない。私達は、戦場で孤軍奮闘しているような気分におちいった。結局何の反応もなかった。そこで、世界ユダヤ人会議のボビー・ブラウン国際担当理事が、ポーランドのアレクサンデル・クファシニエフスキ大統領に直訴し、これが突破口になった。ブラウン理事は大統領宛書簡で「この誤りを正すことが、和解のよき前例となり、高潔なる心を象徴する」ものとなり、「そしてそれは、ポーランドとユダヤ人社会の既存の関係枠を越えた、和解のひろがりのきっかけとなるとの確信」を披瀝《ひれき》し、「シュチェコチニが、我々の関係に特徴的であった苦渋と疎外感ではなく、過去を追憶し、将来の希望を象徴する地になる」との期待を表明して結びとした。私達は、カトヴィツエ地方ユダヤ人協会の会長にも助けられた。そして遂にポーランドの大統領が公衆便所撤去を決めた。

しかし、それまでにいろいろ経緯があった。シュチェコチニの役場は全く協力しなかった。私の長男ヨッシは、シュチェコチニ訪問団を編成した。ホロコーストの生き残りとその第二、第三世代の人々が一緒だった。同行した生き残りは、ユディート・ゴールド、セラ・グリーンベルク、ダヴィッド・リヒト、エステル・ニール、ショシャナ・リヒトである。イスラエルの国旗を手に、公衆便所の前で抗議集会を開いている。彼らは、現状を見て心を痛め、激昂《げきこう》した。私が町を訪れて既に二年たっていたが、何も変わらなかった。私達は断固とした行動をとる必要があった。メディアが同行し、集会を取材し、生き残りをインタビューした。町も関心を抱いたが、住民のなかには敵意を示す者もいて、生き残りの集会に反対した。ある人は〝これでお別れ〟と大書した棺の上蓋を持ちこみ、あしざまに罵《ののし》った。胸くその悪くなるような言葉であった。この男の言葉から察するに、抗議者は先祖もろとも公衆便所の下へ埋めてしまえということのようだった。

町長のグリクナー氏も姿を見せた。行政当局は、人間の尊厳より事務手続を問題にしていた。ユダヤ人墓地の境界を特定するのは不可能というのである。これが、建物の存在、公衆便所の維持の正当化に使われていた。そして、各自が抗議している傍らで掘削機が動きだして、人骨を掘りだした。訪問団員は一様にショックをうけた。ヨッシが即時中止を強硬に主張して、作業をやめさせた。彼らは人骨を埋め直し、ローソクを灯して祈った。そして町長に即時行動を要求した。あれこれやりとりがあったが、訴えが遂に叶《かな》った。撤去前の措置として、公衆便所の入口が煉瓦でふさがれたのである。

私達がここを訪れ、この惨状を目にしてから二年後、遂に記念すべき日が来た。二〇〇六年七月二十二日に公衆便所が撤去されたのである。聖なる地に糞尿が流しこまれて、先祖の遺体が汚物にまみれることは、もはやない。私達は、以前よりは安らかな気持ちになったが、同時に悲しかった。行政当局と平和的な妥協に到達できず、世界中に支援を求めざるを得なかっ

ユダヤ人墓地跡に建てられた家屋と公衆便所の残骸。
シュチェコチニ、2006 年

た。もっとも、どちらからも私達の要請に耳を傾けてもらえなかったこともある。私は、任務は未完と感じた。私の夢は、シュチェコチニに記念碑を建立することである。このシュテーテルには、長年ユダヤ人が住んでいた。家を建て商売にいそしんだ。そして銀行をつくり図書館を設けるなど、町の形成に貢献した。そのユダヤ人達はホロコーストで抹殺されただけではない。個人の家は他者の持ち物となり、先祖の墓が踏みつけられ、あるいはその上を車が通る。私の心はまだ深く傷ついていた。何をすべきであろうか。

一方、別のところから支援の手が差しのべられた。これは不思議なめぐり合わせであった。近所にショーン・フォーヤーという名の生徒がいて、私に会いに来た。私に関する新聞記事を読んで、インタビューしたいという。学校で制作する短編映画に使うというのである。私達は長時間話し合った。この少年は母親のリーサと共に、私の苦難の半世紀を熱心に聴いた。私はもう何も隠さなかった。詳しく語るのは、まだとても苦しかったが、話をすることが大切であることは分かっていた。このめぐり合わせによって、短編『生き残りの気概』(*Spirit of Survivor*)が生まれた。心をうつ内容である。ショーンと母親リーサが、ここアメリカで私の使命を後押ししてくれた。

私達は、さまざまな記念日や祭日の時、シナゴーグで話をした。そして、私の体験とシュチエコチニの話が、段々と人々の間に浸透していった。みな本当に関心を持ってくれ、話に感動したようであった。この一連の集会で、私達は記念碑建設を目的に献金を求めた。献金してくれた人には、お礼の言葉と共にショーン映画のDVDを差しあげた。感謝の気持ちで一杯である。こうなるとは夢にも思わなかった。この母子がいなければ、もっと難しかったにちがいない。ショーンは僅か十四歳の少年にすぎなかったが、私の半生に対する関心は並々ならぬものがあり、そのプロ的感覚は既に成熟していた。献金の総額は例えていえば、氷山の一角であったが、プロセスは続いた。

その頃シュチエコチニから良いニュースが届いた。記念碑建立については、町長の公約にもかかわらず、まだずっと先のように思われたが、注目すべき活動が始まったのである。地元中学校の副校長がユダヤ人社会の追憶事業に着手したという。シュチエコチニのユダヤ史をまとめたのである。協力したのは、クラクフのヤギェウォ大学の、ユダヤ文化を専門にする講師達である。私の長男ヨッシとの協力のおかげで、イスラエルとシュチェコチニ双方の学生達が力を合わせ、町のユダヤ人生き残りを調査し、文章にまとめた。

ヨッシはこの町を何度も訪れているが、ある時、シュチェコチニのシナゴーグ所蔵のトーラーが、一部分個人宅で見つかったと聞いた。私の息子は、ミロシュラフ・スクシプチク副校長の助けを得て、それを回収した。時間がたっているのでボロボロであった。しかしそれでも、大切な写本の一部にはちがいない。息子は、その一片を手にとり、読み始めた。それは、モーセ五書の一節（パラシャ）で、息子が自分のバル・ミツバ（成人式）で読んだ個所であった。式に備えて懸命に学んだ一節である。使命観を持つヨッシにとって、最も感動的な時であった。さらにもっと驚くべきことが起きた。その年の六月、次男のツビが訪れた際、三枚の断片を手にした。それは、本人がやはり成人式で読んだ一節だった。ユダヤ人は十三歳になってシナゴーグで初めて正式に祈りを捧げる。兄弟は、それぞれ自分がその場で読んだ一節を、手にしたのである。私達は、天なる神の統御し給う、何か大きい計画に参加しているかのようであった。

僅か四年で大きい変化が生じた。こちらの投じた一石がきっかけとなって事態が動き始めたのだ。信じられぬほどの急展開であった。町のユダヤ人社会の歴史が明らかにされ、記録されていく。私はその事業の節目毎に深い感動を味わった。この事業は、その住民に永遠の平安と安息をもたらす。私はそう確信している。不幸にして、シュチェコチニは、ユダヤ人の歴史を忘れた町になっていた。しかしそれだけではない。大きい変化を生じた最初の町でもある。誤りを正すのに遅すぎることはない。この町は先例となる。そして、ほかのシュテーテルもこの先例にならう。これが私の夢である。

二〇〇八年六月、シュチエコチニで第一回ユダヤ文化祭が開催された。中間的仕上げの一種である。その行事のため町に三人の生き残りが来た。私はそのひとりである。子供や孫、曾孫を伴ってきた者もいる。四年前と同じように、私は家族全員と共にやって来た。今回は叱咤激励されての来訪ではない。神の御導きによって、このような展開になった。自分にとって大変な誇りであり、私は喜びをしみじみとかみしめた。式典の時、ショーンの映画『生き残りの気概』が上映された後、スピーチを求められた私は、「この時を迎えさせていただいた神に感謝する」と前置きし、長い道程で私を支えてくれた人々に謝意を表明した。

私達は、公衆便所の跡地に集まった。沢山の住民が来てくれた。ポーランドの首席ラビ・ミハエル・シュードリヒ師やシュチエコチニの町役場代表も参列した。私は前列に立ち、今は無きシュチエコチニのユダヤ人社会のため、カディッシュを朗誦した。声が震える。ユダヤ人キリスト教徒のいずれを問わず、参加者達は目に涙をうかべて、聴いていた。突然雨が降り出した。激しい降りである。私は空を見上げ、ギュンスキルヘンの深い森の中に立つ自分を思い出した。あの時、私は「これは雨ではない。天が泣いているのだ」と仲間達に言った。私は今同じ気持ちであった。数分後雨はやみ、青空が戻った。その後終日晴天であった。私達は、シュチェコチニのユダヤ人を追憶する象徴として、ローソクを灯し、石を置いた。

私達は通りを歩いた、歩きながら私はシナゴーグとミクベの話をした。そして今、私はその跡地に来た。四年前、私は正確な位置が思い出せなかった。その場所に立つと、往時が走馬灯のように頭のなかをかけめぐる。戦前、通りは身心を洗い清めるユダヤ人で、いつも一杯だった。当時家庭に水道はなかった。温暖な季節の平日には、私達の家族を含め大半の人が、シュチェコチニの池へ行った。池の水はきれいに澄んでいたし、木立で囲まれ快適な所であった。私の母と姉妹は、ほかの女性達と同じように、台所の大きい鉢を使って水をあび体を洗った。しかし、本格的に身心を洗い清めるためには、全員がミクベに行ったのである。未婚の女性達は、月経が終わった後にもミクベへ行った。私達は、毎週金曜日の午後、父と一緒にここへ来て、身心を洗い清め、安息日に備えた。ここで清めるとすがすがしい気持ちになり、シナゴーグへ入って礼拝する心構えができた。

私達の沐浴用の浴室ミクベは、極めて大きかった。大浴槽が二つ。冷水と熱湯用である。湯槽の方はまさに熱湯で、場所そのものがサウナのようであった。小さい木桶が置いてあり、これで石鹸の泡を洗い流したり、ほてった体をさましたりした。ここに来る人は、木の葉のついた小枝を持ちこみ、血行をよくするためこれで体をパタパタ叩いた。おかしな話だが、学生がここで先生に会ったら、悪い点をつけた仕返しに〝間違って〟小枝で叩くこともあり得た。

さて、長い年月が終わって、ミクベは影も形もない。私は集まった人々にミクベの話をした。しかし、私達の目前に新しい建物がたっている。私達は町中を歩き、ユダヤ人の足跡をさぐりながら立ち寄った。私はあたりを見渡した。そして、ここで過ごした少年時代の話をした。まわりの人達は、私の気持ちを察しているようであった。この後私達は教会の構内に行った。まことに象徴的な道程である。一九四二年九月、シュチェコチニのユダヤ人達はここに集められ、死出の旅に出た。トレブリンカへ移送されたのである。全員が、ユダヤ暦で最も重要な祭日、ヨム・キプールを迎え、一番上等の晴れ着を着ていた。私の息子ヨッシが集まった人々にこの話をしているとき、私は愛する父のことを思っていた。ちょうどその時、父はヴォジスワフで射殺されていた。シュチェコチニのユダヤ人達と運命を共にしたのである。

私は、住民達の態度に心をうたれた。人々が私達のところへ来て、励ましの言葉を述べた。そして、シュチェコチニのユダヤ人社会史の本に、私のサインを求めた。ミロシュラフ・スクシプチク氏がヤギエウォ大学の講師達と一緒にまとめた本である。私は、七十年以上も前と同じように、カジミエラと一緒に館のまわりを散歩した。

その日の午後、シュチェコチニのユダヤ人を追悼するコンサートが開催された。私の次男ツビカも舞台にあがった。息子は、よみがえる人の歌を私に捧げ、ホロコーストの灰の中からよみがえった私について語った。ツビカは、自分が作曲したメロディーに合わせて、〝シャローム・アレイヘム〟を歌った。私は息子の歌を聞きながら心がふるえた。「六十年以上も前、ひとりの小さい男の子が父親と一緒にシナゴーグへ歩いて行った」、「天使が彼の行くところどこにも付いてくる。今夜ここに天使は父と共にいる」。息子は私のところへ来て手を差しのべ、私と一緒にステージにあがった。

隣家の幼馴染カジミエラ・ヴォイタジンスカ。シュチェコチニの館の前で、2008 年。

改築され別人の住むボルンシュタイン家の建物。第 1 回シュチェコチニ・ユダヤ文化祭（2008 年）で、著者が参加者に自分の半生を語っている。

私は、ステージに立ちながら、予測不可能な人生のめぐり合わせを、しみじみとかみしめた。何年か前には、よもやここへ戻れるとは考えもしなかったし、実際に戻ってみると、胸ふさぐ気持ちで悲しくなった。そして、ユダヤ文化祭が開催されて、息子と並んでステージに立つことなど、夢にも思わなかった。しかし、私はそこに参加しているのである。この特別な日にここに集まった人々を見ながら、彼らが私達を理解してくれる、私達は新しい関係の上に立って再出発しているのだ、と自分に言い聞かせた。

子供の頃、反ユダヤ的な話をよく聞いた。「ユダヤ人はパレスチナへ行け。お前の住み家はあっちだ」といった類いの話である。これは、ユダヤ人にはポーランドに住む権利がないと唱える者にとって、一種のスローガンになった。私達がまるでポーランド国民でないような言い草である。私達は、ナチの作りだした地獄から生還し、パレスチナ行きを決意した。土地や住民のことをよく知らず、私達を支援してくれる人も多くなかった。当時、ユダヤ人が権利を主張できる土地は、そこしかないように思われた。ヨーロッパは、一〇〇〇年もユダヤ人社会が存在してきたのに、もはや私達を望まない。遺憾ながら戦争が終わっても、それはヨーロッパ人の心を解放しなかった。長い間私達の文化に対する憎悪を叩きこまれ、いまだに偏見と敵意を抱いているのである。戦争が終わった後でも、迫害が続いた。私達の親類縁者は残忍な手口で抹殺された。たといその空しさに向き合う力があっても、そしてまたあの敵意のみちた空気のなかへ戻る勇気があっても、現実には私達は自分の家族の家へ戻ることができなかった。

戦後のヨーロッパで、私達は無用の存在として扱われた。これが解放のアイロニーである。「ユダヤ人はパレスチナへ行け」というのが彼らの態度であった。しかし私達はそこへ行くことができなかった。当時パレスチナはイギリスの委任統治領であり、イギリス軍が海上を封鎖し陸の境界線を見張っていた。私達は、非合法移民として来なければならなかった。残虐行為にさらされ苦しみ抜いた末に、私達はヨーロッパに居場所を無くしただけでなく、世界中どこにも住む所がない現実に直面した。にっちもさっちもいかない状態である。ホロコースト、そして家族の喪失は、私の安全な世界に対する最初の一撃であった。想像を絶する経験の後、次々と打撃をうけてまだ苦悶しなければならぬとは考えもしなかった。

元の世界は私達を見捨てた。私達はそう感じた。しかし、そこでへたり込んでしまえば、おしまいである。元の世界を出ようとする願望、そして生き残ろうとする気力がさまざまな感情を押さえ、私達を支えてくれた。安心安全な環境を得たい、聖地で新しい生活を築きたい。私達はこの夢と希望を胸に、できることは何でもした。しかし、時間がたつうちに、段々腹が立ってきた。鶏と一緒くたにされたうえに密輸品の扱いで船に乗った。この先どうなるのか、イギリス海軍に拿捕《だほ》されないのか、上陸しても軍に逮捕されるのではないか。不安一杯の船出であった。それで終わりとなったわけではない。ホロコーストを体験しなかった同胞から、何故ナチと戦わなかったと詰問《きつもん》され、屠所《としょ》にひかれる羊の如しと非難された。私達は、自分達の国と認識している国家の防衛に、身を挺して戦ったのに、他人行儀の扱いをうけ、体力のないB級のカテゴリーに入れられる始末。まさにふんだりけったりで、苦々しい限りであった。いつまで屈辱に耐えなければならないのか。六年間の恐怖で充分ではないのか。何故同胞までが私達を馬鹿にするのか。

しかし、私達が萎《な》えてしまったわけではない。生き残りは強い精神力をもっていた。イスラエルの子らは、遂にこの聖地に戻り、「我らはパイオニア」と歌い、さまざまな障害に立ち向かい、誇りと喜びを胸にユダヤ人国家の建設に挺身した。この建設過程では、さまざまなレベルで各自が参画し力を貸した。この過程にあずかった重要人物の多くは、初代首相のベングリオンを含めポーランド出身のユダヤ人である。私は、そのひとりであることに誇りを抱いた。この地に私達は住み家を再建する。

振り返って考えると、私達の文明は過去数千年間不断に苦しみを受け、私達が心安らかな時を過ごしたことはない。特定の地で栄えても追い出され、その地における歴史からもほとんどが抹消されてしまう。まわりにはいつも敵がいて、虎視眈々《たんたん》として構えている。私達のユダヤ的性格を狙い撃ちにするのである。私達は、迫害され、憎悪され、せっかく築いた住み家から追放されてしまう。ユダヤ史はその繰り返しであり、私達の文化に刻みつけられているようにみえる。狙い撃ちにされるのは、私達の女子供であり、シナゴーグであり宗教であった。古い伝統が破壊され、あるいは朽ち果てた。事例なら無数にある。社会は生まれ、破壊される。その繰り返しである。

しかし、敵はさぞかし失望したであろうが、私達は生き残った。絶対に手をあげることはなく、如何に絶滅の危機にさらされようとも、灰から甦り、再建に着手するのである。私の命運は、ほかの生き残りの場合と同じように、我が民族の命運に沿っているのかも知れない。敵は、入念な抹殺計画で容赦なく私達を攻撃した。ほとんど計画完遂のところまでいったが、再び私達は救われた。私達は再び立ち上がり、文明の真髄を守り、再建し、枝葉をのばしていった。私達は父祖の地へ、そのルーツへ戻った。

イスラエルはもう動かないのであろうか。本当の郷土として存続するのであろうか。私達が後に残した地はどうなのだろうか。ポーランドを例にすれば、そこは三〇〇万を超えるユダヤ人の住み家であった。私は今でもその地に郷愁をおぼえる。私にとって悲しい墓となったが、深い結びつきを感じるのである。私が生まれ、快活な少年として育ち、初歩的な教えを身につけた所である。かつて平和な世界であったこの地が恋しい。私の心は傷ついたままであり、血を流し続けながら、この地を慕っている。

私達ユダヤ人にとって、郷土と母国は、記憶の中、憧憬の中にしかないのだろうか。それが真実なのかも知れない。

私が生まれ育った家は、まだ同じ所に立っている。しかし、もはや私達の所有ではないが、私にとっては一番大切な最も象徴的な場所であり続ける。この家のことを思うと胸が張り裂けそうになる。家の中は温かで、愛に満ち満ちていた。そこは平穏で私は安らかな気持ちになった。しかしそこは、強制退去の憂き目にあった苦しい思い出の地でもある。ここで私のすべてが始まり、そして突如として終わった。ここで私は産声をあげ、目を開き、よちよち歩き始めた。ここで私は兄弟姉妹と遊び、兄弟喧嘩をしながら、成長した。世界を学んだのもここである。ここは私の安全なシェルターであった。私は安全なところから無理やり引き離され、まだ未成年の身で敵意にみちた世界へ放りこまれたのである。

最近私は家族の夢をよく見る。母、父そして兄弟姉妹が全員夢に出てくる。どこか野原のようなところにいる。墓地かも知れない。シュチエコチニのユダヤ人墓地ではないか。何かもっと深い意味があるのだろうか。私はハッとして目が覚める。冷や汗をびっしょりかいている。夢のなかで愛する妻を必死になって探している。しかし、いないのである。

私は目を閉じる。思い出すとつらい。しかし忘れることはできない。忘れたくもない。懐かしの我が町シュチエコチニ。名前を耳にしただけで、胸がかきむしられる。あんなに小さい町であるのに、私の心を支配している。目を閉じると、さまざまな光景が浮かんでくる。慎しみ深くのどかな私の家の暮らし、平和なシュテーテルのたたずまい。そこには、肩を寄せ合って生きるユダヤ人が、隣人のキリスト教徒と共存する暮らしがあった。そして、市のたつ広場。ユダヤ人の家で囲まれた広場は、平日は静まりかえり、水曜日になると湧きたつ。人があふれ、威勢のよい取り引きの声がとびかい、喧騒が渦を巻き、さまざまな匂いが漂う。私の家で開かれる結婚披露パーティー。二階から流れてくる楽の音とどよめき、家の対面にあった料理店。時々たわいのない酔っ払い達が喧嘩して、がたぴしとただならぬ音がした。そして金曜

シュチェコチニ小学校の学級写真。前列右より４番目著者。
ヨランタ・ヴォイチェホフスカ夫人提供

日の午後、ドアを叩く音がして、安息日入りを告げる声が響いた。土曜日の夕方、待ちかねたキリスト教徒の買物客が並び、早く店をあけてとせかす。厳粛ですがすがしい空気にみちた、安息日の静かな通り。ユダヤ人の家庭では、金曜日に焼きあげたハラーとケーキの香ばしい匂いが漂う。パン屋に並ぶチョーレントの材料が入ったポット。ハヌカの祭には、ローソクの灯が窓に映えた。プリム祭のため、せっせと仮面作りにはげむ子供達。そして館の公園で羽根拾いに興じる子供達。

　シュテーテルで食べていた料理、館の近くにある森に自生していた果物、小さい斑点のある隠元豆、学校におばさんが運んできたラトケス、カジミエラの裏庭に稔《みの》ったリンゴ。あの頃頂いた食べものの味。もう二度と味わうことはできない。あそこには池があった。厳寒の冬は凍結し、夏になると、水遊びをする子供達の歓声が響いた、私は今でもポーランドのあの夏の匂いを覚えている。本当に美しい世界だった。その場所とそこにあった社会を思うと涙が止まらない。戦争がなかったなら、と心のずっと奥底で、ずっと思い続ける。それが私の見果てぬ夢である。

私は自分の記憶と共にいつもそこにいる。何の屈託もなく静かな通りを歩く少年。家で、学校でそして美しいシナゴーグでユダヤ教の伝統を身につけていく少年。恐怖におびえることはなく、強制退去の憂き目にあうこともなく安らかにのびやかに成長した少年。その少年は成長のなかばにして、無理やり自分の世界から引き裂かれてしまったが、私の一部はそのままの姿でいつもそこにいる。

編者あとがき

アグニエシュカ・ピスキエヴィッチ

イジク・メンデル・ボルンシュタインの話をまとめるように求められたのは、随分前である。やっとこうして日の目をみることになった。

私がゾフィア・ナウコフスカの著書『メダリオン』を読んだのは、ほんの数歳の子供の頃であった。あの時にうけたショックは今でも鮮明に覚えている。私の現実認識を変えたのが、その本であった。その後随分時間がたって、ナウコフスカから学んだ恐怖と驚愕の世界について、執筆することになった。私には荷が勝ちすぎる仕事のように見えた。さまざまな感情が交差し、それが圧力となってとても筆をとれなかった。

ノーベル平和賞を受賞したホロコーストの生き残りで作家のエリ・ヴィーゼルは、著書『夜』の中で、「アウシュヴィッツを経験した者のみが、それがなんであったのかを知っている。ほかの者には絶対に分からない」と書いている。私はこの言葉を真正面から受けとめようとしていた。ヴィーゼルによると、私は自分の行為を正当化しようとしていることになる。つまり、ホロコーストの経験のない私は、その言語に絶する苦悩の本質が分からない。その私が、いずれにせよ理解できない人々のために、自分の分からぬことを書こうとしているわけである。しかし、二〇〇七年七月以来、私の人生そのものが変わった。少しずつではあるが、挑戦する力が湧いてきたのである。それは、イジク・メンデル・ボルンシュタインとの感動的出会いがあったからである。二〇〇八年一月のある安息日に初めてお目にかかり、それ以降も度々話を伺い、理解と励ましを得た。

私には、これまで錚々《そうそう》たるユダヤ人達との出会いがあった。直接会った人もいるし、書物を通した出会いもある。大きいユダヤ人社会のあった町も多数訪れている。私の出生地シュチェコチニのほか、ザヴィエルチェ、ソスノヴィエツ、チェンストホヴァ等々であるが、いずれもユダヤ人が抹殺され、その魂がさ迷うところとなった。彼らは二度殺されたのである。七十年以上も前、ナチスがユダヤ人殲滅の目的をもってこの世界に侵攻してきた。生身の人間のみならず、彼らの書、宗教そしてそのシンボルをすべて抹殺する意図であった。彼らは目的完遂に至らなかったが、ユダヤ人社会の抹殺事業はまだ続いている。今日、その仕上げ手段は兵器ではなく、死者に対する尊厳の欠如と記憶の消滅である。武力で消滅した世界にとどめを刺すのは記憶の放棄である。

逆にいえば、その世界の名残りをとどめていく最も有力な手段は記憶である。一千年ほどかかってポーランドでこの世界を築きあげてきた人々は、有名な建築家やデザイナーではなく、大富豪でもなく、名もなきごく普通の住民であった。つまり、カトリック教徒と共存し、小さなシュテーテルで生計をたててきた人々である。このポーランドのユダヤ人で生き残った人は少ない。

私は、戦後生まれではあるが、この伝統的社会の傍らにある者として、私は声なき民について語る権利を、自分自身に与えた。私は、Ｅ・ヘミングウェイが著書のタイトルに使った「誰がために鐘は鳴る」の原詩を、意図的に引用した。この詩は私自身の気持ちを的確に表現している。ジョン・ダンが書いているように、ホロコーストの暗黒時代、あたかも岬が波に削られるように、ユダヤ人社会がヨーロッパ大陸から失われていった。私はそう感じるのである。ユダヤ人の子供が皆殺しにされ、ヨーロッパはその岬を洗い流され、三〇〇万のポーランド系ユダヤ人が抹殺され、ポーランドはその一角を削ぎ落とされた。彼らの死は、ひとりのヨーロッパ人、ひとりのポーランド人、ひとりの人間としての私の身を削り取る。ホロコーストの弔《ちょう》鐘《しょう》は鳴り続け、非哀と苦悩の音が響く。その鐘は私達のために心の中に響いている。私達はその共鳴音を聞こうと思えば聞くことができるのである。

多数の人によって巨大墓場と認識される地に生をうけたのは、特異な経験である。その地は、人間性を奪われ足蹴にされ、殺されそして忘れ去られた数百万の魂の叫びがこだまする。ナチが侵攻したこの地は、ユダヤ人であることが〝罪〟という単にそれだけのために、ユダヤ人をゲットーに隔離した。強制収容所をつくり、そこを鉄条網で囲み、女、男、子供、乳児を健康な人も病弱者も一緒くたにして、何百万とここへ移送した。ナチの世界新秩序の敵、脅威という触れ込みである。そしてこの地で彼らは、彼らの〝敵〟を、まず資産を奪い、ガス室で殺し、死体から金歯を抜き取り、髪をマットレス用にした。

鐘はほぼ七十年間も鳴り続けてきた。しかし、私達はその音に耳を傾けてこなかった。多くの地域で、ナチスは勝利したようである。彼らは戦争に負けはした。しかし、私達ポーランド人が、彼らのやり残したことを受け継いで、完遂した。ユダヤ人墓地やシナゴーグなどの施設を撤去しあるいは破壊し、ユダヤ人社会の痕跡を消し去った。この施設は戦後放棄され、持ち主達の帰りを空しく待ち続けた。そして大抵の場合、建設用地に変えられ、普通の建物が建ってしまったのである。

私の郷里シュチェコチニの出身でホロコーストの生き残りレオン・ゼルマンは、著書『生き残った後―記憶を仕事とする男の使命』(*After Survival-One Man's Mission in the Cause of Memory*)で、「私は、ホロコーストに関する本を書きたいと思わない。既に沢山の記述や分析があり、数値化もされている。それゆえ、私の仕事は、歴史上最もよく立証された事件に、あとひとつ証言を加えることである」と述べている。

郷里シュチェコチニには、私の知らない過去がある。ゼルマンとボルンシュタインは、共にその時代の人である。全人口の約五〇%がユダヤ人で占められるシュテーテルの出身であった。私達には共通項がひとつしかない。生まれ育った所が同じというだけである。ポーランド有数の規模と美を誇るといわれたシナゴーグ、二つのユダヤ人墓地あるいはミクベなど、彼らが日常的に訪れ、あるいは使っていた施設はもはや存在しない。一部は、第二次世界大戦時侵攻してきたナチが破壊した。その破壊作業を継いだのが、シュテーテルの隣人であった我々ポーランド人である。ユダヤ人の墓石を道路の敷石に使い、二つのユダヤ人墓地の上に施設をつくりあるいは家屋をたて、シナゴーグを物置小屋にして、隣人達の痕跡を抹殺してしまった。

歴史の数奇なめぐり合わせがあった。私は、同郷者の回想を編集することになった。私は、戦後生まれの若い女性で、シュテーテルといっても、既に存在していなかった。その同郷者は出生地シュテーテルを追われ、居住を許されなくなった。戦争がなければ、私達は違った状況下でシュチェコチニの通りで会っていたかも知れない。私が同郷者ボルンシュタイン氏と出会った場所は、郷里ではなくアメリカであった。氏は一九八〇年代にそこへ移住していた。そして、出生地シュチェコチニから遥かに離れた地で、同郷の私に身震いするような自分の半生を語ってくれたのである。本書は、イジク・メンデル・ボルンシュタイン本人の自筆を中心に、氏とのインタビュー（二〇〇八年一月）そして夫妻との会話内容を加筆し、編集したものである。

生き残りはそれぞれ驚くべき体験をしているが、なかでもボルンシュタインの体験は特筆すべき内容と思われる。測り難い数々のめぐり合いのおかげで、辛くも生き残った本人の体験は、「偶然対宿命」議論の格好の材料であろう。しかしそれだけではない。本書は、「私は、私の前に生まれた人、後に生まれる人に対して責務がある」と宣言する人物の話でもある。彼は家族と共に出生地の町へ赴き、過ちを正し、虐殺されたユダヤ人住民の名誉を守る義務を遂行している。ホロコーストが二度と起きてはならないという考えを行動で示している人物である。本書は、世界が愛していなくても自分は世界を愛しなさい、と自分の子供達に教え諭す男の物語でもある。ボルンシュタイン氏は、九人家族でただひとり生き残り、心に深い傷を負ったが、「誰か君に石を投げたら、パンを投げ返しなさい」と子供達に諭すのが常であった。

ヘンリク・シエンカー著『天使の接吻』(*Dotkniecie Aniola*) で、ホロコースト時代にタルムードを学ぶひとりのラビが「終わりは良い結果になるだろう……私達は重要でない。重要なのはユダヤ民族だ。幾多の危機に遭遇してきたが、いつもそれを乗り越え、前よりも強くなる」と述べるくだりがある。

イジク・メンデル・ボルンシュタインも同様の確信を持ち、「ユダヤ民族には光がある」と述べている。彼は自分の人生で、それを体現しているように見える。ユダヤ民族は迫害され、存在を拒否されて殺される。しかしあらゆる苦難を乗り越え、前よりも強靭な民族としてよみがえる。彼の人生は、この歴史を要約しているようである。ボルンシュタインは、ヘブライ語で〝サファイヤ〟を意味する。とても硬い石で、打ち砕くことはできない。しかし、それは美しい宝石として利用される。大家族で唯一生き残ったイジク・メンデル・ボルンシュタインは、自分自身の家庭を築き、その家族の枝葉はひろがりつつある。それはユダヤ民族を象徴するようである。ユダヤ民族は、数千年も聖書と習慣、伝統を守ってきた、それぞれの時代に別の文化を持つ集団がいて併存していたが、その集団は時と共に滅び歴史から消滅し、忘れ去られた。しかしユダヤ民族は強靱であり、存続してきた。

ポーランドでは、ホロコーストの真実を語る試みが何度もあったが、その度に政治的状況によって中断に追いこまれ、実現しなかった。生き残りの多くは、自分の体験を語ることができなかった。したがって、記事あるいは書物として出版されたものはほとんどない。重要な証言を明るみに出す時が来ている。記憶するためだけではない。心で感じる必要があるのである。本当の認識は、冷たい論理ではなく、他者を思いやる気持ちを通して得られるのである。ここで、エリ・ヴィーゼルの疑問に戻って考えてみたい。つまり、共感を通して他者に痛みのあることを理解しようとするならば、私達は、私達にない経験から学び、前よりも賢明になれるのではないかということである。このようなアプローチを通して、将来似たような事件が起きるのを防止するのに役立つのではなかろうか。

ボルンシュタインは家族ぐるみで前記活動を開始し、私にその参画を許してくれた。私はボルンシュタインの話を編集する過程で、言語に絶する恐るべき状況を追体験することになった。私はこの機会に参画を認めたボルンシュタイン家に感謝の意を表したい。彼の自筆から町の過去を学び、以来私の郷里シュチェコチニは私にとって新しい所となった。かつてこの町は、二つの文化即ちユダヤ人とキリスト教徒が共存する、平和な所であった。それぞれがなりわいの道を持ち、隣同士の関係で生活していた。その共存を理想化するつもりはない。良い時もあれば悪い時もあったにちがいない。しかし、あの世界は失われてしまった。もう戻ってくることはない。それを思うと心が痛む。

悲しいことに、ボルンシュタイン氏は、本書出版の日を待たず、愛する妻と四人の子供達にみとられながら息をひきとった。場所は二十六年前移住したアメリカのハリスバーグ市、ユダヤ暦五七六九年キスレヴ月第十四日（西暦二〇〇八年十二月十一日）朝であった。遺言によって、遺体はイスラエルのペタフ・ティクバの墓地に埋葬された。あわやというところで、何度も生き残った体験の持ち主であり、その死はもちろん惜しんでも余りある。しかし、あえて言わせてもらえば、間に合ってよかったという気持ちがある。文字どおり死の寸前まで、彼は校正作業を続けていた。本書がその最終稿であり、校正を完了したので満足であった、と信じたい。

イジク・メンデル・ボルンシュタインの捕囚時代の記録について、ワシントンのホロコースト記念館が世界中のデータベースを調査し、最近になってその回答を送ってくれた。貴重な発掘作業に感謝したい。私は本書に自分の父ギュスタフが、メンデル・ボルンシュタインの小学生時代の学級写真を探してくれた。感謝したいが、その父も掲載写真を見ることなく亡くなった。

著者イジク・メンデル・ボルンシュタイン（左）、編者アグニエシュカ・ピスキエヴィッチ（右）2008年1月20日　ニューヨーク

ボルンシュタイン氏御本人にも感謝に耐えない。感動的な出会いがあり、対話があった。私の人生観を変えた人である。夫人のヘドヴァそして四人の子供レア、ショシャナ、ヨッシ、ツビカは、さまざまな面で私を温かく支援してくれた。御礼を申上げたい。特に長男のヨッシには感謝の気持ちで一杯である。シュチェコチニにおける記憶の保持作業に従事するなかで私を見いだし、その私を自分の父親の話を伝えてくれる適切な人と信じ、編集任務を託して、このプロジェクト遂行上いろいろな点で支援してくれた。

ボルンシュタイン氏の自筆文を英語にしてくれたのが、モル・アルコビである。御本人の迅速な支援がなかったなら、編集作業がずっと難しくなっていたであろう。

原著のタイトルとなった「*The Spirit of the Survivor*（生き残りの気概）」は、ボルンシュタイン氏の性格を象徴する言葉である。ボルンシュタインを主人公とする短篇映画のテーマとしたショーン・フォーヤーとショーンの母リーサに感謝したい。リーサは、ボルンシュタインとのインタビューに立ち会い、記録してくれた人でもある。

編集作業を陰に陽に支えてくれたのが、私の両親ヤニナ、ギュスタフ・ピスキエヴィッチである。さらに関係者のアーノルド・ライスマンそしてミレク・スクシプチク諸氏の協力にも感謝の言葉を捧げる。

二〇〇九年一月　　シュチエコチニにて

訳者あとがき
——本書の歴史的背景について

一

本書は、イジク・メンデル・ボルンシュタインの手記「*B-94 The Spirit of The Survivor*」の全訳。ホロコーストを間に挟んだ個人史と現代ユダヤ民族史が重なる記録である。

日本でホロコースト関連図書といえば、一九五〇年代に翻訳出版された『アンネ・フランクの日記』とV・フランクルの『夜と霧（原題・一心理学者の強制収容所体験）』に始まり、G・クノップ著『ホロコースト全証言—ナチ虐殺戦の全貌』やM・レーベンバウム著『ホロコースト全史』など総合的調査を匂わせる表題付きの本、あるいは昨年十二月出版のD・ストーン著『ホロコースト・スタディーズ—最新研究への手引き』を含め、優に百点を超える本がでている。二〇〇五年に出版された澤田愛子著『夜の記憶—日本人が聴いたホロコースト生還者の証言』を除けば、日本でだされた資料はほとんどが翻訳である。

今ではすっかり忘れられたが、日本人のホロコースト目撃記録が二つある。第一が読売新聞ベルリン特派員嬉野満州雄著『勝利を惧《おそ》れる』（一九四六年）、第二がワルシャワ在住者山川忍著『殺人工場』（一九四九年雄鶏通信）。前者は独ソ戦勃発前の四一年三月に「動物以下の生活を送るワルシャワ・ゲットーを視察し、後者はトレブリンカ移送前の四二年一月に「死体が路上に散乱する」鬼気迫る同地に潜入した。

本書は類書と違い、強制収容所における凄惨《せいさん》な体験にとどまらない。懐かしい自分の生いたち、生還後の社会復帰、イスラエルの独立闘争への参加という民族再生、そして出身地で目撃した歴史の抹殺即ちホロコーストの継続を語る。ナチ・ドイツ崩壊を一区切りにするほかのホロコースト関連図書と違い、民族再興につながるホロコースト後の時代の流れにも重点を置き、例のない特異な体験記録である。

二

ヤド・ヴァシエムの調べによると、ポーランドのユダヤ人口は、戦前三三〇万人。生き残ったのは三八万人であった。戦争初期国外へ逃れた人（杉原ビザで日本へ来たユダヤ人難民も含まれる）、ソ連政府によってウラル地方へ移された人、ポーランド国内に隠れていた人、そして強制収容所からの生還者である。一九四五年六月時点で、登録者数は約五万五〇〇〇人であった。そしてソ連から一七万五〇〇〇人が戻ってきた。

生還者は家族を失くし、元の居住地にあった帰属社会は崩壊、家屋や施設も別人が占拠しているケースが多かった。端的にいえば、居場所がなくなっていたのである。追い討ちをかけたのが、ポグロム（迫害）である。一九四六年七月四日、キエルツェで起きたポグロムで四二名が殺害され、多数の人が負傷した。

かくして発生したのが〝ベリハー〟(脱出) である。戦後二年余で東ヨーロッパから二五万人が脱出し、イタリアを目指した。ポーランドから一七万 (一九四五年六万三〇〇〇、四六年一〇万、四七年六〇〇〇)、ルーマニア三万五〇〇〇、残る四万五〇〇〇人はチェコスロバキアとハンガリーからのベリハーである。

パレスチナのユダヤ人社会は、その防衛組織ハガナーが、イタリアに〝モサッド・レアリヤー・ベット〟(非合法移民組織部) をおき、脱出してくる人々の受け入れと非合法移民船の手配・運航を指揮した。この組織部は四六年に指揮所をパリに移しているが、ユダヤ機関、そしてジョイント (運動資金調達のための募金活動組織) が力を合わせた。

三

著者ボルンシュタインは、収容所から解放された後、比較的早い段階でイタリアから英委任統治領パレスチナへ渡っているが、出航地がイタリアであった理由を調べると、戦後の時代背景が浮かびあがってくる。

当時イタリアには、ユダヤ軍団が展開していた。パレスチナのユダヤ人青年が志願し、一九四四年十月にエジプトで編成され、イタリア戦線でドイツ軍と戦った部隊である。ホロコーストの生き残りを支援したのがこのユダヤ軍団で、生き残りの人々の目には、軍団将兵がエレツイスラエル (イスラエルの地) の象徴に見えたといわれる。

ナチ・ドイツが敗北し、ヨーロッパ戦が終わった時、七〇〇〇万を超える戦災民や外人労働者が路頭に迷い、一時DP（離散民）キャンプに収容された。しかし、一九四五年末に六〇〇万以上が郷里へ戻っている。逆に元の居住国から流出したのが、前述のユダヤ人生き残りである。ドイツ、イタリアに設けられたDPキャンプのユダヤ人収容人口は、二〇万から一時、二五万に増えた。彼らは〝シエエリート・ハペレター〟（生き残っていた人の意、歴代誌上四・四三）と称され、ほかの戦争難民とは区別して扱われた。

これらユダヤ人をパレスチナに運ぶこの非合法移民船に対して、海上を封鎖したイギリス海軍は片端から拿捕《だほ》し、アトリートの収容所へ入れ、あるいは出港地へ戻したりした。四五五三名を乗せた「エクソダス一九四七号」が、四七年七月十一日に拿捕されたのはその一例で、乗員は出港地のセーテ（フランス）ではなく、DPキャンプとして使われている強制収容所への送還を目的に、ハンブルク（ドイツ）へ送られた。

イギリスは、一九四六年八月キプロス島に収容所を設置し、イスラエル独立までの二〇カ月間に三九隻を拿捕し、合計五万二〇〇〇名をここへ収容した。

ハガナーは、DPキャンプやキプロス島の収容所で、青年を対象に基礎的な軍事訓練をおこなった。ベングリオンをはじめイシューヴ（パレスチナのユダヤ人社会）の指導部は、独立に備えて自衛能力の拡充を考えていた。国連のパレスチナ分割決議（四七年十一月二十九日）で、ユダヤ人国家の建設が国際社会に認められたが、同時にアラブ不正規軍が侵攻し、騒乱状態になる。当時ハガナーは、幹部集団（四〇〇名）、突撃隊パルマッハ（三〇〇〇名、一三箇中隊に編成）を中核に一般歩兵ヒシュ（一万名）、成人予備隊ヒムと少年訓練隊ガドナの構成。常勤は幹部集団だけ、あとはパートタイムであった。

イスラエルの独立と共に、今度はアラブ五カ国の正規軍が侵攻し、イスラエルは非常な苦戦を強いられ、新移民が短時間の訓練だけで前線へ送られる事態になった。自衛組織は、ユダヤ軍団の退役兵とイスラエルの独立を支援するマハル（海外義勇兵）がいくらか居たが、大半は軍隊経験のない移民で構成されていた。そして、中古の軽火器しか持たないこの素人集団が、正規軍を撃退し、イスラエルの独立を守り通したのである。

四

ユダヤ人の個人資産と共有財産（墓地やシナゴーグなど）が奪われたのは、ボルンシュタインの家やシュチェコチニの墓地だけではない。ポーランドをはじめヨーロッパ各国で同じことが起きた。

資産回収を目的に一九九二年に設置されたのが、世界ユダヤ人資産返還補償会議（ＷＪＲＯ）である。一九五一年に設置された対独請求会議と共に、返還ないしは補償を求めて、各国政府と交渉を続けているが、結論からいえば極めて難航している。二〇一二年十一月末、チェコのプラハで開催された不動産補償検討会議（ＩＰＲＣ）で、ＷＪＲＯのロナルド・Ｓ・ラウダー会長（世界ユダヤ人会議ＷＪＣ会長兼任）は、極めて難しい国としてポーランド、ラトビア、ルーマニアの名をあげ、特にポーランド政府に対して「二〇年以上も遅々として進まず、返還ないしは補償要求に対し、立法化による対応を拒否する姿勢に、大変驚いている」と苦言を呈した。

没収個人資産の補償については、二〇〇一年三月にポーランド議会が、補償の立法化を検討したことがある。「一九九九年十二月三十一日現在でポーランド国民として登録されている者を対象」にする内容であった。この法案はお蔵入りになったが、世界ユダヤ人会議によると、ポーランドのユダヤ人口は二〇一〇年時点で約五〇〇〇人であった。

二〇一〇年のプラハ会議では四三カ国の関係国が、返還・補償のガイドラインを策定し、署名している。ポーランドに関しては、ＷＪＲＯが請求している共有資産（シナゴーグ、ユダヤ教神学校、ユダヤ人墓地など）の返還、補償対象は三〇〇〇件を超える。

終わりに、ポーランド国民の名誉のために指摘しておくと、ヤド・ヴァシェムが「義の人」として顕彰した人の数は、二〇一三年一月一日現在で二万四八一一名。その内六三九四名がポーランド人（第二位オランダ人の五二六九名）である。およそ二五％を占める。ホロコーストの時代、自分にふりかかる危険をかえり見ず、身を挺しあるいは職を賭して、ユダヤ人を救った人である。

ポーランドに対する著者の態度は郷愁が混じり合い、怨みで凝り固まっているわけではないことを付言しておきたい。

滝川　義人

用語説明

アクツィオン　「行動」のドイツ語。ユダヤ人移送・殺害のためのユダヤ人狩り。ナチ用語。
イーディッシュ語　ドイツ語にヘブライ語が混じった言語。東欧ユダヤ人が使用した。
イェシバー　主にタルムードを学ぶユダヤ教神学校。
SS　ナチスの親衛隊。ユダヤ人抹殺の中核的存在。
カディッシュ　服喪者の祈り。通常、シナゴーグの礼拝において近親者が祈る。
カポ　ナチス収容所の監視員。しばしばドイツ人犯罪者がなった。ユダヤ人のカポもいた。
キドゥーシュ　安息日や祝祭日に唱える聖別（俗と聖を分けること）の祈り。
キドゥーシュ・ハレバナー　新しい月を聖別する儀式の祈り。
キブツ　イスラエル建国前の農業開拓共同村。
クレプラハ　ユダヤ料理で、ワンタンのような食べもの。安息日や祝祭日に食べる。
ケトゥバ　結婚契約書。結婚式の時に交わされ、読み上げられる。
ゲシュタポ　ナチ・ドイツの国家秘密警察。一九三三年創設、大量虐殺の一翼を担う。
ゲットー　ユダヤ人を強制隔離した居住区。
ゲフィルト・フィッシュ　ユダヤ伝統の魚料理。魚肉のミートボール。祝祭日に食べる。
コーシェル　ユダヤ教の律法に適った、食べてもよい食物のこと。
コール・ニドレイ　ヨム・キプールの夕べの祈祷文。伝統的な旋律をもって唱えられる。
シェマー・イスラエル　「聞け、イスラエル」の祈祷文。ユダヤ教で最も大事な祈りの一つ。

シナゴーグ　ユダヤ教の会堂。礼拝と学習と地域の共同体の集会所。
シャーメス　イーディッシュ語でシナゴーグの管理人、世話役。ヘブライ語でシャマシュ。
シャドハン　結婚の仲介者。ユダヤ共同体では名誉ある地位を占めた。
シャバット　安息日。ユダヤ教の聖なる休日。土曜日。
シュテーテル　東欧においてユダヤ人の多く住む町や村。
スコット　仮庵の祭り。秋の収穫祭でもあり、出エジプトの荒野生活を記憶する。
スフガニア　ハヌカ祭の時の食べもので、ジャム入りのドーナツの一種。
セリホット　悔い改めの祈り。ヨム・キプール前の十日間に赦しを乞い祈る。
第三帝国　ナチ・ドイツの別称。神聖ローマ帝国、ホーエンツォレルン帝国に続く意。
タリート　祈祷用の肩掛け、ショール。
タルムード　口伝律法ミシュナーを注解した書。聖書と並ぶユダヤ教の教典。
テフィリン　聖句箱。聖書の語句の入った黒い小箱を革紐で額と利き腕でない方に付ける。
トーラー　旧約聖書の最初の五書。最も重要な書で、広義にはユダヤ教の教えを指す。
ナチス　国家社会主義ドイツ労働党の略。一九一九年結党。また、その党員。ナチは単数形。
ハガナー　イスラエル独立前の自衛組織の一つ。独立後、イスラエル国防軍になる。
ハシッド　ハシディズムの信徒。
ハシッド派　ユダヤ教の中のハシディズムを信奉する派。
ハシディズム　十八世紀にポーランドを中心に興ったユダヤ教の改革運動。
ハヌカ　ギリシア支配からの独立を記念する祭り。光の祭り。西暦の十二月頃に来る。

ハヌキヤ　ハヌカの時に用いられる九枝の燭台。八つのローソクを一日ごとに灯していく。
ハマルアフ・ハゴエル　「贖う天使」、創世記四八・一六からの祈り。就寝時に唱えられる。
ハラー　安息日用に特別に焼くパン。
バット・ミツバ　バル・ミツバに倣った女子の成人式。
バル・ミツバ　ユダヤ男子十三歳の成人式。式ではトーラーの週毎の聖句を朗読する。
ブリット・ミラー　割礼式。生後八日目に男児が受ける。
プリム　春の祭り。エステル記にちなみ、民族が抹殺の危機から救われたことを記念する。
ヘデル　ユダヤ人児童の初等学校。「部屋」の意のヘブライ語から由来。
ベイト・ミドラシュ　「学びの家」の意。タルムードを学ぶ場所。正統派子弟の中等学校。
ポグロム　ユダヤ人への暴行、迫害。ロシアで十九世紀から始まった迫害を指すロシア語。
ミクベ　ユダヤ教の清めの儀式をする沐浴場。
ミシュナー　口伝律法。二世紀にラビ・ユダがそれまでの口伝の教えや律法を編集したもの。
メノラー　ユダヤ教の七つ枝の燭台。元もと、神殿の聖所に置かれたものがモデル。
モデー・アニー　ユダヤ教の朝の祈り（シャハリート）の冒頭の祈り。目覚めた感謝。
ヨム・キプール　贖罪日。ユダヤ教で最も聖なる日。西暦の九月頃に来る。
ラトケス　ハヌカに食べるユダヤ伝統料理で、ポテトパンケーキの一種。
ラビ　元来、賢者への尊称。律法に精通した、特定の資格を有する学者。
ローシュ・ハシャナー　ユダヤの新年。九月頃に来る。それから十日目がヨム・キプール。

● 著者紹介

イジク・メンデル・ボルンシュタイン（Izyk Mendel Bornstein）[1924-2008]

ホロコーストの生き残り。ポーランドのシュチェコチニ出身、第２次大戦勃発後、６つのナチ強制収容所とアウシュヴィッツからの死の行進を生きのびる。戦後パレスチナに移住し、イスラエル国防軍に奉仕し、建国に尽くす。1982 年に米国へ移住。2004 年ポーランド訪問。

● 編者紹介

アグニエシュカ・ピスキエヴィッチ（Agniezka Piskiewicz）

シュチェコチニ出身。ポーランド、チェンストホヴァの元高等学校英語教師。2007 年にボルンシュタイン一家による、生まれ故郷のユダヤ人記念事業に参画、シュチェコチニ・ユダヤ文化祭を共催する。2012 年、ポーランド・ユダヤ人遺産保存に関する業績に対してイスラエル大使館およびポーランド文化国家遺産省より感謝状を受賞。イスラエル在住。

● 訳者紹介

滝川義人（たきがわよしと）

ユダヤ、中東研究者。1937 年生まれ、長崎県諫早市出身。早稲田大学第一文学部卒業。前イスラエル大使館チーフインフォメーションオフィサー。中東報道研究機関 MEMRI 日本代表。著書に『ユダヤ解読のキーワード』（新潮社）、『ユダヤを知る事典』（東京堂出版）他、訳書に『ホロコースト歴史地図』（ギルバート編、原書房）、『ホロコーストの真実』（リップシュタット著、恒友出版）、『第三次中東戦争全史』（オーレン著、原書房）、『ケース・フォー・イスラエル　中東紛争の誤解と真実』（ダーショウィッツ著、ミルトス）他多数。

甦りと記憶　アウシュヴィッツからイスラエルへ

2013 年　6 月 10 日　初版発行

著　者　イジク・メンデル・ボルンシュタイン
訳　者　滝　川　義　人
発行者　河　合　一　充
発行所　株式会社　ミ　ル　ト　ス

〒102-0073　東京都千代田区九段北 1-10-5
九段桜ビル 2F
TEL 03-3288-2200　FAX 03-3288-2225
振替口座　00140-0-134058
http://myrtos.co.jp　pub@myrtos.co.jp

印刷・製本　日本ハイコム　Printed in Japan　ISBN 978-4-89586-156-4
定価はカバーに表示してあります。